爛柯の宴 中巻 目次

第四局

序章

日本棋院は二〇一九年一月に英才特別採用推薦棋士制度を新設して、第一号として九歳の仲邑菫をプロ棋士とすることを発表した。

発表時は僅か九歳、四月の採用時にようやく十歳という最年少記録である。

この新制度を巡っては、プロを目指して命を削るほどの闘いを続けている院生から、不公平であるとの批判の声が湧き起こるかと思いきや、寧ろ、彼女と採用試験で対戦しないで済むならそのほうがいいという受け止め方をする者が多かったようである。

このような制度が新設された背景には、国際棋戦で日本が中国や韓国に勝てなくなったので、有望な若手を早いうちから育てて対抗していこうという意図があったようである。

こうした取り組みが奏功して、早くも二〇二二年四月には、上野愛咲美が日本人女性として初めて世界戦で優勝するという快挙につながったが、それでも残念ながら、男性はまだなかなか国際棋戦で勝てない状況が続いている。

それでは日本が中韓に勝てなくなったのはいつからで、どうしてなのだろうか？

四千年ほど前に中国で始まった囲碁が日本に伝わってきたのは奈良時代といわれており、「古事記」には早くも碁の記述が見られる。「万葉集」にも「碁師の歌」というものが出てくるので、この時代にもうすでにプロ棋士が誕生していた可能性すらある。

平安時代に書かれた「枕草子」や「源氏物語」にも囲碁に関する記述が沢山出てくるので、この頃には少なくとも高貴な者の間では相当普及していたと思われる。

その後囲碁は戦国武将にも親しまれるようになり、信長、秀吉、家康の三英傑も盛んに囲碁会を開いたようである。

このように、囲碁には長い歴史があり、その間に数多くの先人たちによって血の滲むような探究が行われてきたが、ゲームとして飛躍的な進歩を遂げたのは、実は本家の中国ではなく、江戸時代の日本といわれている。

その理由の第一に、当時日本で起こったルールの大変革があげられる。

もともとは互先でも四隅の星に白黒二子ずつ置いて打ち始めるルールが採用されており、世界最古の棋譜といわれている三国志時代の呉の孫堅が打った碁もまさにそうなっている（但し、それは十一世紀に編纂された「忘憂清楽集」に初めて現れるので、偽物である可能性が高い）。信じ難いことに、中韓ではそのルールが一九三〇年代まで続いていたが、日本では戦国時代にこのような置石が廃止されたので、このルール改正によって布石が幅広くなり、序盤の研究が大いに進んで、囲碁の発展につながったといわれている。

日本で信頼できる棋譜が後世に残されるようになったのは、三英傑に仕えた名手、初代本因坊算砂が現れてからといわれているが、残っている棋譜を見ると、確かにこの頃にはもう置石を置かなくなっている。

第二の理由としては、徳川幕府が制定した家元制度があげられる。

幕府から扶持を受けて保護されるようになった家元の四家は、囲碁だけに専念できるようになり、ひたすら自家から「名人」を輩出すべく、各家が激しく鎬を削ったのである。

当時の「名人」の定義は「同時代に他と隔絶した実力者であると誰もが認める打ち手」という厳しいもので、その条件を満たすことは極めて難しかった。

江戸時代の二百六十年の間に「名人」は僅か八人しか誕生しておらず、単純計算で三十二年に一人なので、それがいかに大変なことかよく分かる。

「名人」は碁所となり全家元を統括する権限が与えられたため、他家の上に君臨して自家を繁栄に導くためには、血縁にこだわっていられず、純粋に囲碁の実力が重視された。そこで各家とも全国から天才少年を集めて徹底的に鍛えて、その中で一番の実力者を跡取りとしたのである。

江戸時代は一見すると、形式に囚われて変化を好まない閉鎖社会であった印象が強いが、少なくとも囲碁の世界は、実力本位の超過激な競争社会だったのである。

そのような苛烈な競争の中から新たな研究も進み、囲碁は大きく発展していった。


そういった歴史上の流れを汲んで、近代社会を迎えた時には、日本の囲碁界が本家の中国よりも遥かに先を行っていたわけである。

その傾向は昭和以降も続き、日本が世界をリードする状態がしばらく続いたが、丁度平成に入るあたりから、つまり九〇年前後を境にして、国際棋戦でそれまで優勝を独占してきた日本勢が、中国勢や韓国勢に勝てなくなったのである。

そもそも囲碁の世界で国際交流が始まったのは、七〇年代の初めであるが、その頃行われた日韓交流対局は十二勝一敗と日本の圧勝で終わっている。

中国に至っては文化大革命の影響で囲碁がすっかり廃れてしまったが、国交正常化を受けて八〇年代前半から藤沢秀行名誉棋聖らが、毎年中国を訪れて、プロ棋士を育成して囲碁復興に貢献したのである。

正式に中国棋院が設立されたのは九二年と遅かったが、それ以降は共産国家らしく、国家プロジェクトとして囲碁強化に努めた結果、やがて日本を凌ぐようになるのである。八八年から富士通杯という国際棋戦が開催されるようになったが、最初の優勝者は当然のことながら日本人で、武宮正樹だった。

その後日本勢の優勝が五年続いたが、九三年にイ・チャンホが韓国人として初めて優勝すると、それ以降日本人は全く勝てなくなり、九七年の小林光一の優勝以外は、全て中韓勢の優勝が続いたので、二〇一一年を最後に富士通もスポンサーを降りてしまった。

現在行われている主要な国際棋戦はほとんどが中国か韓国企業の主催で、残念ながらＬＧ杯や三星火災杯といったメジャーな大会では、二〇〇六年以降日本勢の優勝がないのが実情である。

それでは、何故日本は国際棋戦で勝てなくなったのだろうか？


第一に、囲碁を文化的な芸とみなす日本と、勝負事と捉えて勝敗にこだわる中韓の、国民性の相違があると思われる。

日本人は美しい碁形、品格のある闘い方で勝利する人を称え、形を崩してでも無理に闘いを仕掛ける碁を品性に欠けると戒める傾向がある。

これは「大相撲」でも度々問題になる、相撲は勝敗を重視する勝負事なのか、それとも品位を重んじる伝統芸能なのかという議論とよく似ている。

ルール違反さえしなければ、何をしてでもともかく勝つことが重要だと考える他国の人にとって、勝ち方に注文をつける日本人の感性には理解しづらいものがあるだろう。

これと似たところが囲碁にもあると思われる。

川端康成の「名人」という小説の中には、当時不敗の名人といわれた本因坊秀哉が、対戦相手の木谷實（小説内では大竹）の「封じ手」を見て激しく憤怒し落胆する場面が出てくる。

「封じ手」というのは、日をまたいで打ち継ぐ際に、次に打つ人は再開までの長時間ずっと次の手を考えることができて有利になるので、次の一手を紙に書いて審判に渡しておき、再開の時はその手から打ち始めるというルールのことである。「封じ手」の後に相手がどこに打つか分からずお互いに対策のたてようがないので、どちらか一方が不利になることはないという考え方に基づいている。

ところが闘いが過熱した一番難しい局面で選んだ木谷の「封じ手」は、その局面と全然関係ない箇所だったのである。

但し、重要な局面と関係ない場所ではあるが、そこに打たれれば名人も一手受けざるを得ない、いわゆる「時間繋ぎ」のような手だったので、そうなるとこの難しい局面の次の一手を、次の対局再開までの何日もの間、木谷は時間をかけてじっくりと考えることができたことになる。

確かに木谷の手はルール違反ではなかったが、名人の目には武士の風上にも置けぬ不誠実極まりない行為だと映ったのである（但し、後日名人は、その手も一手の価値があると認めるコメントを残している）。

この名人の言い分は、多くの日本人の共感を得るかもしれないが、「大相撲」の議論と似て、恐らく世界の常識からは少し外れているのかもしれない。

日本人には、悪い碁を打って形勢が悪くなったら、潔く投了すべきだと考える美学があり、どこまでもしつこく打つ姿勢を品位がないとたしなめる傾向がある。

しかし勝負事である以上、ルール違反でない限り、最後まで勝ちにこだわるのは当然なのかもしれない。

第二の理由として、幼少期の教育の問題が大きいと思われる。

中国でも韓国でも、子供の間で囲碁熱が盛んで、特に韓国ではプロ野球選手より高収入のプロ棋士のステータスが高いので、多くの囲碁塾が盛況を誇っている。それに比べると日本は囲碁が打てる子供の絶対数で相当劣っており、恐らく中国の百分の一くらいしかいないと思われる。

そのうえ日本人の常識からすると、子供が囲碁塾で朝から晩まで囲碁漬けの生活を送る中韓の鍛え方は、完全に常軌を逸していると感じるのではないだろうか。

そういった意味で、幼いわが子がプロ棋士になりたいといっても、小学校にも行かず毎日囲碁漬けの生活を送ることに抵抗を感じる日本人は多いと思われる。

日本では院生になっても正式な活動は週末だけで、普段は皆、学校に通っている。なかには高校に行かない子もいるが、義務教育である小中学校に行かないという話はあまり聞いたことがない。

それとは対照的に、中韓の囲碁塾では、幼少の頃から毎日十時間、厳しいところでは十六時間もの囲碁漬けの生活が強いられ、ライバルとの過酷なサバイバル競争が繰り広げられるのである。ほんの一握りの勝ち組だけが夢を掴んでプロ棋士となるその背後には、累々たる敗残者が、小学校卒業資格もないまま取り残されるのである。そこには最近中国で問題になっている寝そべり族と相通ずる問題があるように思われる。

また、中国の囲碁塾の中には、勝負の厳しさを叩き込むために、対局の際に子供にお金を賭けさせるところまであるという。

これも日本人の感覚からすると理解し難いものであろう。囲碁を神聖なる伝統文化と捉える日本では、お金を賭けることに抵抗を感じる人が多いだろう。

このように、中韓の囲碁塾の状況は日本人の感覚からすると受け入れ難いものがあるが、その競争を勝ち抜いたトップエリートの実力は驚異的なものとなることもまた事実である。

幼少期に長時間囲碁漬けの生活を送った者は、読みの速度が全然違うのだ。

あるプロ棋士の言によると、現在、世界戦で優勝できるほどの実力を持っている超一流棋士は、世界で二十名ほどいるそうだが、内訳を見てみると、大体中国人が十五名ほど、韓国人が五名ほどで、日本人は一人か二人くらいであるという。そうなると実力伯仲、誰にも優勝の可能性があるぎりぎりの闘いの中で、日本の看板を背負って奮闘する井山裕太に、毎回優勝を期待するのは酷というものだろう。

しかも世界のトップ集団のほとんどが、十代から二十代前半というのが日本と決定的に違うところである。

日本でも最近では、二十歳前後の棋士が活躍するようになってきたが、これまでは囲碁は何より経験が重要なので、ピークは長い年月をかけて自分を磨き鍛錬を重ねて一流の芸を身につける三十代後半から四十代だと考えられていたのである。

ところが中韓の十代棋士が世界戦を席巻するようになると、日本人はこれまでの常識と全く異なる現実を目の当たりにして衝撃を受けたのである。

世界で加速する若年化の要因として、日本の棋戦より考慮時間が短い世界戦は、熟練の芸や経験よりも短距離走のアスリートのような読みの力が求められるので若者に有利とか、あるいはＡＩの登場によって子供の頃から超一流の打ち方が学べるようになり却って吸収力の速い若者に有利、などと理由は様々並べたてられたが、それではどうしたら良いかという問いの答えはそう簡単ではないようである。

そういった意味で、幼少の頃からの環境がこれだけ違う中で、世界のトップエリートに伍して国際棋戦で優勝争いを演じ続けている井山裕太は、やはり天才といえるのかもしれない。望むらくは、日本にも第二、第三の井山が現れて、お互いに切磋琢磨することで日本囲碁界全体がかさ上げされることを祈るばかりである。

心強いことに、日本でも最近はネットやＡＩの申し子のような楽しみな十代から二十代前半の若手棋士が次々と現れてきている。井山に続く次世代のエースとして棋聖のタイトルを獲得した一力遼、日中竜星戦で世界ナンバーワンの柯潔を破って優勝し、その後十八歳の最年少で名人を獲得した芝野虎丸、ＡＩに精通していることから「ＡＩソムリエ」の異名を持ち、二十歳の最年少で天元のタイトルを獲得した関航太郎など、多くの有望な若手棋士の今後の活躍に期待したい。

今回の英才特別枠は、中韓の棋士が幼少の頃から鍛えられて強くなったのを目の当たりにして、それに対抗するために、有望な子供を早い段階から強い棋士と対戦させて鍛えることで、国際棋戦で優勝できる実力者を育てていこうという意図で、日本でも遅ればせながら導入されたものである。

仲邑菫がこの新制度の第一号として注目を集めたが、彼女はそもそもそれ以前から韓国で囲碁漬けの毎日を送るという、これまでの日本人の常識では考えられない道を歩んできたことを忘れてはならないと思う。

失敗したら可哀そうと考えるのは親心かもしれないが、本人が世界で一番になりたいと望み、その能力も意欲もあるのなら、その芽を摘まないようにすることもまた、親の立派な務めといえるだろう。

本人からしてみたら、自分の夢を叶えるために毎日学校に通うことももどかしいかもしれないのだ。その思いは他の人にはなかなか理解されづらいかもしれないが、本人にその意志も覚悟もあるのなら、その夢を叶えるために、従来の常識と異なる選択を行ったとしても、何も恐れる必要などないだろう。

それどころか、日本人は寧ろ、これまでの常識と異なることを、社会全体として容認していく必要があるのかもしれない。

世界の囲碁の競争状況は、一般の人が考えるよりも、ずっと苛烈なものへと変貌しつつあるのである。

囲碁が持つ無限の奥深さが、究極の一手を求める者たちに、止めどもない過酷な競争を強いることになっているからで、神の領域に少しでも近づこうと思ったら、少しでも早くから囲碁に触れ、少しでも長く囲碁と接していなければならないのである。

囲碁の世界に足を踏み入れるということは、魑魅魍魎が跋扈する魔界の茫漠たる闇の中を彷徨うことと同義で、もうそれだけで相当な覚悟と胆力が求められるのである。

第一章

二〇一九年四月。

新年度に入り、大手町の大手商社に勤務する井山聡太は、クビになることもなくなんとか二年目を迎えていたが、彼の目の前では、上司のパンダ眼鏡こと鈴井部長と髭ゴジラこと榊課長が渋い表情で向き合っていたので、井山は肩身の狭い思いをしながら、ただ黙っていた。

当部きっての重要顧客である大手外食チェーンのオーナーである田中社長を、あろうことか井山が接待の席で怒らせてしまったために、部の存亡を懸けた囲碁勝負をする羽目に陥ったのである。

三対三の対抗戦で、勝てば取扱量が倍増だが、負ければ半減という、まさに天国か地獄かの決戦だが、パンダ眼鏡と髭ゴジラの頭の中には、勝利という文字はなかった。

相手の会社は元院生の福田社長室長が八段、田中社長が六段で、渡辺購買部長も五段である。

対する我が方は、一番強いパンダ眼鏡が五段で、やっと相手の一番弱い渡辺部長と同程度だが、担当になった三年前から囲碁を始めた髭ゴジラは初段だし、井山に至っては八か月前に渋々始めたばかりで、とても戦力として期待できそうもなかった。

囲碁の実力で当方が劣っていることは明白なのに、よりによって戦力として最もあてにできない井山が、何故あんなに熱くなって無謀な囲碁勝負を持ちかけたのか、二人の上司には全くもって理解不能だった。

井山の発言は世間知らずの新人による単なる妄言とここは素直に詫びを入れ、あとはなんとか大人の交渉で丸く収めようというのが二人の作戦だった。

どのようなお土産をつけて、最終的にはどの辺を落としどころにしようかと、パンダ眼鏡と髭ゴジラの二人で頭をひねっていると、二人のそんな甘い思惑を吹き飛ばすかのように電話がかかってきた。

「部長、田中社長からですけど」

電話を取り次いだ一般職の星野初音が声をかけると、思わず二人は顔を見合わせてますます渋い表情を見せた。まるでこちらの動きを読んで、詫びを入れる暇も与えまいとするかのような田中社長の素早い対応に、パンダ眼鏡はすっかり動揺した。

電話を保留にして初音は返事を待ったが、根が敏感なだけに、何かしら抜き差しならぬ事態が進行しつつあることを察知した。

まだ考えがまとまらないパンダ眼鏡は居留守を決めこんで、初音にしきりに電話を切るように合図を送ったので、その狼狽ぶりを見た初音は、小さく頷くと田中社長に不在を告げようとした。

するとここで、普段は全く電話に出ようとしない井山が、何を思ったのか突如として初音の席へと歩み寄って行き、受話器を取り上げると、はりきって応対した。

咄嗟の出来事だったので、パンダ眼鏡も髭ゴジラもただ茫然と見守るしかなかった。

「はい井山です。田中社長、先日はありがとうございました」

これはまずいと思った二人は、血相を変えて井山のそばに駆け寄って行き、しきりに電話を切るように促した。

しかし何を勘違いしたのか、田中社長と楽しそうに話し始めた井山は、あろうことか、逆に大きく開いた左手を前に突き出して、うるさいとばかりに二人の上司を制した。

「はい…。はい…。なるほど、なるほど、かしこまりました」

電話口で井山は盛んに相槌を打っていたが、おもむろに受話器を左手に持ち替えると、汚い字で不意にメモを取り始めた。

二人の上司は顔を近づけてミミズが這っているような殴り書きを読もうとしたが、何が書いてあるのか全然分からなかった。

「それでは楽しみにしています」

井山が上機嫌で電話を切ると、髭ゴジラが厳しい顔で詰問した。

「おい、社長はなんて言ってたんだ？」

「対抗戦は連休の次の金曜日の、五月十日にしたいとのことでした」

髭ゴジラは怒りの表情も露わに井山を睨みつけた。

「それでお前、まさか受けたんじゃないだろうな」

「受けたもなにも、対抗戦を行うのは、もう決まったことじゃないですか。今の電話は単にその日程の確認ですよ」

パンダ眼鏡と髭ゴジラの二人は、また困惑した表情で顔を見合わせた。

「どうしようか榊君。その日は出張が入っていて都合が悪いということにしようか」

腕組みをしながら、まだ悪あがきを考えているパンダ眼鏡に、井山が思い出したようにつけ加えた。

「そうそう、言い忘れましたけど、田中社長はもうこの日しか空いていないそうなので、都合が悪いなら対抗戦はなしでも構わないとのことでした。その代わり、仕入量は無条件で半分にするそうです」

「そ、そんな無茶な。こちらにも都合があるというのに、そんな一方的に日程を決めるなんて…」

「そうですよね。でもその辺のことは田中社長もよく配慮してくれていましてね、もし都合が悪いようなら、部の中からなら他の人が代打で出ても構わないそうです。先方もこちらの動きをよく読んで、言い訳できないように先手を打ってきますね」

井山は感心しながら頷いた。

「お前、そんな田中社長の感心ばかりしてないで、なんとかこの事態を回避する方法を考えろよ。こんな対抗戦なんか、そもそも実力が違い過ぎて勝負にならないだろ」

「あ、それから『Ｒａｎｃａ』には田中社長のほうからもう連絡して、この日は貸し切りで使わせてもらうことになったそうです。恐らく『Ｒａｎｃａ』の方から対抗戦の進行などの件で連絡が入ると思うので、宜しく頼むとのことでした」

「進行って、一体何のことだよ」

「よく分かりませんが、開会式とか成績発表とか、そういった式次第のことじゃないですか」

「そんなもん、たかが三対三の対抗戦でやるわけないだろ」

髭ゴジラに怒鳴りつけられたが、一体どんな連絡が来るのか、井山もよく分かっていなかった。

問題は、この電話でいよいよ対抗戦を行う方向で物事が動き始めたことだった。パンダ眼鏡と髭ゴジラは力なく自分たちの席に戻ると、頭を抱えてうなだれてしまった。

その様子を横目で見ていた初音が、椅子を寄せて井山に近づいてきた。

「ねえねえ、部長と課長、相当参っているようだけど、何かあったの？」

初音の質問に井山は面倒くさそうに答えた。

「別にどうってことない話なんだけど、今度田中社長の会社と、うちの取扱量を巡って囲碁勝負で決着をつけることになったんですよ」

大事な仕事の件で、突然囲碁勝負の話が飛び出してきたので、呆れかえった初音は思わず身体をのけ反らせた。

「ちょっと、そんな話、今まで聞いたことないけど、皆さん真面目にやってんの？」

「勿論、大真面目ですよ。うちが勝てば取扱量は二倍だけど、負けたら半減という大勝負ですよ」

それを聞いて心底驚いた初音は、今度は両手を口に当てて目を大きく見開いたが、しばらくして我に返ると、なんとか声を絞り出した。

「よくそんなふざけた条件を呑んだわね。皆さん、酔っぱらってたんじゃないの?」

確かに酔った勢いもあったかもしれないが、一旦こういう方向で動き出したからには、成り行きからいって致し方ない面もあった。

よくよく考えてみれば、もともとは田中社長のほうから、我が社の取扱量を半分にしたいと持ち出してきた話である。丸の内のライバル商社に見事にしてやられたわけだが、一方でこちら側の営業努力や提案力が足りなかったことも事実なので、今更ジタバタしても見苦しいだけだった。

それを囲碁勝負によって、勝てば取扱量を倍にしてもらえるところまで持っていったのだから、決して悪い話ではないはずなのに、まるで井山が田中社長を怒らせてこのような事態を招いたかのように言われることは、井山自身心外だった。

それにしても、大口顧客の巨大な売上が半減したら、部としては大きな痛手である。ひょっとしたら、部の縮小や部員の首切りという話になるかもしれないので、初音にとっても他人事ではないはずだった。

そう思いながら、何気なく初音の平べったい顔を見ていた井山に、良い考えが浮かんだ。

「そういえば初音さん、高校の頃に囲碁をやっていたんですよね」

それを聞いた初音は、怯えた表情ですぐさま反応した。

「私は絶対にやらないわよ。高校卒業と共にもうすっぱりと囲碁は止めたんだから。それに実力的にも全然大したことないから期待なんかしないでね。たとえ強かったとしても、そんなプレッシャーがかかる勝負はとても私には無理だから」

井山がジッと初音を見つめながら、もう少し説得しようかと迷っていると、初音は怯えたように身体を震わせて強い口調で訴えた。

「鈴井部長や榊課長には、私が囲碁を打てることは絶対に内緒にしておいてね。これは約束よ。いずれにせよ誰になんと言われようと、私は絶対に打ちませんからね」

そこまではっきり言われたら、井山としても諦めるしかなかった。

初音の言う通り、これは極めて重要な営業上の問題であり、マネージメントを預かる立場の者が責任を持って対処すべき事案なので、一般職の女性にこんな責任重大な役割を担わせることは確かに酷というものだった。

それに初音の囲碁の実力のほどは定かではないが、たとえ髭ゴジラより強いとしても、彼もそう簡単に自分の代わりを務めさせるわけにはいかないだろう。彼にもプライドというものがあるし、担当顧客に対する責務もあるからだ。

その時また電話がかかってきたので、初音は慌てて受話器を取った。

初音は、最初はいつものように事務的に応対していたが、少し話をするうちに緊張のあまり完全に声が裏返っていた。

「はい…。はい…。かしこまりました。しばらくお待ちください」

いつも冷静な初音が、珍しく動転した様子で受話器を井山に差し出した。

「い、井山さん、早く電話代わってよ。『Ｒａｎｃａ』の、い、稲葉さんからよ」

「初音さん、なにそんなに慌てているんですか？」

「だって、あの稲葉禄子さんよ。あなたまさか知らないの」

「ええ、残念ながら知りませんけど、有名な方なんですか」

「当たり前でしょ。囲碁界のマドンナといわれていて昔から超有名な方よ。私にとっては小さい頃からの憧れの的なんだから、そりゃ私だって緊張するわよ。いいから早くこれ取ってよ」

初音から受話器を受け取ると、井山も少し緊張した。

「はじめまして、稲葉と申します」

大人の落ち着きを感じさせる艶のある声に、井山は一瞬で魅了されてしまった。

「田中社長からご連絡があって対抗戦の件をお伺いしました。私どもでも万全のお手伝いをさせていただくつもりでおりますので、宜しくお願い致します」

言葉遣いは丁寧だが、メリハリの利いた堂々と自信に溢れた話しぶりだった。

「対抗戦は六時開始ですので遅れないでいらしてください。当日は貸し切りで他のお客様はおりませんので、必要なことは私やスタッフが対応するように致します。それから審判役としてプロ棋士の方に同席していただくことにしました」

審判と聞いて、正式な大会に出場した経験がない井山はなんとも言えぬ緊張感に包まれた。

「あの、審判というのは、何をなさるんですか」

「具体的に何をするのかと訊かれても、直ぐには思いつかないですけど、田中社長から今回は非常に重要な対抗戦だと伺っておりますので、正式の大会と同じように審判を置いて、何か問題があれば公正な判断をしてもらおうと思っています」

それを聞いても、井山には審判の役割がよく分からなかったが、適当に相槌を打った。

「持ち時間はお一人一時間半としますが、遅刻した場合はその倍の時間を差し引くので気をつけるようにしてください。それから対局時計はこちらで用意します」

これまで対局時計など使ったことがない井山は、それを聞いてますます緊張した。

「対局時間が長くなると思うので、軽食と飲み物はこちらで用意しますが、ご自分で好きな飲み物や食べ物を持ち込んでも結構です」

「ありがとうございます」

「それから対局者のメンバー表を主将、副将、三将の順番で名前を記入して提出するようにしてください」

勝利のためにはこの対局順が何よりも重要となるので、この件に関しては井山としても慎重にならざるを得なかった。

「いつまでに提出したら宜しいですか？」

「そうですね。できましたら、三日前の七日までにお願いします」

これを聞いた井山は、何故三日も前に提出しなければいけないのかと少し違和感を覚えた。

「ぎりぎりまで考えたいので当日では駄目ですか？」

するとそれまで立て板に水で話を続けていた囲碁界の女帝がここで少し言い淀んだ。

「当日ですか？　そうですね。こちらも段取りとか準備があるので、できましたらこの日程でお願いしたいと思います。ご心配ならしっかり封印した袋に入れてご提出いただき、当日同時に開封するように致します」

どんな段取りがあるかよく分からないが、そうなると相手のメンバー表を見てからこちらの順番を決めるわけにはいかないということになる。

こちらが勝つための絶対条件は、こちらの誰が当たっても絶対に勝てない八段の福田室長と、相手の誰と当たっても負けは確実の初段の髭ゴジラが、いかにうまく当たるようにするかだった。

この組み合わせが実現しない限り、こちらが二勝することはまず不可能と考えて良さそうだった。

そのうえで、五段同士の対局でパンダ眼鏡が渡辺部長を破り、三段の井山が六段の田中社長を破らなければならないのだ。そのためには、井山もあと一か月で三段から六段まで三段階も上がらなければならないのである。

それは針の穴にラクダを通すくらい難しいことかもしれないが、当方の勝ちパターンはこれしか考えられなかった。

第三者が客観的に見たら、井山が渡辺部長と当たり、パンダ眼鏡が田中社長と対局する組み合わせのほうが勝つ可能性が高そうに思えるかもしれないが、井山の判断は全く違うものだった。

ポジティブ思考の井山の頭の中には、自分が強くなりさえすれば、相手が田中社長だろうが渡辺部長だろうが井山が必ず勝つという結論しかなかったのだ。

そうなるとパンダ眼鏡の勝敗こそが全体の勝負を決する鍵を握ることになるが、パンダ眼鏡が勝つ可能性は渡辺部長相手なら五分五分、田中社長が相手なら十回のうち二回か三回という程度なので、井山はパンダ眼鏡が渡辺部長と当たるほうが、勝つ可能性が高まると考えたのだ。

しかしそれも比較の問題で、それほど勝利の確率が高いともいえないが、それでも井山はそんなに悲観もしていなかった。

それどころか、自分が強くなりさえすれば万事うまくいくのなら、寧ろ望むところだった。

自分ではもう如何ともし難い他力本願の状況よりよほどましなので、井山の気持ちは大いに奮い立った。

但し、唯一勝利の可能性があるこのパターンにもっていくためには、相手側の順番を正確に予想することが必須条件だった。

相手がどんな組み合わせでも負けるわけがないと考えて、こちらの順番を気にせず、自分たちの実力通りの順番でくるとしたら、主将が福田室長、副将が田中社長、三将が渡辺部長となるだろうが、問題はプライドの高い田中社長が主将の座にこだわるかもしれないことだった。

もしそんなことになったら最悪である。

田中社長との対局を予想していた井山が福田室長と当たり、田中社長の相手は髭ゴジラになってしまう。

パンダ眼鏡が渡辺部長との五分五分の闘いを制したとしても、あとはどうあがいても二敗は確実だった。

さすがに自信家の井山も、あと一か月で八段の福田室長に勝てるようになるとは考えていなかった。

いずれにせよ、こちらが勝つためには、相手のメンバー表を正確に予想する必要があるので、井山は毎日そのことばかり考えるようになった。

するとある時フッと、ひょっとしたら福田室長が役に立ってくれるかもしれないという考えが、頭に浮かんだ。

井山としては、福田室長と深夜に神楽坂の路地裏でバッタリと顔を合わせて以降、奇妙な連帯感を共有し始めていたので、純粋な福田室長ならこちらの窮状を訴えれば、理解を示して情報を流してくれるのではないかと、藁にもすがる思いで期待をかけた。

井山が一人であれこれ策略を巡らせていると、初音がまた椅子を寄せて近づいて来た。

「井山さん、対抗戦の時に稲葉さんと会うのよね」

初音の質問の意図を測りかねた井山は怪訝な表情で答えた。

「ええ、彼女も同席するって言ってましたからね」

すると初音は珍しくはにかみながら、意外なことを頼んできた。

「いいなあ。できたら、サインをもらってきてほしいんだけど」

「ちょっと初音さん、勘弁してくださいよ。部の存亡を懸けた大事な真剣勝負の日に、そんなミーハーなことできませんよ」

いつもクールな初音が、珍しく乙女のような恥じらいを見せた。

「えー、駄目なの、井山さん。お願いしますよ。実はね、私が物心ついた時から稲葉さんは囲碁番組の司会とか聞き手として有名だったんだけど、その後もずーっと第一線で活躍しているから、それって凄いことなのよね。囲碁が強いうえに綺麗で華やかで、しかも頭の回転が速くてトークも上手で恰好良いのよね。だから私にとってはずっと憧れの存在なのよ。単に囲碁が強い先輩というだけじゃなくて、働く女性として、男性社会の中で頑張り続けているから凄く尊敬しているの」

いつも井山に対して、いや井山だけでなくパンダ眼鏡や髭ゴジラに対しても冷ややかでシニカルな初音が、他人をここまで誉めるのも珍しかった。

「実を言うと、高校の頃一度だけ稲葉さんに会ったことがあるのよ。もう十年くらい前なんだけど、北海道で囲碁イベントがあった時に稲葉さんがプロ棋士に交じってアマチュアの講師として参加したのよ。私も囲碁部にいたからお手伝いに駆り出されたの。その時は凄く緊張して、ただ憧れのお姉様を遠くから眺めていただけなんだけど、私にとってはかけがえのない思い出なのよ」

「そうだったんですね。北海道は小林光一や依田紀基、山下敬吾など強いプロ棋士が大勢輩出していますからね」

「そうなのよ。結構囲碁が盛んな土地柄なのよ」

「分かりました。初音さんにそこまでの思いがあるなら、なんとかサインをお願いしてみるけど、対抗戦に色紙を持っていくのもなんか変ですよね」

「それなら稲葉さんが書いた本にサインしてもらってよ。自分の本にサインを求められて嫌な気持ちになる人はいないと思うから」

「本まで書いているんですか？」

「ええ、そうなのよ。本当に才能があって凄いのよ。本の内容もメチャクチャ面白いわよ」

そこまで初音に言われると、井山も俄然興味が湧いてきた。

女性が憧れる女性というのは、きっと男性にとっても魅力的な女性に違いないと思うと、井山も会うのが楽しみになってきた。


井山は取り敢えず、稲葉からの電話の内容をパンダ眼鏡と髭ゴジラに伝えたが、二人はこの期に及んでも、対抗戦をどうしたら回避できるかということばかり考えていたので、井山のようにどうしたら勝てるかとか、メンバー表の順番をどうしたら良いかということにまで考えが及んでいないようだった。

　そもそも二人は井山の実力を十級程度だと思っているので、戦略もなにもあったものではないのは当然だった。

　井山もいつかは正直に自分の実力を二人に伝えて順番をどうするか打ち合わせをしたいと思っていたが、今は余計なことに煩わされずに囲碁に専念したかったので、二人とそんな面倒な打ち合わせをするのは直前でいいと考えていた。

　勝利のためには、対戦の組み合わせをピタリと当てることもさることながら、それ以前に井山自身が一か月で三段階上げて、六段になることが大前提だった。そのためには井山としてももう一刻の猶予も許されなかった。

　そこで井山はパンダ眼鏡と髭ゴジラに報告した後に、渋い表情のまま固まっている二人に向かって、突如として語り始めた。

「部長、これはもう我が部の存亡の危機です」

　そんな当たり前のことは今更お前に言われなくても十分分かっていると二人は思ったが、今回の件に一番無頓着に見える井山が突然何を言い出すのかと少し興味を覚えて、井山のほうに目を向けた。

「部を存続させるために、私自身囲碁が強くならなければならないと思っています。ですからこれから対抗戦までの間、囲碁の勉強に専念させてください」

　これから一か月間、囲碁漬けの毎日を過ごしたところで、十級からの上達具合などたかが知れているだろうが、どうせ会社にいてもろくに仕事をしているわけではないので、何もしないよりはましだと思ったパンダ眼鏡は、井山の申し出を認めることにした。

申し出が認められた井山は、今回の件は部にとっては最大の危機かもしれないが、自分にとっては僥倖だと感じた。

これで大手を振って白昼堂々と囲碁に専念できるようになったからだ。

よく考えてみたら、対抗戦の勝利を目指す闘いは、「奥の院」を目指す闘いそのものにも直結するので、まさに一石二鳥といえた。

井山がオフィスから出て行こうとすると、パンダ眼鏡が一言井山に声をかけた。

「一日中どこで何をしてもいいけど、一応毎朝会社に顔だけは出すようにしてくれよ」

また行方不明にでもなったら今度こそ大問題である。

大きく頷いた井山は意気揚々と大手町のオフィスを後にすると、神楽坂の「らんか」へと向かった。

第二章

四月に入り、神楽坂の囲碁サロン「らんか」ではまた新たなリーグ戦が始まっていた。

春の訪れに伴ってリーグ戦参加メンバーは二桁級から高段者まで、それぞれのレベルに応じた新たな闘いに身を投じていた。

リーグ戦参加者の誰にとっても、究極の目標は高段者リーグに入ることであり、さらにそこで優勝すること、そして他と隔絶した実力と認められて名人の称号を得て、囲碁の奥義を極める場所「奥の院」へ美人の席亭の若菜麗子と入って行くことであった。

その道のりは遥か長く険しいものであるが、そんな中でも名人に一番近い存在は、「らんか」における最上位である八段に君臨する四天王、即ち弁護士の矢萩、ライバル商社の埜口と星飼、そして無手勝流の自由人である藤浦の四人であることは疑いようがなかった。

その四天王を追う七段には医者の奥井、財務官僚の羽田、元銀行員で今は悠々自適の年金生活を送っている和多田、女性コンサルタントの村松などが控えており、それに続く高段者リーグメンバーとしてビジネススクール学長を辞めた堀井や銀行員の山戸が六段、さらに政治家を辞めた細名などが五段で続いていた。

三段に昇段したばかりの井山の最終目標も、当然ながら名人となり「奥の院」へとたどり着くことであったが、その前にまずは目の前のライバルである同じ三段の米田、坂口という曲者のおじさんや、二段の稲増、村田というＯＬを倒さねばならなかった。

特にこの二人の女性は、細名と共に「伸び盛り三羽烏」と称されて驚異の昇格を続けてきたが、ここにきて細名には三段もの差をつけられ、そのうえ後からやってきた井山にも遂に段位で抜かれてしまったので、一見すると普段はいつもニコニコと笑顔を振りまいてフレンドリーなこの二人も、実は内心では決して穏やかではなかった。

これまでもただでさえ囲碁に夢中になっていた二人の生活は、ここにきてプライベートな時間を全て犠牲にするという極端なものへと「進化」していたが、それだけでは飽き足らず遂には仕事の時間をも侵食するようになっていた。

そんな全生活を囲碁に捧げる努力が実って、四月に入って直ぐに二人揃って三段への昇格を果たし、再び井山との四段昇格の先陣争いに名乗りをあげるようになっていた。

頭がツルッとした鈴木と白髪交じり中年太りの松木は相変わらずカウンターで飲んでばかりいて、「奥の院」にはあまり興味がなさそうだったが、それでも五段の壁として井山の前に立ちはだかっていた。

また最近になって初段でリーグ戦に参加するようになった外資系の須賀川とドイツからの留学生トーマスも、この囲碁サロンの雰囲気に慣れるにしたがって段々と本来の実力を発揮するようになり、二人揃って二段へと昇格して井山の強力なライバルとなっていた。

そんな状況の中、井山は一か月後の対抗戦を睨んで、早く三段から六段へと三段階アップしなければならないと焦っていた。

井山は前年の九月に十級でリーグ戦に参加して以来、驚異的な昇格を繰り返して僅か四か月で初段まで十段階も上がったが、年明け以降は急減速して三か月で初段から二段階上がっただけだった。

今度はさらに段位が上がった中で一か月に三段階も上げるという途方もない挑戦であるが、会社にいる必要がなくなって時間がたっぷり取れるようになったので、万事プラス思考の井山は十分に達成可能だと思っていた。


井山は勉強の基本は詰碁と実戦対局だと考えていたので、まずは詰碁のレベルを上げることにした。

この頃の井山は正月休みから始めた「六段合格の死活」とか「七段合格の死活」といった高段者向けの問題に毎日取り組んできた成果が現れて、最初は百問解くのに十八時間もかかっていたものが一時間ほどで解けるようになっていたので、これでようやく詰碁も朝のウォーミングアップといえるようになっていた。

そこで自信をつけた井山はさらに先を見据えて、もう少し歯応えのあるものに取り組もうと考えて、

「張栩の詰碁」や郭求真の「至高の詰碁」、「石榑郁郎詰碁傑作選」などにどんどん挑戦していった。

難問ばかりで最初はまた苦行の連続となったが、これがスラスラと解けるようになれば本当に六段とか七段の実力が身についていよいよ八段を目指す準備が整うのだろうと信じて、井山は自らを鼓舞した。

一方の実戦対局については、井山は本当に強くなるためには何よりも強い相手と数多くの対局をこなすことが一番だと考えていたので、懇切丁寧に指導をしてくれる八段の藤浦と毎日でも打ちたかったが、四月に入ると何故か藤浦はサロンに顔を出さなくなった。

そこで井山はリーグ戦の成績には目をつむって、負けてもいいので果敢に高段者リーグのメンバーに挑戦することにした。そして時間をかけて局後の検討につき合ってもらうことで、井山は高段者の芸を少しでも自分の血肉とすべく努めた。

井山が白昼堂々とカウンターで対戦相手を探して待っていると、いつものようにワインを飲んでいた頭がツルッとした鈴木と白髪交じり中年太りの松木が、何故こんな時間から井山がいるのか気になって話しかけてきた。

「井山さんも昼間から随分と熱心だね。ひょっとして井山さんも細名さんや堀井さんのように、もう仕事を辞めて囲碁一筋で行くことにしたのかね？」

「いや、私はまだ会社は辞めてないですよ」

井山は少しムキになって答えた。

「そりゃそうだよね。いくら井山さんが『奥の院』に行きたいっていっても、まだ三段じゃあ、会社を辞めちゃうのはさすがにリスクが大きいからね。下手すりゃ辞め損になっちゃうもんね」

そう言われて井山は気分を害したが、確かにまだ高段者リーグにも入っていないのだから、「奥の院」に行く候補と思われていなくても仕方なかった。

「それじゃあ会社をサボってここに来たのかな？　私も囲碁のやり過ぎでクビになったことがあるから井山さんも気をつけたほうがいいよ」

松木特有の自虐ネタにも井山は冷静に答えた。

「私の場合、上司公認ですからそんな心配いらないですよ」

するとそれを聞いた鈴木が興味深そうに井山を眺めた。

「へー、それは珍しい話だね。上司が昼間から遊んできていいって言うなんて、あんたんとこは随分とホワイトな会社だけど、逆にホワイト過ぎて大丈夫なのか心配になるね」

「それか、もう完全に上司に見捨てられているのかも」

二人は顔を見合わせて笑った。

上司から見放されていることも六月の総会人事の異動でどこかへ飛ばされそうなことも井山は十分承知していたが、井山にもプライドというものがあるのでつい見栄をはった。

「実は今度、取引先と囲碁対決を行うことになって、勝てば取り扱いを倍にしてもらえることになったので、部長が囲碁の特訓をすることを認めてくれたんですよ」

鈴木と松木は驚いて目を丸くした。

「囲碁対決で取引量を決めるなんて随分ふざけた話だね。本当にあんたんとこの会社は大丈夫なのかね」

「ええ、実は相手の社長と直談判してその囲碁対決の話を認めさせたのは私だったんですよ。だから私自身どうしても負けるわけにはいかないんですよ」

そう言って井山が胸を張ると、二人は今度は心配そうな顔で井山を眺めた。

「へー、それは責任重大だね」

「そうなんですよ。だからこうなったからにはもうやるしかないと思っているんですよ。相手の社長が六段なのであと一か月で私も六段まで上がらなければならないんですよ」

二人はまた驚いて思わず顔を見合わせた。

「ちょっと待ってよ。井山さんは確か今は三段になったばかりだよね」

「はいそうです。でもこれは絶対に勝たなければならない闘いなんですよ」

とても信じられない話だが、井山の決然たる態度を見ているとどうやら冗談ではなさそうだった。

「それじゃあ、井山さんも景気づけに一杯どうかね」

鈴木のその言葉にバーテンダーの梅崎が素早く反応して、井山の目の前にサッとグラスを置いた。

「今日はこれから強い方たちと沢山打ちたいと思っているので、ちょっとお酒を飲むのは遠慮しておきます」

その言葉の内に二人は改めて井山の決意のほどを見て取り、この男はひょっとしたらあと一か月で本当に六段まで上がるのではないかと思った。

第三章

井山は改めて対局部屋の中を眺め渡してみたが、以前より昼間に対局している人が増えていることに気がついた。

確かにカウンターに陣取っている鈴木や松木、それから銀行を退職した和多田などはもともと昼間から来ていたし、仕事を辞めた細名や堀井がいるのももっともだったが、この日は医者の奥井や財務官僚の羽田も何故か昼間から来ていた。

興味を抱いた井山はその時丁度対局を終えた羽田のほうに近づいて行った。

羽田が本気で「奥の院」を狙っていることは普段の言動からも明らかなので、井山としては高段者になった後も有言実行とばかり昇格を続け遂に七段まで上った羽田が、普段から一体どんな勉強をしているのか是非とも一度訊いてみたいと思っていた。

ところが井山は当然知りようがなかったが、この時羽田自身は、今までと同じやり方では「奥の院」には到底行けないと思って焦っていた。羽田は七段に昇格して初めて、次なる壁がいかに巨大なものかよく分かって人知れず悩んでいたのである。

それは羽田にとって、人生において初めてぶち当たる大きな壁だった。これまでは自信たっぷりにあらゆる障害を乗り越えてきた羽田も、このままでは生まれて初めて挫折を味わうことになると恐れ慄いていた。

羽田も本当は細名や堀井のように仕事をすっぱりと辞めて囲碁に専念したかったが、背負っているものが大き過ぎてそのような決断ができない自分がもどかしかった。

羽田の悩みなど知る由もない井山は、昼間からここにいるのは自分と同じように単に仕事をサボっているからなのだろうくらいにしか考えていなかった。

一方の羽田も井山に気づくと、自分が悩んでいるだけに何故井山が昼間からここにいるのか知りたいと思った。

二人はこれまで対局したことはなかったが、近づいてくる井山の顔を見た羽田は軽く会釈した。

「井山さんですね。打ちましょうか?」

「え、本当ですか? 三段ですけど、宜しければ是非ともお願いします」

井山が力強く答えると、羽田はジッと井山を見据えたまま軽く頷いた。

「ところで井山さん、今日は仕事はどうされたんですか?」

羽田は挨拶代わりとばかりに、ごく自然な形で井山に問いかけた。

「実は今度お客様と部の存亡を懸けた重要な囲碁対局を行うことになったので、今後一か月間は囲碁に専念してもいいと上司から許可をもらったんです」

常識では考えられない囲碁勝負の話に羽田は驚愕した。

「仕事で囲碁対決ですか。それはちょっと信じ難い話ですね。でもそんな口実があれば業務と称して昼間から堂々と囲碁に専念できるから、それはそれで羨ましいですね」

羽田は心底羨ましそうな顔でそう言った。

「羽田さんは今日は仕事はどうされたんですか？」

井山の問いに対して、羽田は自らの悩みを振り払うかのように決然たる口調で答えた。

「私も細名さんや堀井さんと同じように、仕事を辞めることにしました」

囲碁に専念するために仕事を辞めるのがこれで三人目とあって、井山はもうそれほど驚かなかったが、それにしても一体これはどういうことなのだろうか？

彼もまた「らんか」から発する砂塵のような黄色の妖気に侵されてしまったのだろうか？

レベルの高い高段者リーグで揉まれながらも見事七段への昇格を果たし、万事順調に見える羽田も、実は人知れず悩み、どうしても次の目標を達成するためには仕事を辞めざるを得ないところまで追い詰められているのだろうか？

常に一位を取り続けてきた羽田にとって、十分な時間を確保できずにその思いを遂げることができないもどかしさに、身悶えするほど苛まれているということなのだろうか？

それは恐らく羽田にとって苦渋の選択に違いないが、今はすっぱりと決断して完全に吹っ切れたのか、表情はどこか禅僧のようで泰然自若としていた。

すると突然、羽田は井山に禅問答のような問いを発した。

「井山さん、日本の歴史上最大の天才は誰だと思いますか？」

羽田の唐突な問いに井山は面食らった。

囲碁の話だとしたら、初めて七冠のタイトルを同時制覇した井山裕太こそが日本最大の天才ということになるだろうが、もしかしたら過去にも井山が知らない天才棋士がいたかもしれないので迂闊に答えられなかった。

井山が戸惑って言葉を発せられないでいると、羽田は表情を変えることなく続けた。

「これは全くの私見ですけど、私は日本の歴史上最大の天才は空海だと思っているんですよ」

「え、空海ですか？　最澄と空海のあの空海ですよね」

理系の井山は歴史があまり得意ではなかった。

「天台宗を始めた僧侶ですよね。あれ、真言宗でしたっけ」

「真言宗です」

どちらがどっちだったか混同してなかなか覚えられないが、井山は空海について自分が知り得る僅かな情報を必死にかき集めた。

「弘法も筆の誤りのあの弘法大師のことですよね。非常に字がうまかったそうですね」

「ええ、そのことでも有名ですけど、それ以上に空海は文章そのものが非常にうまかったんですよ」

習字や文章がうまくて何がそんなに天才的だというのか、井山にはピンとこなかった。

「空海は一体どんな天才的な才能があったんですか？」

羽田は小さく頷くとおもむろに説明を始めた。

「彼は遣唐使として最澄と共に唐に渡ったんですけど、書が大変うまくて評判になったので、唐の皇帝が宮殿に招いて壁に揮毫させたところ、その出来栄えがあまりに素晴らしくて『五筆和尚』という号を与えられたといわれているんですよ。なんでも、両手両足と口で五本の筆を持って同時に書いたそうなんですよ」

「本当ですか。それは凄いですけど、なんか曲芸師みたいですね」

「ええ、でもそれだけじゃないんですよ。書道以上に凄かったのが彼の文章力で、中国人も舌を巻くほど際立っていたそうなんですよ」

「文章がうまいのは、そんなに凄いことだったんですか？」

「今ではあまりピンとこないかもしれないけど、科挙制度を見ても分かる通り、個人の能力そのものが文章力で測られていた時代ですから、当時の中国人は特に文章に敏感だったんですよ。膨大な古典に精通して適宜事例を引用しながら論理を組み立てる作文力において、彼の天才ぶりは中国人の目にも明らかなほど際立っていたので、異国の地から来た若造が本場の中国人よりずっとうまい文章を書くというので、長安でも直ぐに評判になったんですよ。実は文章だけでなく、空海は何故か唐に着いて直ぐに流暢な中国語を話したので、そのことでも皆、驚いたそうですよ」

「そうなんですか」

「そのうえ、密教を学びたいと思っていた空海は密教の元の言語であるサンスクリット語、つまり古代インド語を唐にいたインド僧から教わるんですけど、僅か三か月でマスターしたといわれているんですよ」

「へー、それは本当に凄いですね。言語に対する優れた特殊能力を持っていたんですかね」

「そうかもしれないけど、彼の天才ぶりは言語だけではなかったんですよ。当時唐には密教を完全に習得した僧侶が一人だけ残っていたんですよ。弟子を千人も抱える恵果という僧侶ですが、余命数か月という中で自分が習得した密教の奥義を誰かに伝授しなければならないと焦って、高弟七人に引き継ごうとしていたんですが、なかなか全部を会得できる者がいなくて悩んでいたんですよ」

「そんなに大変なものなんですね」

「そうなんですよ。ところがそんなところに、日本から密教を会得したいという僧侶がやってきて、耳に入ってくる数々の噂から、その天才ぶりに恵果はすっかり惚れ込んで、なんとか空海に会いたいと画策するんですよ。そして信じ難いことに、初対面の時にいきなり空海に自分の後継者として全てを引き継ぎたいと申し出るんですよ」

「それもまた凄い話ですね」

「そうなんですよ。そしてもっと凄いことに、二十年はかかるといわれた密教の教義の全てを、僅か三か月で空海に伝授してしまうんですよ。空海は不眠不休で伝法の儀式を受け、各象徴や思想の解釈を恵果から説明してもらって、二百巻以上の経典を中国語とサンスクリット語の両方で読んで全て完壁に理解したといわれているんですよ」

「本当ですか。それは本当に凄いことですね」

「恵果は空海に全てを伝授し終わって安心したのか、僅か数か月後に息を引取るんですが、空海は正統なる真言密教の後継者として、千人の弟子を代表して碑文の文章を書いたんですよ。いずれにせよ、まだ若かった空海は最澄のように国を代表して国費で送られた高僧と違って、日本では無名の私度僧に過ぎなかったわけですから、僅か一年前に異国の地から来た一介の私費留学生がそんな大役を仰せつかることになるなんて、普通では考えられないことですよね」

井山が改めて驚いた表情を見せると、満足そうに頷いた羽田はなおも説明を続けた。

「空海は何故、そこまで密教にこだわったんだと思いますか?」

「さあ、どうしてですか?」

「彼は幼少の頃から天才の誉れが高かったんですよ。十五の時に儒学者で中央政府の高官だった叔父を頼って讃岐の田舎から奈良の都に上り、本来であれば中央貴族の子弟しか入れない大学へ十八の時に特例で入学させてもらうんですよ」

「へー、大学ですか?」

「大学といっても今と違って、当時の大学というのはいわば高等官僚養成所ですから、空海も将来は朝廷に仕える優秀な官吏となって栄達することを大いに期待されたわけなんですよ」

「なるほど、そうなんでしょうね」

「ところが空海は十九になると、突然大学を辞めて僧侶になりたいと言い出すんですよ」

「え、せっかく特例で入れてもらったのに勿体ないですよね。どうしてなんですか？」

「空海にしてみたら、大学で学ぶ儒教の知識というのは全て中央政府の行政を支える処世の実務ばかりで、くだらない俗事としか感じられなかったんですよ。つまりそんなことに人生を捧げて膨大なエネルギーを使って出世しても、時間の無駄としか思えなかったんですよ」

「そんなことといっても、仕事って本来そういうものですよね」

「そうかもしれないけど、空海はそういった出世とか金儲けということよりも、もっと哲学的な、自分は如何に生きるべきかということを真剣に考えていたんですよ。それで空海は密教が説く宇宙の真理や生命の神秘といった形而上的精神世界、つまりこの雄大な宇宙と自分が渾然一体となって生を謳歌するという新たな思想にすっかり魅せられてしまって、自分がこの世に生を受けた意義を見出すためには、唐に渡って密教を学ぶしかないと考えたんですよ」

羽田はそこまで一気に話すと、穏やかな表情のまま井山を見つめた。

「自分の人生にどんな意義を見出すかは、人それぞれの選択ですからね」

そう言われてみると確かにそうかもしれなかった。

自分の人生の意義などと大上段に構えて考えることなど、井山はこれまで一度もなかったが、この時フッと井山の頭の中に、自分は一体何のために生きているのだろうかという思いが浮かんだ。

「いいですか井山さん。我々は小さい時から毎日学校に行き、毎日仕事に行くのが当たり前だと思っていたかもしれないけど、そんなこと誰が決めたんでしょうかね。人生の貴重な時間をどう使うかは本来もっと選択肢が多くて人それぞれ多様性があっていいと思うんですよね。毎日狩りに出るのが当たり前の時代もあれば、毎日農耕をして過ごしていた時代もあるわけですが、その時代はそうしなければ生きていけなかったので人は食うために昔からそうやって働いてきたわけだけど、それじゃあ今我々が仕事場に行くのは昔の狩りや農耕と同じように単に食うためなんでしょうかね？」

井山は神妙な面持ちのまま羽田の言葉を聞いていた。

「それともそれとは違う意味があるんでしょうか？　人生で一番長い時間を占める仕事って一体何でしょうか？　仕事こそが人生の生きがいだっていう人がいるけど、食うに困らなくなってもやっぱり仕事が一番大事なんですかね？　もし食うに困らなくなったら人生においてやりたいことというのは人によってもっと違ってくるんではないでしょうか？　もしかしたら今後ＡＩが発達して、これまで人間が行ってきた生産活動を担うようになれば、人は本当に食うための労働から解放されて、仕事以外の生きがいを見出す必要が出てくるかもしれないですよね」

このアイデアこそが、仕事を辞めるか悩んだ末に、羽田が自分の行動を正当化するためにひねり出したロジックなのだろう。

あまりに新奇な発想でピンとこないところもあるが、もしかしたら時代を先取りした発想で、最近流行りのＦＩＲＥ、つまり金銭的に自立して早めに引退するという考え方にも相通ずるものがあるのかもしれなかった。

井山も入社以来、毎日会社に行くことが苦痛だったので、食うためという以外に仕事にどんな意義を見出したらいいのか自問しているところだった。

自分の人生というのは、本来自分がやりたいことを思う存分行うことだとしたら、その点に関して後悔のない人生を送っているとは言い難かった。

井山はこの時、本当に自分がやりたいことと仕事が一致している人はきっと幸せなんだろうと思った。

禅僧のような厳かな表情を保ったまま、羽田はなおも続けた。

「やれ資料を隠しただの、数字をいじっただの、誰に忖度したとか、同期の誰より出世したとかしないとか、そんなことはもうどうでもいいことに思えてきたんですよ。それよりも碁盤の奥に潜む囲碁の奥義を探究することこそが、この世に生を受けた自分の人生の意義だと感じるようになった途端に、その他の世俗的な事柄は一切合切、もうどうでもよい些事としか感じられなくなったんです」

「まさに空海と同じ心境なわけですね」

「ええ、そうなんですよ」

そう言うと、羽田は瞑想するように静かに目を閉じた。

羽田は自分の行動は決して間違ってなどいないと自分に言い聞かせ、悔いることなき納得感を得たいと心の中で必死に闘っているかのようだった。

井山には羽田に訊きたいことがまだ山ほどあったが、今更家族をどう説得したのかとか、今後の生活をどうするつもりなのかなどと野暮な質問をするのは止めることにした。そんなことをいちいち考えて悩むこと自体、羽田の言う「世俗的な些事」なのかもしれないのだ。

井山は気持ちを切り替えると、今はただひたすら目の前の碁盤に集中して、自分の遥か先で飛翔を始めた羽田の背中を必死で追うことだけを考えた。

羽田の禅僧のような落ち着いたたたずまいからは、えも言われぬ無言の「気」がほとばしっており、碁を打つ前から井山は圧倒された。

つい先日までサロンの女の子たちにセクハラ発言を繰り返していた煩悩の権化のような世俗的なおじさんの姿はそこにはなく、今はもう全くの別人のようだった。

やがてまたゆっくりと目を開けると、羽田は一礼して静かに白石を碁盤の上に置いた。

三段の井山に対して羽田は七段なので、四子の碁である。

四つも置石があれば断然有利だと井山は思ったが、羽田が気迫を込めて各所に打ち込んできたため、序盤から激しい闘いの碁になった。

井山も詰碁で鍛えた読みの力を駆使して必死に闘ったので、かなり互角の状態が続いたが、中盤に入って羽田の気迫に押された井山は一瞬だけ手が緩んでしまった。

その僅かな緩みを衝かれて、黒の碁形が崩れてしまった。

激しい闘いを仕掛けたら、最後まで正確な読みで厳しい手を打ち続けなければ往々にして悲惨な結果を招くものである。その差は僅かなものかもしれないが、結果は大きく異なるものとなった。

羽田に力でねじ伏せられた井山は投了するしかなかった。

明らかに読みの力で劣って負けたので井山は涙が出るほど悔しかったが、その悔しさも次への飛躍の糧であると自分に言い聞かせて羽田に検討を依頼した。

激しい戦闘の中で本来井山が打つべきだった手を並べてもらうことで、井山にも何通りもの勝つ道筋があったことが確認できたので、悔しかったが大きな収穫となった。

負けはしたが、井山にとって羽田との対局は多くを学ぶ貴重な機会となった。


井山は対抗戦に備えて、勝敗を度外視してともかく強い相手と打ちたいと考えていたので、次に医者の奥井に対局を申し込むことにした。奥井との手合いは羽田と同じく四子である。

七段の奥井は八段の四天王に最も近い存在だが、四天王との間の僅かな差が簡単に越えられぬほど深くて大きいことを誰よりもよく知っていた。

特に前回のリーグ戦では、あと一勝で八段昇格というところまで迫りながら、四天王の埜口、矢萩に立て続けに敗れて、優勝はおろか八段昇格まで逃してしまったのでそのことは苦い思いとして奥井の心に突き刺さっていた。

表向きは「奥の院」にさほど興味がないように装いながらも、実は奥井もそこに行きたい思いを抑えきれなくなっていた。

これまでは他人の目を気にして正直になれなかったが、奥井はもうなりふり構わずに行くしかないと開き直って昼間から対局に臨むようになっていた。

そんな奥井の心の葛藤など分かるはずもない鈍感な井山は、相変わらず明るく声をかけた。

「奥井先生、こんな時間から珍しいですね。今日は病院はお休みですか？」

昼間からここで打っているからには、皆それなりの事情があるのは当然だが、そこをお互い触れないのが武士の情けというものだと思っている奥井の感情の機微を、鈍感な井山は読み取ることができなかった。

なんの悪気もないものの、単に好奇心から無邪気に問いかける井山を、察しの悪い奴だと苦々しく思いながら、奥井は正面から答える気もせず、かといって無視するわけにもいかず、奥井一流の禅問答のような遠回しの言い方で鈍感な井山にも察してもらえるように答えることにした。

「井山さん、ペレルマンという方をご存じですか？」

突然の奥井の質問に井山は面食らったが、もともと理系オタクなので専門分野は違うが、一応ペレルマンの名前くらいは知っていた。

「ロシア人のグリゴリー・ペレルマンですか？　確か百年の大問題といわれた『ポアンカレ予想』を解いた数学者ですよね」

「さすがよくご存じですね」

奥井は感心した振りをしながら頷いた。

「でも具体的にどんな理論なのかよく知らないですけどね」

「そうですよね。『ポアンカレ予想』というのはトポロジーという比較的新しい数学分野の非常に難解な理論なので、実を言うと私もよく分かってないんですよ。フランスの天才数学者のポアンカレが一九〇〇年頃提起した仮説なんですけど、なんでもそれが証明されると宇宙全体がほぼ球体であるということが証明されることになるらしいんですよ」

「はー、そうなんですか」

雲をつかむような話で、井山は一向に要領を得なかった。ポアンカレ予想の概念がさっぱり分からず呆けた顔をする井山に奥井はさらに説明を続けた。

「ええ、そうなんですよ。我々からしたら、宇宙が球体だろうがドーナツ型だろうが、日々の生活に影響があるわけではないからどうでもいい話ですよね」

「ある意味そうですよね」

「ところが当時の数学者にとっては、この問題を解くことが何よりもチャレンジングでエキサイティングなことだったんですよ。ポアンカレが死んでから百年以上にわたって、それぞれの時代の最も優秀な天才的な数学者たちが、その問題にすっかりとり憑かれてしまって、次から次へと挑戦するようになったんですよ。そういう人たちは『ポアンカレ熱』に侵されてしまったと揶揄されながらも、果敢にこの難題に立ち向かっていったんですけど、結局は誰も解けずに、人生の大半の時間を棒に振ることになったんですよ」

どこかで聞いたような話である。

井山は、「奥の院」を目指して真剣に囲碁に取り組んでいる自分と、数学者たちの姿が重なって見えた。

最終的に「奥の院」にたどり着けるのはたったの一人だが、それは最終的に「ポアンカレ予想」を解いて賞賛されるのがたった一人であることと似ており、どんなに頑張っても、他の人に先を越されたらそれまで費やした時間は全て無駄になってしまうのだ。

井山がぼんやりとそんなことを考えていると奥井がさらに続けた。

「若い頃から天才と呼ばれていたペレルマンはアメリカの大学に招聘されて恵まれた環境の中で研究をしていたんですが、御多分に漏れず彼も『ポアンカレ熱』に侵されてしまうんですよ。なんとしてもこの難問を解きたいと思ったペレルマンはスタンフォードやプリンストンなど名門大学からの好条件の教授職のオファーが沢山あったんですけど、それを全部断って、安定した生活を捨ててロシアに戻ると、数学界の第一線から退いて田舎に引きこもったままひたすらこの難題に取り組むんですよ。そしてそれから十年くらいを経て、二〇〇六年に遂に『ポアンカレ予想』の証明に成功するんですよ」

「それじゃあ彼は夢を叶えたんですね。他の人と違って、その問題に取り組んだ時間が無駄にならなかったから、挑戦した甲斐があったといえますね」

「そうなんですよ。でもその後彼は数学界のノーベル賞といわれているフィールズ賞の受賞も拒否して、クレイ数学研究所が設けた百万ドルの賞金も受け取ろうとしないんですよ」

「え、どうしてですか？　せっかく苦労して難問を解いたというのに、何が気に入らなかったんですかね」

「彼にしてみたら、この難問に挑んで膨大な時間を費やしたのは、なにも金や名誉のためではなかったんですよ。彼はただ単に、その難問を解きたかっただけなんですよ」

奥井は一息ついて井山を見た。

「私にはなんとなくペレルマンの気持ちが分かるような気がするんですよ。我々の囲碁の奥義を極めたいという思いも、これに近いものがあるんではないでしょうか」

「それは少しオーバーじゃないですか、奥井先生。私も囲碁の奥深さにすっかり魅了された者として、奥井先生の仰る通りだと言いたいところですが、さすがに世紀の数学の大問題と囲碁の奥義では、社会的意義に大きな違いがあると思いますよ」

「いやいや、井山さん。決してそんなことないですよ。どちらのほうが意義深いかなんて人によって違うから、どちらも同じく意義があることなんですよ。だから私も仕事を辞めて囲碁に専念する気になったんですから」

「え、奥井さんもやっぱりそうなんですか？」

驚いた井山は思わず絶句した。

奥井の禅問答のような受け答えは、結局このことを伝えるためだったのだ。

「だってよく考えてみてくださいよ。囲碁は単なるゲームかもしれないけど、『ポアンカレ予想』の証明だって、ある意味、実生活に何のかかわりもない壮大な『パズル』を解くようなものですからね。毎日、毎日、机に向かって何をしているかというと、もの凄く難解なパズル、そうですね、まあ言ってみれば多次元構造の超複雑な『数独』を解くみたいなものですよ。それはそれで凄いし、『ポアンカレ予想』の場合、数学だけでなく相対性理論や量子力学といった物理学への影響も大きかったようなので確かに『人類の知的遺産』ともいえるかもしれないですが、囲碁だって立派な『人類の知的遺産』といえると思うんですよね」

「それでもフィールズ賞を受賞するくらいの数学者はやはり並外れた天才だと思いますよ。確か賞の授与は四年に一度で毎回二、三人だから、ノーベル賞より難しいといわれていますよね。おまけに四十歳という年齢制限があるので若いうちに業績を残す必要がありますからね。三百六十年もの長きにわたって未解決だった世紀の大問題『フェルマーの最終定理』を解いたアンドリュー・ワイルズでさえ、解決に至ったのが四十二歳だったために受賞できなかったくらいですからね」

井山は口ではそう言ったが、一方で奥井の言う通り、天才数学者の仕事といってもなんのことはない、毎日机に向かって数式をいじっているだけなのだから、その点においては仕事をサボって囲碁に専念している自分とさほど違いがないように思えた。

するとと奥井が突然、また禅問答のような問いを井山に投げかけてきた。

「ペレルマンは『ポアンカレ予想』を証明することによって、この壮大な宇宙の本来あるべき姿というものをまるで宇宙の外から四次元的に俯瞰するように捉えてみせたわけですが、それでは井山さんは囲碁の奥義を極めるということの意義をどうお考えですか?」

奥井の唐突な質問に井山はうろたえてしまった。

井山にとっては、「奥の院」に行くということは、囲碁で誰にも負けないくらい圧倒的に強くなり、その強さを誇示して麗子と結ばれることを意味したが、囲碁の奥義を極めるということが具体的にどういうことなのか、今まで深く考えたことはなかった。

井山が返答に窮していると奥井がまた静かに語り出した。

「井山さん。それがどういうことか、私もよく分かっているわけではないですが、私なりに考えてみたところ、それは仏教の『悟り』に似ているのではないかと思っているんですよ」

「え、『悟り』ですか？」

想像を遥かに超えた突拍子もない着想が飛び出してきたので、井山はまたすっかり困惑してしまった。

「仏教ではこの宇宙をも包摂する全ての世界を究極的に認識して真理に到達する体験を、『悟り』と表現していて、修行を積むことによって『悟り』を開いて仏となることこそが人の道だと説いているわけですよ。でもよく考えてみると、この世界で実際に『悟り』を開いた人はお釈迦様しかいないわけですから、皆で訳知り顔で『悟り』『悟り』と言っても、それがどんなことなのか実は誰も知らないわけですよ。それでも人は鍛錬を積めば、弥勒菩薩や観音菩薩のように五十六億年くらい先には限りなく真理に迫れると期待して、頑張って修行を続けるわけですが、でもそれは決して到達することがない境地でもあるんですよ」

「限りなく真理に迫るけど、決して真理には到達しない境地ですか？」

「そうなんですよ。これって同じことが囲碁でもいえると思いませんか。囲碁の奥義を極めるといっても、それは恐らく限りなく真理に肉薄することかもしれないけど、決して真理に到達することではないんですよ。でもよく考えてみてくださいよ。たとえそうだとしても碁盤の奥に潜む無限の宇宙の真理に迫れると思ったらなんかワクワクしませんか。そこには我々もＡＩもまだ解明できていない世界が、そう、神しか知らない領域があるんですよ。だから囲碁の奥義を極めるということは、神に一番近づくということで、それはすなわち、世界で一番強くなるということなんですよ」

井山は奥井の言葉を聞いているうちに身体が震えてくるのを感じた。

これまでは自分が挑戦しているものが何なのか、深く考えたことはなかったが、奥井の言葉によってそれが何であるか具体的にイメージできるようになってきた。

不思議な感慨に浸ってフワフワとした夢見心地のまま奥井との対局に臨んだ井山は、奥井の言葉がどうしても頭から離れずに集中できなかったので、羽田との対局同様、四子も置いていたのにまた負けてしまった。井山は奥井に負けはしたが、対抗戦に向けて今はあまり勝敗に一喜一憂しないようにしようと自分に言い聞かせた。

それでもサバキのテクニックや厚みの活かし方など、またまた高段者の華麗な芸に触れた井山は、この対局からも多くのことを学んで満足だった。

それにしても羽田や奥井の四天王に追い着きたいという気迫にはただならぬものがあったが、そんな二人の変貌ぶりに警戒心を強めたのは、四天王の一人、弁護士の矢萩だった。

矢萩は前回のリーグ戦で不覚にも七段の女性コンサルタントの村松に足をすくわれて優勝を逃したので、今期こそは絶対に取りこぼしがないようにしようと肝に銘じて慎重を期していたが、それでも人はミスを犯すものだし、ミスの度合いも年齢を重ねるごとに酷くなっているように感じられた。

矢萩にとっては、前回優勝の埜口は相変わらず最大のライバルであったが、そんな埜口に対しても一発勝負であればポスト全共闘世代のしぶとさで勝つ自信はあった。

但し埜口を粉砕しても、前回その埜口を破った若い星飼や、やはりポスト全共闘世代で矢萩同様しぶとい藤浦も控えているので、そう何回も重要な一発勝負を勝ち続けることは至難の業といえた。

しかも今までは八段の四天王だけを意識していればよかったが、七段の奥井や羽田が仕事を辞めて囲碁に専念するようになってじわじわと迫りつつあることを肌で感じていた。

さらにまだ六段とか五段ではあるが、政治家だった細名や、ビジネススクール学長だった堀井も仕事を辞めて院生のような囲碁漬けの生活を送るようになっていたので、ひたひたとその足音が聞こえてくるようだった。

このまま時間が過ぎていけば、若手が伸びてくる中で自分は下降線をたどる一方なので、不利な状況に追い込まれることは確実だった。

なるべく早く決着をつけなければ、やがて矢萩が栄冠をつかむ可能性は永久に失われてしまうだろう。

　ではその期間はどれくらいと考えたら良いだろうか？

　恐らく一年以内に決着をつけなければもう無理だろう。

　もし本気で「奥の院」を目指すのなら、もうなりふり構わず、自分も細名や堀井のように仕事を辞めて囲碁に専念するしかないだろう。

　そうしなければ一生後悔することになるだろう。

　但し、仕事を中断するのは一年だけにしよう。

　それ以上は恐らくもう無理だから、この一年に集中しよう。

　もともと勝負師の矢萩は勝負のかけどころもよく心得ていた。

　ともかく一年以内の決着を目標に集中し、それが達成できなければその時は潔く諦めて老兵は静かに去り、愛する妻と平穏無事に老後を過ごそうと考えた。

　一年経てばもう一年また一年と諦めきれなくなるかもしれないが、そんな悪あがきを繰り返しても、一度でも台頭する若手の後塵を拝したら、それ以降それが常態化することは目に見えていた。囲碁に限らず、どんな勝負事でも世代交代は避けがたい世の常なのだ。

　矢萩にとっては、だからこその一年勝負だった。

　一方、星飼は、相変わらず上司の埜口から仕事を大量に振られて囲碁どころではなくなっていた。

もともと星飼は「奥の院」にさほど興味があるわけではなかったが、前回のリーグ戦では正々堂々と勝負することなく「奥の院」に入って行こうとする埜口の姿勢が許せなくて、ついムキになって埜口の連勝を阻止する役割を演じてしまったのだった。

優勝の可能性がない星飼に「奥の院」への道を閉ざされ激怒する埜口から密かに別室に呼び出された星飼は、六月の人事異動での海外転勤を告げられた。

人生の目標を囲碁から出世に切り替えて以降、身を粉にして仕事に邁進し、十分な実績も上げてきた星飼にとって、今回の異動は人生観が百八十度転換してしまうほどの大きな衝撃だった。

ちょっとした義侠心から単なる遊びの囲碁で一局負かしただけの他愛のない話だというのに、仕事では誰からも文句をつけられないほどの成果を上げている自分が、なんでこんな理不尽な仕打ちを受けなければならないのだろうか。

会社というのは囲碁のように勝敗がはっきりとした分かりやすい世界と違って、嫉妬や誹謗、騙し合いが横行し、ドロドロとした人間関係が渦巻く不条理な世界だと改めて思い知らされた。

一見クールでニヒルに見えるが、その実、純粋で実直なところがある星飼は、本当に競争を勝ち抜くための指針を見失い、こんな不可解な世界で生き抜いていくだけの気概を失っていた。

冷静に周りを見回しても、大した実力もないのに誰かの足を引っ張ったり、他人の業績を自分の手柄のように見せたりすることが得意の、派閥の親分を盛り立てることに熱心な声だけでかい太鼓持ちが、社内で幅を利かせているように見受けられた。

要領よく立ち回れなければ、出世競争を生き抜くことなど望むべくもないが、まさに清濁あわせ呑む覚悟が必要なのだと思うと、星飼にはそこまでやる気はなかった。

院生時代の囲碁だけに熱中していた頃が堪らなく懐かしく思い出されて、星飼はいたたまれない気持ちになった。

もう一人の四天王、自由奔放な藤浦は、最近は「らんか」にあまり顔を出さなくなっていたので、直接手ほどきを受けたいと待ち望んでいた井山は残念に思った。

新たなリーグ戦は、各人の人生模様が複雑に絡み合う中で静かなスタートをきったが、その後、新たな参加者の登場によって、これまでの優勝争いの予想図が大きく書き換えられることとなった。

第四章

七段の財務官僚の羽田と医者の奥井に立て続けに敗れてすっかり疲れた井山は、少し休憩しようと思ってカウンターに近づいて行った。

カウンターにはいつものように頭がツルッとした鈴木と白髪交じり中年太りの松木が、昼間からワインを飲んで酔っぱらっていた。

「井山さんも随分と気合いを入れて打っていたけど、どうだね、六段には届きそうかね？」

「いやいや、完敗でした。まだまだ道は遠そうです」

敗れた苦い思いを呑み込んで、井山は自嘲気味に答えた。

このままでは六段への道は相当険しそうだが、何よりも三段の手合いで打っても、六段の相手との互先の練習になっていないことが気がかりだった。

井山は藤浦に互先の打ち方を教えてもらいたいと思ったが、肝心の藤浦は一向に「らんか」に顔を出す気配がなかった。

井山がぼんやりと藤浦のことを考えていると、その時突然襖が開いて藤浦の妻の由美が入ってきた。

堂々とした面持ちの由美は、相変わらずボディコンの服に身を包んでお色気満点だった。

「いらっしゃいませ。今日はご主人は一緒ではないんですか？」

由美に気がついた麗子がぎこちない笑顔で近づいて行くと、由美は不愛想に答えた。

「ええ、今日は私だけです。主人はちょっと腰を痛めたので、自宅療養中なのよ」

それを聞いた麗子が心配した表情で訊いた。

「え、そうだったんですか？　最近お見えにならないから心配していたんですよ。藤浦さんは大丈夫なんですか？」

「あなたが心配する必要はないのよ。寧ろ家でゆっくりしているから、悪い虫がつかなくて今までよりよっぽど安心だわ。ホホホホ」

由美は言いたいことを言うと、今度は一転して猫なで声に変わった。

「今日はリーグ戦に参加させたい知り合いを連れて来たんだけど、宜しいかしら？」

「ええ、勿論ですわ。新しいお客様は、こちらとしても大歓迎ですから」

すると由美にそっくりな女性が小さな子供の手を引いて部屋に入ってきた。

「こちら双子の姉と甥の敬吾です」

「丸山と申します。宜しくお願いします」

由美の双子の姉は麗子に向かって丁寧にお辞儀した。確かに顔は由美とそっくりだったが、雰囲気は随分と違っており、まだ二十代とは思えぬ落ち着きがあって、服装もシンプルなワンピースで清楚な感じだった。

緊張した面持ちのまま、母親にしっかりと手をつながれていた息子は、丸山敬吾という、いかにも囲碁が強そうな名前だったが、小顔の大部分を占めている大きな黒縁眼鏡の下のクリッとした目は愛嬌たっぷりで、その小柄な身体と相俟ってぬいぐるみのように愛らしかった。

「敬吾君は今いくつかな?」

麗子が腰をかがめて子供の目線で優しく訊くと、敬吾はふてぶてしい態度で答えた。

「十歳だけど、なんでそんなこと訊くの、おばさん」

「おばさんじゃなくて、おねえさんでしょ」

麗子は少しムッとして訂正した。

「由美おばさんと同じくらいの年だから、やっぱりおばさんだよ」

「敬吾、由美おばさんじゃなくて、由美ちゃんでしょ。何回も言っているのに、この子ったら本当に物覚えが悪くて困っちゃうわ」

今度は由美がすかさず訂正したが、麗子は敬吾への質問を続けた。

「それだと小学校四年生ね。今日は学校が終わってから来たのかな?」

麗子の質問に対して、敬吾が答えるより先に母親が威儀を正して、一切の反論を許さないかのような勢いで答えた。

「敬吾は囲碁の修行のために先月まで韓国に行っていたんです。そろそろ日本で院生にしようと思ってこの四月に帰国したばかりなので、学校には行かせてないんです」

「え、そんなことができるんですか?」

麗子が驚いて訊くと、そんなことはあなたには関係ないと言わんばかりに、また母親がまくしたてた。

「敬吾もこれからプロ棋士を目指すのでもう直ぐ院生になるんですけど、敬吾の目標は単にプロになることではなくて、世界一になることなんですよ。だから平日も学校に行かせずに、囲碁に専念させたいと思っているんです」

麗子が戸惑いの表情を見せると、すかさず由美がフォローした。

「院生の活動は休日だけだし、日本は平日に学校に行かないと何かとうるさいけど、中国や韓国の囲碁教室は平日もやっているから、一番吸収が早い大事な時期に日本と中韓では物凄い差がついちゃうのよ。だから敬吾も学校になんか行かずに平日はここで実戦感覚を磨いてほしいと思って私が姉に勧めたの。だからあまり堅いことを言わずにここで打たせてほしいと思っているのよ」

麗子は何と答えていいか分からず、取り敢えず質問を変えることにした。

「それで、敬吾君の棋力はどれくらいなんですか?」

「そうね。うちの藤浦といい勝負だから八段でいいんじゃないかしら」

何気なく答えた由美の言葉に井山は衝撃を受けた。

韓国で囲碁漬けの修行をしてきた天才少年がリーグ戦に参加するようになったら、直ぐに誰も勝てなくなってしまうに違いなかった。

するとその時また襖が開いて、松葉杖をついた藤浦が突然入ってきた。

その姿を見て井山は驚いたが、井山以上に驚き慌てふためいたのは妻の由美だった。

「あなた、どうしたんですか？　家でゆっくり休んでなきゃ駄目じゃないですか」

「お前な、敬吾をここに連れて来たら駄目だってあれほど言っただろ」

顔を真っ赤にしてそう言うと、藤浦はふらつきながら苦しそうにその場にしゃがみこんだ。

「俺が反対すると思って、お前俺に眠り薬を飲ませただろ」

下を向いたまま藤浦はやっとのことで声を絞り出した。

「あなた腰が悪いから、安静にしていてほしいと思っただけよ」

由美は甘え声を出した。

「うるさい、適当なことを言うんじゃないよ。敬吾はこれからプロを目指す大事な逸材なんだから、こんなところに連れて来ちゃ駄目なんだよ」

「だって院生はどうせ週末だけでしょ」

「平日は学校があるだろ」

「平日も囲碁に専念しなきゃ一流になれないのよ。だから平日はここで鍛えてもらえばいいのよ」

「平日は学校でしっかりと教養を身につけて良識ある社会人にならなきゃ、プロになっても意味ないだろ」

「どうせ学校なんてろくなこと教えるわけじゃないから、ここで勝負の厳しさを叩き込むほうがよほど社会勉強になるわ」

「ここに通わなくたって、敬吾なら立派にプロになれるさ」

するとと藤浦のその言葉を聞いて、今度は双子の姉が藤浦と由美の間に割って入った。

「私たちはただプロになるだけじゃ満足できないと思っているのよ。敬吾の夢は世界で一番になることなので、その夢を叶えるためだったら私たち家族は何でもするつもりよ。一番重要なこの時期に囲碁漬けの生活を送らなければ、世界で闘える棋士にはなれないのよ。学校に行かなくても最低限のことは私がきっちりと教えるから、外野は余計な口出しをしないでちょうだい」

藤浦は敬吾の母親の勢いに押されて一瞬ひるんだが、今度は母親の後ろで隠れるように身を縮めて大人たちの会話を聞いていた丸山少年のほうに向き直った。

「敬吾、世界で一番になることが本当にお前の夢なのか？　それはお父さんやお母さんの夢じゃないだろうな？」

「ちょっと、あなた、そんな失礼な言い方はないでしょ」

由美が藤浦に食ってかかると、丸山少年が小さな身体を一歩前に踏み出して、決然と言い放った。

「世界で一番になることが囲碁を始めた時からの僕の夢なんだ。学校なんか行くのは時間の無駄だ」

その言葉を聞いて由美は勝ち誇ったように笑みを浮かべたが、渋い表情に変わった藤浦は再び由美に顔を向けた。

「お前、敬吾を強くしたいんじゃなくて、ここで敬吾に名人を取らせたいだけだろ」

「なに勝手なこと言ってんのよ。想像でものを言うのは止めてちょうだい」

由美は藤浦が麗子と「奥の院」に行くことを阻止するために、甥っ子をここに連れて来たということなのだろうか？

もしそうだとしたら、丸山少年が麗子と「奥の院」に入って行くことはどう考えているのだろうか？


丸山少年を巡る藤浦夫妻のやりとりは部屋中に響き渡るほどの大きな声だったので、次第に周りに人が集まってきた。

対局中に藤浦夫妻の口論を耳にしたビジネススクール元学長の堀井もすっかり気が動転してしまって、もう対局どころではなかったので、早々に対局を切り上げると丸山少年のもとへと素っ飛んで行った。

韓国で修行してきた天才少年が入ってきたら、あっという間に大人たちを蹴散らして名人になってしまうだろうと思った堀井は、必死に丸山少年のリーグ戦入りに反対し始めた。

「そもそも風営法があるから、未成年はこの店に入れないいんじゃないかな」

するとそれを聞いた麗子は、さすがに怒って口を尖らせた。

「ちょっと待ってください。ここはキャバクラなんかじゃなくて、いたって健全な囲碁サロンですから風営法の対象にはならないですよ」

「でも酒を出しているし、いつも可愛い女の子が話し相手になってくれるじゃないですか」

堀井の言い分に憤った麗子はさらに怒気を強めて言い返した。

「未成年者に酒を飲ませたことなんてないですよ。それにいつも店の子を口説いてセクハラ発言を繰り返しているのは、あなたと羽田さんくらいですよ。そんなこと言うと、今後は出入り禁止にしますよ」

麗子の強気な発言に今度は堀井が慌てた。

「分かった、分かった。そのことはもういいです。でもリーグ戦に参加するのはさすがにまずいでしょ。練習対局なら良いけど、子供がそんな真剣勝負に参加するのは、教育上よくないと思うけどなあ」

「一体どこが問題だと言うんですか？　言っている意味がよく分からないですけど」

堀井はしどろもどろになりながら、なんとか言い繕った。

「つまり、リーグ戦のプレッシャーを子供に与えることは、情操教育上よろしくないと思うんだけどなあ」

「堀井さんはよくご存じではないかもしれないけど、院生のプレッシャーなんてこんなもんじゃないですからね。全然問題ないですよ」

「でも、もしですよ。あくまでもイフということだけど、もしも丸山少年が優勝なんかしたりして、それで万が一、麗子さんと一緒に『奥の院』に入って行くなんていうことになったら、これはもう大変なスキャンダルですよ。下手すりゃ児童の拉致、監禁、虐待だし、どう軽く見ても児童福祉法違反の立派な犯罪ですからね。だからやっぱりちょっとまずいんじゃないかな」

堀井らしい本音が出て、分かりやすい奴だと麗子は内心苦笑したが、すぐさまそんな屁理屈も一蹴した。

「いいですか、堀井さん。もし名人の称号に相応しい人が現れたら、年齢も性別も問わないというのがうちの方針です。以前も申し上げた通り、ここでは社会的地位も年齢も性別も関係なく、皆を平等に扱うようにしています。ここで序列がつくとしたら、それはただ囲碁の実力によってのみです。堀井さんは何か誤解されているようですが、これはあくまでも純粋に囲碁の話であって、堀井さんが想像するような不純な話ではないですからね」

段々周りに人が集まってきて、多くの人が見守る中で、旗色が悪くなってきた堀井は、今度は矛先を直接丸山少年に向けた。

「敬吾君さ、一度学校に行ってみたらいいんじゃないかな。友達も沢山できるし、毎日皆でドッジボールやったり、缶けりとかやったりして、凄く楽しいぞ」

堀井の言葉をジッと聞いていた丸山少年は、しばし虚ろな目で空想を膨らませてぼんやりとしていたが、やがて強い意志の力でそれを振り払うと、表情を変えることなく言い放った。

「そんなこと全然興味ないよ、おじさん。友達もそんな遊びも、囲碁の役に立たないから、時間の無駄だよ」

丸山少年の言葉に慄然とした堀井は、純粋な教育者としてこれはなんとしても学校の素晴らしさを教えなければならないとの使命感に燃えて、自らの小学校時代の美しい思い出話を嬉々として語り出したが、丸山少年は大きく開いた右手を堀井の目の前に突き出して、ピシャリと止めた。

「おじさんが何を言っても、僕は学校に行かないから」

そこで堀井はまた論点を変えることにした。

「でも本気でプロを目指す子が、こんな街の碁会所でおじさん相手に打っていても筋が悪くなって良くないと思うけどな。それより洪道場とか緑星学園とか藤澤一就プロの囲碁教室に通ったほうがいいんじゃないかな」

堀井のその言葉に、それまで黙って聞いていた藤浦も初めて同調した。

「そう、そう、その通りだよ。俺もそのほうがいいと思うな」

すると今度は由美が血相を変えて直ぐに反論した。

「それは大きなお世話というものよ。あなたもいつも、自分は筋がよくないけどそれと囲碁の強さは別物だって言ってるじゃない。ここで色々なタイプの相手と打って、そのことごとくを打ち負かして勝ち癖をつけることも大事な鍛錬方法なのよ。ここでの経験はきっと将来活きてくると思うわ」

丸山少年の話だというのに、大人たちがそれぞれ自分の思惑で勝手なことを言い争うばかりで、議論は堂々巡りを続けて迷走した。

そこで当の本人の意思が一番肝心だと感じた麗子は、直接本人に確認しようと思って、丸山少年のほうに身をかがめると優しい口調で問いかけた。

「敬吾君の気持ちが一番大事だと思うんだけど、敬吾君はここで打ってみたいのかな？」

丸山少年は振り返って母親を仰ぎ見たが、母親が黙って頷くと再び麗子のほうに顔を向けた。

「うん、おばさんの言う通りだよね」

「おばさんじゃなくて、おねえさんでしょ」

麗子は再び強い口調で訂正した。

「敬吾君は韓国にいて少し日本語を忘れちゃったみたいだけど、私くらいの年の場合は、普通はおねえさんと呼ぶものなのよ」

麗子は多くの人がいる手前、笑顔で穏やかに諭したが、内心では「見た目は可愛いのに、全くなんて可愛げのないクソガキなのかしら」といまいましく思っていた。

「そんなことはどうでもいいから、敬吾、あなたはここで打ちたいの、打ちたくないの？」

苛ついた母親が遂に本性を現して、強い口調で丸山少年に決断を迫った。

「うん。僕ここに毎日来たいよ。このおばさんも気に入ったよ」

「おねえさんでしょ」

麗子は諦め顔で取り敢えず訂正したが、そこに居並ぶおじさんたちは丸山少年の参加表明に揃って動揺した。

麗子の発するフェロモンは年齢に関係なく、あらゆる男性にその効力を発揮するようだった。

「敬吾がそうしたいなら、ママが毎日ここに連れて来てあげるけど、でも由美、ここは本当に敬吾にとって良い勉強になるようなレベルなのかしら」

敬吾の母親は、皆がドキッとするような言葉をこともなげに口にした。

その言葉に震えあがったおじさんたちはお互いに顔を見合わせたが、井山の三段は論外として、堀井は六段、細名は五段、奥井や羽田も七段なので、よく見てみると、皆、丸山少年よりも格下ばかりで、この場にいる中で丸山少年と対等に打てる八段といえば、叔父の藤浦を除くと弁護士の矢萩しかいなかった。

それまで威勢よく持論を展開してきた堀井がモゴモゴと口ごもりながら退散すると、大柄な矢萩が大きな四角い顔をこわばらせて、緊張した面持ちで大きく頷いた。

「それでは私がお相手しましょう」

矢萩はこの神楽坂の囲碁サロン「らんか」で八段に君臨する四天王の一人で、前回リーグ戦の準優勝者でもあるので、ここのレベルを測るうえでは恰好の相手といえた。

矢萩が丸山少年と打つことになったので周りのおじさんたちは一様に安堵したが、一方で本当に矢萩が大人の厳しさを見せつけて、この生意気な小学生を一蹴してくれるのか不安でもあった。

もし矢萩が敗れるようなことになったら、真剣に「奥の院」を狙っているおじさん連中にとってはそれこそ一大事だった。

ここに通うおじさんの誰もが、祈るような気持ちで矢萩を応援したが、由美だけは敬吾の勝利を望んでいた。由美としては、その後も敬吾にはどんどん勝ってもらって、早く安心させてほしかった。

矢萩が丸山少年を伴って対局机のほうに移動すると、周りの観戦者もゾロゾロとそれに続いた。

するとそこに、バラの花束を手にしたライバル商社の埜口が、口笛を吹きながらご機嫌な様子で入ってきた。

いつものようにキザに決めて、麗子に花束を渡しながら口説き文句の一つでも囁こうと思っていたようだが、サロンの異様な雰囲気に気づくと花を渡すことも忘れて静かに麗子に近づいて行った。

「何かあったんですか？」

「韓国で修行してきた小学生が八段でここのリーグ戦に参加したいというので、取り敢えず矢萩さんと練習対局を行うことになったんです」

麗子の説明と周りのおじさんたちの不安そうな表情から、埜口はことの重大さを瞬時に理解した。

「それは大変なことになりましたね」

すると埜口も対局机の脇へと進み、腕組みをして仁王立ちになった。

皆が固唾を呑んで見守る中、弁護士の矢萩と丸山少年の八段同士による練習対局が始まった。

握って黒番になった丸山少年は、盤上に身を乗り出して腕を伸ばすとそっと一手目の石を置いた。

丸山少年より寧ろ矢萩のほうが大きなプレッシャーを感じているようで、対局が始まってからも矢萩は引き続き緊張で顔をこわばらせながら、いつもより長考して慎重に打ち進めた。

対する丸山少年は、矢萩が打つと間髪を容れず打つので何も考えずに打っているように見えたが、着手はＡＩに近いものだった。

中盤に入ると丸山少年は自分の弱い石を放置したまま他でがっちり地を稼ぎ、その石を捨てたかと思うと次の瞬間そこをまた動き出して、ほとんど考慮時間を使うことなく狭いところで簡単に生きてしまった。

そうなってくると観戦している者たちにも、丸山少年が単に本能的に打っているのではなく、読みのスピードが異様に速いことが分かってきた。

一進一退の好勝負が続く中、途中で大きな振り替わりが生じたが、最後までどちらが勝つか分からない細かい碁となった。

終盤に入ると、丸山少年にいくつか緩手が出て明らかに矢萩が優勢になったが、最終盤でまた矢萩に信じられない見損じのミスが出て、最後は僅かに丸山少年に逆転されてしまった。

結果は数えて黒番の丸山少年の三目半勝ちとなった。

少し前までなら絶対にこんな間違いを犯すことはなかったが、前回のリーグ戦に続いて再び同じようなミスで勝ちを逃してひどく落ち込んだ。

年齢による衰えを嫌でも思い知らされた矢萩は、自分に残された時間はもうあと僅かしかないことを一層強く意識することとなった。

一様にショックを受けて真っ青になっているおじさんたちを尻目に、由美は密かにほくそ笑んだが、双子の姉は不服そうだった。

「前回準優勝の八段の方がこの程度じゃ、わざわざここに通わせる必要もなさそうね」

その言葉に焦りを感じた由美は、必死に姉を説得した。

「そんなことないわ。こんなレベルの高いリーグ戦もなかなかないわよ。今の対局も最後は敬吾が勝ったけど、いい勝負だったじゃない。敬吾にとっては勝ち癖をつけることも大事だから、本番前のスパーリングだと思えばいいのよ。強過ぎても駄目だし、弱過ぎても意味ないでしょ」

「そうかしら。もっと強い人がいるところで鍛えてもらったほうがいいと思うけど、敬吾はどうなの？」

「僕はここに来たいよ。いつかあのおばさんをコテンパンにやっつけてやるんだ」

麗子はもう訂正する気も失せて、ただこの生意気な少年の鼻っ柱を折ってやりたいと思ったが、由美はすっかりご満悦で敬吾を煽った。

「敬吾頑張れ。あんなおばさんなんかやっつけちゃえ」

お前にまでおばさんと言われる筋合いはないと、麗子は不快感を露わにしたが、一方の由美は丸山少年が麗子と「奥の院」へ入って行く姿を夢想してこのうえなく心安らかな気分に浸っていた。

母親が依然として納得していないと見てとった丸山少年は正直に白状した。

「それにね、ママ。今打ったおじさんも強かったよ。だって僕、途中まで負けてたもん」

するとその言葉を受けて、緊迫した空気を和らげようと埜口が明るく後を継いだ。

「なかなかの好勝負で、どちらが勝ってもおかしくなかったですね。最後は矢萩さんに少しミスが出て逆転されてしまったけど、今回は真剣勝負ではなかったので、まあそんなこともあるでしょう。でも今度やる時は矢萩さんもそう簡単には負けないと思いますよ」

この発言は矢萩を励ます意味もあったが、ある程度は埜口の本音でもあった。

じっくりとこの対局を観戦した埜口は、周りで激しく動揺しているおじさん連中ほどは悲観していなかった。

丸山少年がＡＩで勉強していることは明らかだし、死活の読みも速くて正確だと舌を巻いたが、一方で中盤以降の全局的な形勢判断やヨセにはまだ甘いところがあるので、十分に勝機があると見ていた。

但し、これから丸山少年は短期間で急速に強くなっていくだろうから、自分だけではなく、おじさん全員で包囲網を築いて絶対に名人にさせないようにしなくてはいけないとも感じた。そしてその包囲網を完璧にするためのピースとして、埜口の頭に真っ先に浮かんだのは星飼の顔だった。

前回のリーグ戦で優勝の可能性もないのに単なる嫌がらせで自分から勝利を奪い取った星飼のことを、埜口は絶対に許せないと恨んで一度は海外に飛ばすことに決めたが、星飼を上回るほどのこんな強敵が現れたからには、もうそんなことにこだわってはいられなかった。

ここは緊急事態と割り切って、毒を以て毒を制すために、星飼にはリーグ戦に戻ってきてもらわなければならなかった。

翌日、埜口は星飼を別室に呼んで、海外転勤の取り消しを告げた。

同時に業務を軽減するので、これ以上残業せずに、囲碁に専念するようにとも伝えた。

勘の鋭い星飼は「らんか」にとてつもない強敵が現れたことを察した。

埜口から理不尽にも海外転勤を告げられた星飼は、ますます会社に嫌気が差す一方で、囲碁に対する熱い思いを再度育み始めていたので、今回の埜口の心変わりを奇貨として、今度こそ自分の真っすぐな囲碁に対する気持ちを大切にしたいと思った。

埜口の思惑に振り回されているようで面白くない面はあるが、星飼としては、今はただ再び思い切り囲碁が打てる幸せを素直に喜んで、今度こそ後悔がないように囲碁と向き合っていこうと心に決めた。

第五章

練習対局を終えて、丸山母子と腰の悪い藤浦は早々に帰ったが、全て自分の思惑通りにことが運んで上機嫌の由美は、楽しく飲み語らいながらこの喜びを誰かと分かち合いたいと思った。

しかし恐れをなしたおじさん連中は誰も由美に近寄ろうとしなかったので、由美は仕方なく一人寂しくカウンター席に向かうと、いつものようにワインを飲んでいた頭がツルッとした鈴木と白髪交じり中年太りの松木の直ぐ隣に腰掛けた。

あまりにも妖艶な由美の色香を目の当たりにして、二人は隣に座る由美のことが気になって仕方なかったが、ここで麗子と犬猿の仲である由美に媚びを売って麗子の機嫌を損ねてもまずいし、下手をしたら他のおじさん連中を全員敵に回しかねないと考えて、席を立つとそそくさと対局机へと移動してしまった。

すると今度は、そういった感情の機微に鈍感な井山が、誰に気兼ねするでもなく由美に近づいて行って、カウンターの隣の席に座った。

以前「らんか」に怒鳴り込んで来た時の印象が強烈だったので、井山には由美と話す度胸などなかったが、それでも藤浦のことが気がかりなので、勇気を振り絞って話しかけた。

「あのー、藤浦さんの腰なんですけど、いつ頃治りそうなんですか？」

突然声をかけられた由美は、可愛らしい童顔を井山のほうに向けると、斜めの方向から涼しい流し目を送って穏やかに答えた。

「大分良くなってきたので、もうあと少しでここにも来られるようになると思います」

その童顔と激しいギャップを成す妖艶さに井山は頭がクラクラしたが、一方で落ち着いた話し振りと斜めからの流し目がいかにも涼し気で、前回のような猛女の雰囲気はなかったのでひとまず安堵した。

「そうなんですか。それを聞いて安心しました。実を言うと、私はよく藤浦さんに指導碁を打ってもらっているので、早く治ってまた教えてほしいと思っているんですよ」

「あらそうだったんですね。私もこれから藤浦には心おきなくここに来てほしいと思っておりますのよ、ホホホホ」

由美は勝ち誇ったように余裕の笑みを浮かべた。

「そうですか。それでは藤浦さんにも宜しくお伝えください」

そう言うと井山はチラリと由美のほうに視線を向けた。

相変わらず斜めの方向から涼しい流し目を送る由美の思いのほか柔らかな笑顔にすっかり魅了された井山は、心臓が高鳴ってどうしたら良いか分からなかった。

しばらく気まずい沈黙が流れたが、その時井山は、由美が北海道出身だということを思い出した。

「あの、奥さんは北海道出身だって伺ったんですけど」

「はい、そうですけど」

半身の姿勢のまま、由美の表情は一ミリも動かなかった。

「恐らく同じくらいの年だと思うんですけど、うちの会社にも北海道の高校で囲碁部にいた女性がいるんですよ。星野初音というんですけど、ご存じですか？」

由美は首を傾げた。

「さすがに分からないですよね。北海道は広いですし、年齢も同じか分からないですからね」

井山は慌ててその場を取り繕おうとしたが、由美はジッと押し黙ったまま静かに目を細めた。どうやら昔の記憶をたどっているようだったが、その表情がまたなんともなまめかしかった。

「そういえば、私が高校一年の時に南高という昔から囲碁が強い名門校の三年生に星野さんという方がいましたね。確かそこの主将だったと思います」

由美が初音のことを覚えていたのかもしれないと思うと、井山は嬉しくなり、世の中は意外と狭いものだと感じた。

「本当ですか。それじゃあ、彼女の可能性が高いですね。そこの主将というのは結構強いんですか？」

「南高は伝統校として女子の囲碁部は強くて有名でしたね」

「北海道ではいつも優勝争いをするくらいの強豪だったんですね」

「そうですね。ただその時はうちが優勝したんですよ。よく覚えてないけど、確か南高とは準決勝で当たったと思います」

「ということは、星野と対局したんですか？」

「いや、それが申し訳ないですけど、私、どんな方だったかよく覚えてないんですよ。恐らく私か姉が対戦したと思うんですけど、私たちどの相手にも圧勝だったので、あまり相手のことをよく覚えてないんですよ」

由美は照れ笑いを浮かべた。

「北海道で有名な双子姉妹だったって藤浦さんから伺ってますよ」

それを聞いた由美の表情が一瞬、パッと明るくなった。

「実を言うと、双子の黒崎姉妹といえば北海道では少しは名が知られた存在だったんですよ。でも高校一年のうちに姉と二人で東京に来て院生になったので、北海道のその後の状況には疎いんですよ」

「それでは院生時代は真剣にプロを目指していたんですね」

「はい、そうなんです。確かにそれまでは神童だ、天才だと持てはやされていい気になっていたんですけど、いざ院生になってみたら、想像以上に強い人が多くて、すっかり自信をなくしちゃったんですよ」

そこまで話すと、由美はまた黙ってしまって、当時を思い出すように目を細めた。

しばし由美の頭の中には様々な思いが去来したようだったが、やがて穏やかな笑顔に戻ると、また斜めの方向から井山に流し目を送った。

「結局は井の中の蛙だったんです。そのことに気づくまで少し時間がかかって辛い思いもしたけど、でも早いうちに気づいて良かったと思っています」

妖艶な由美にしんみりとそんな話をされると、井山もまた我がことのように感情移入せざるを得なかった。

苛烈な競争を勝ち抜いた少数の選ばれし精鋭が華々しくプロデビューを飾る一方で、その何倍にも上る、由美のような天才ともてはやされながら夢破れた者たちが、失意のうちに去り往くさまを、井山は生々しく思い描くのだった。


夜になると会社帰りのサラリーマンも含めて多くの客がやって来て、サロンは賑わいを見せていた。そんな時、襖が大きく開いて、黒いサングラスとスーツ姿の大柄な男性が二人入ってきて、隙のない動きで辺りを見回した。

見慣れない人物が突然入って来たので井山が驚いていると、この二人に続いてよく陽に焼けた恰幅の良い男性が大股で入って来て、そしてそのあとから黒カバンを抱えたもう少し若い男性が少し腰をかがめながら彼につき従う形で入って来た。

恰幅の良い男性は年の頃は七十代と思われたが、短く刈った髪は黒々としておりボリュームも豊かだった。

一方カバンを持った五十前後の男性は鼈甲柄の眼鏡をかけた痩身で、髪はくせ毛でチリチリと細かくカールしていた。

部屋に入ってきた老紳士に気づいた麗子が、直ぐに彼のところにすっ飛んで行った。

「これは、これは、小川先生、お久し振りです。よくいらしゃってくれましたね」

どこかで見た顔だと思ったら、大物政治家の小川一郎だった。

「今日はどなたかと対局ですか？　それとも私がお相手を致しましょうか？」

麗子の気の遣いようはたいへんなものだったが、その大物政治家は柔らかい表情で微笑みながら、穏やかな口調で答えた。

「いやいや、今日は打ちに来たんじゃなくてね。ちょっと人を捜しに来たんですよ」

そう言ってサロンの中をキョロキョロと見回して、対局机で真剣に囲碁を打っている細名を見つけると、ゆっくりとそちらに近づいて行った。

小川に気づいた細名は直ぐに立ち上がると、直立不動のまま近づいてくる小川を待った。いつも笑顔で明るい細名の顔がいつになくこわばっていたので、サロンの中はえも言われぬ緊張感に包まれた。

細名の直ぐ目の前まで近づいて行った小川は相変わらず好々爺のような相好のまま、優しい口調で語りかけた。

「細名さん、どうですか？　元気にしてますか？」

小川の語り口調はマイルドだが、どこか威圧感があり、いやがうえにもサロン内の緊張感は高まっていった。

「はい。お蔭様で元気でやっております」

小川は笑顔で静かに頷いた。

「大事な話があるので、少しおつき合いいただいても宜しいですか？」

「今は対局中ですので、また後日にお願いできますでしょうか」

「おやおや、それは困りましたね。いくら連絡を取ろうと思っても、なかなかつかまらずに困っていたんですよ。噂では囲碁に夢中になっているということだったので、最初はそんなバカな話があるかって、信じられなかったんですけどね。どうやら噂は本当だったようですね。私もちょっと驚いているんですよ。いや、寧ろがっかりしたというほうが当たっているかもしれないですね」

「先生、ここでこんなお話はなんですから、また後日、場所を変えてお願いします」

「細名さん、私はなにも囲碁が悪いと言っているわけじゃないんですよ。勿論あなたもよくご存じだと思うけど、私も囲碁は大好きですからね」

「はい、そのことは勿論よく存じ上げております。私が囲碁を始めたきっかけも先生に教わったからですから、そのご恩は忘れておりません」

「でもやっぱり、仕事と趣味の区別はしっかりとつけなきゃいかんですよ、細名さん。これまであなたのことを一生懸命支援してくれた方たちや、あなたに期待を寄せている有権者の方たちに対する責任というものがあるでしょう。もしかしたら七月には衆参同日選挙があるかもしれないから、そろそろ目を覚ましてもらわないと困りますよ」

「それは重々承知しております。でもその話はここではまずいですから、また後日…」

「どうせそう言うだろうと思って、今日はあなたの目を覚ますために、私の秘書を連れて来たんですよ」

小川がそう言うと、後ろに控えていた頭がチリチリとカールした男性が進み出た。

「小川の秘書をしております、賜ると書いて、たもうと申します」

「今日は是非とも、賜と一局打っていただきたいのですが、細名さんは今、何段で打っているんですか？」

「恥ずかしながら五段です」

「ほー、五段ですか？　それならわざわざ賜を連れて来るまでもなく、私がお相手してもよかったですけど、でもまあ折角ですから、彼と三子で打ってみてくださいよ。上には上がいて、もうあなたくらいの年になったら、とても追い越せるレベルではないことをよく思い知って、早く目を覚ましてほしいですね。まあ一種のショック療法ですかね」

賜が八段と知って細名は怯むどころか、寧ろ俄然やる気が湧いた。

今の細名には囲碁の上達のことしか頭になかったので、これから「奥の院」を目指すうえで打倒しなければならない八段の四天王と同レベルの相手と練習対局ができるということは、細名にとっては願ってもないチャンスといえた。

この絶好の機会を逃したくないと考えた細名は、対局中の相手との対戦は一時打ち掛けにして、早速賜と一戦交えることにした。

小川は対局机の脇の椅子に陣取るとこれから対局を始める細名と賜の目の前で腕組みをしながらふんぞり返った。小川の直ぐ後ろにはサングラスをかけた二人の大柄な男が腕組みをして立っていた。

井山や麗子を始めとしてまた多くの観戦者が集まってきた。

五段の細名に対して賜は八段とのことなので三子の碁である。

細名もこれまでに八段の四天王と何度か対戦したことがあったが、実はまだ一度も勝ったことがなかった。

それというのも、細名が強くなってそろそろ勝てそうだと思うと、同時に昇段で置石が減ってしまうので、どうしても勝てそうで勝てない状況が続いていたのだ。

それでも最近は仕事を辞めた効果もあって、いよいよ六段の実力に近づきつつあったので、この日は三子ならひょっとしたら八段の相手にも勝てるのではないかと、細名としても心密かに期すものがあった。

ところがいざ対局が始まると、賜の碁は他の八段とはまた違った一種独特なもので、そうかといって今流行りのＡＩともまた異なっていたので、奇妙な感じがした。

これまで細名が勉強してきた知識では対応できない個性的な着手が多く、藤浦の無手勝流のような不思議な強さを秘めていた。

　これまでの常識が通用しない賜の独特の打ち回しに翻弄されて、細名は比較的早い段階で投了に追い込まれた。

　周りで見ていた人たちも、賜が本当に強いのか、単に着手が変わっているだけなのか、よく判断がつかなかったが、埜口だけはその底知れぬ強さを見抜いて愕然とした。

　こんなに強いのに、埜口と年が近いと思われる賜のことを今まで知らなかったことが不思議なくらいだった。


　対局が終わると、小川は上機嫌で細名に言葉をかけた。

「どうですか、細名さん。世の中広いでしょ。あなたも囲碁に関しては井の中の蛙であることをよく自覚して、早く政治の世界に戻って来てくださいよ」

　すると小川が言い終わらないうちに、埜口が堪らず賜に声をかけた。

「賜さんは院生とか大学囲碁部でのご経験はあるんですか」

　いきなり横から割って入られて、小川は露骨に嫌そうな顔をしたが、賜は飄々と答えた。

「特にそういった経験はないので、全くの自己流です」

　すると今度は細名が真っすぐに賜を見据えながら話しかけた。

「賜さん、今日はありがとうございました。お蔭様で大変良い勉強になりました。囲碁は本当に奥が深いと改めて考えさせられましたよ」

「そうですね。実に色々な手がありますからまだまだ未開拓な部分が沢山残っていると思います」

「賜さん、あなたほどの打ち手だからこそ正直に打ち明けますけど、囲碁の奥義を極める場所があって、そんなところにご褒美で連れて行ってもらえるとなれば、仕事でも何でも投げ打ってそんな勝負の世界に自分の人生を懸けてみたいと思う私の気持ちを、あなたなら分かってもらえるのではないでしょうか」

細名の言葉がどういう意味なのかよく分からず賜は戸惑いの表情を見せた。

「いいですか賜さん、この囲碁サロンで他と隔絶した実力と認められて名人になると、囲碁の奥義を極める場所『奥の院』に行く権利を得ることができるんですよ」

賜はただ黙って細名の言葉に耳を傾けていたが、小川は細名の雲をつかむような話にただただ呆れるばかりだった。

これで細名の「登校拒否」の理由もようやく分かったが、ふたを開けてみたらそれがあまりにも浮世離れしたお粗末な話なので、小川としては酷い肩透かしをくらったようで、ただ大きな失望しか感じなかった。

一方埜口は、これ以上細名が賜に「奥の院」の話をすることを恐れた。

もし賜が興味を抱いてここに通うようになったら、それこそ丸山少年どころではない大変なライバルを引き入れることになってしまうからだ。賜にそれほど底知れぬ強さがあることを埜口はすでにこの時点で見抜いていた。

「まあ、今日のところはこれくらいにしておきますけど、細名さんもよく頭を冷やして、自分の人生や日本の将来について少しは真面目に考えてくださいね。頼みますよ」

小川が賜とサングラスの男性を引き連れて、またガヤガヤと慌ただしく部屋を出て行ってしまうと、サロンにはまた静寂が戻った。


翌日、埜口が恐れていたことが実際に起こった。

昼間に賜が一人でまた「らんか」にやってきたのである。

驚いた細名が近づいて行くと、賜は手を差し出して細名と握手した。

「賜さん、どうしたんですか？　今日はお休みですか？」

「いいえ、細名さん。今朝、辞表を提出してきました。私もこれから毎日ここに通うことに決めたので、宜しくお願いします」

こうして「らんか」に丸山少年と賜の二人が新たに加わることになり、これで八段も今や四天王ならぬ六天王となった。

第六章

韓国で修行してきた天才少年の丸山と政治家秘書の賜は、奇しくも同じ日に「らんか」にやってきたが、この日はさながら「らんか」の一番長い日とでも呼ぶにふさわしい、波乱の時代の幕開けとして記憶されることとなった。

その日も深夜まで打ち続けてから帰路についた井山は、疲れ果てた足取りで、両側に塀が迫る真っ暗な石畳の小路を神楽坂の本通り目指してフラフラと歩んで行った。

すると突然、往く手に薄っすらと白く光るものが現れた。

井山は警戒して、思わず足を止めたが、よく見てみるとそれは白装束に赤い袴の巫女のような恰好をしていた。

どうやらあかねのようだった。

狭い路地の辻で盛んに手招きをするあかねを追って、井山がゆっくりとそちらのほうまで歩いて行くと、あかねは逃げ水のように先へと進んで、その辻から横の細い小路に入った一つ先の辻でまた手招きをしていた。

井山はこの狭くて暗い小路には入ったことがなかったので少し躊躇したが、あかねには助けてもらったこともあったので、勇気を出してその真っ暗な小路へと足を踏み入れていった。

井山はあかねが手招きしていた場所にたどり着くとまた四方を見回したが、ひっそりと静まり返った神楽坂の裏通りはどの店もすでにその営みを終えて、全く人の気配が感じられなかった。

その少し先であかねが建物の中に入って行くように見えたので、井山がそこまで近づいて行くと、それは狭い間口に格子戸がついた小さな居酒屋で「静岡おでんきょんちゃん」と書かれた赤提灯がぶら下がっていた。

なんでこんなところに静岡おでんの店があるのだろうか?

そもそもこんな時間にまだやっているのだろうか?

井山は恐る恐る格子戸を開けてみた。

すると薄暗い店内には六席ほどの狭いカウンターがあり、髪を金色に染めたジーンズにTシャツの細身の若い男性が一人でそこに座って飲んでいた。

井山にはそれが、以前ゆり子を追いかけた時に路地裏でばったり遭った男だと直ぐに分かった。

よく見てみると、カウンターの内側には静岡おでん特有の真っ黒な煮汁が入った四角い銀色の鍋があり、多くの串が垂直に頭を出していた。

鍋の脇には童顔でぽっちゃりとした小柄な中年女性と、看板娘と思われる若い女性がまったりと腰掛けてお茶を飲んでいた。二人とも頭には三角頭巾をかぶって白い割烹着を着ていた。

格子戸を開けて入口に突っ立ったまま、食い入るように店の中の様子を窺っていた井山に、中年の女性が声をかけてきた。

「お兄さん、どうしただかね？　良かったらどうぞ早く入んな」

井山は慎重にまた店の中を見回した。

「あのー、こちらに巫女さんは入って来ませんでしたか？」

井山の不可解な質問に、カウンターの内側の二人は思わず顔を見合わせた。

「やだね、明子ちゃん。この人何わけ分かんないこと言ってるだかね。もう酔っぱらってるだよ、きっと」

井山も相手が何を言っているのかよく分からなかったので、質問を変えることにした。

「ここはおでん屋さんですか？」

「そうだよー。静岡おでんだよ。美味しいから食べていきな」

「きょんちゃんというのが店の名前ですか」

「そうだよー。私がきょんちゃんだけんが、あんた、そんなところに突っ立ってないで、早く入んな。さっきから質問ばっかしてるもんだから、もう、やっきりしちゃうや」

井山が恐る恐る店の中に入って行くと、明子と呼ばれた若い娘がテキパキと素早くおしぼりとメニューを出してくれた。

「何になさいますか？」

こちらは標準語のようだった。

「何がお勧めですか？」

井山が訊くと、きょんちゃんがすかさず答えた。

「静岡おでんていやあ、わしら静岡の人っちは、黒はんぺんとか牛すじが好きだだよ。それに生シラスや生桜エビもいいだよね。お酒は静岡割りに決まってんじゃん」

「何ですかそれ？」

「焼酎をお茶で割ったものです。飲みやすくて美味しいですよ」

明子がフォローしてくれると助かった。

あかねが何故井山をここに導いたのかよく分からなかったが、井山は取り敢えずきょんちゃんが勧める静岡割りと黒はんぺんを注文して腰を降ろした。

きょんちゃんはおしゃべり好きとみえて、何やらずっと静岡弁で話し続けていたが、明子は相槌を打ちながらケラケラと笑うだけで、会話というより一人漫談のようだった。

井山は金髪の若者が気になったが、黙って飲んでいるだけなので話しかけるきっかけがなかった。

そのまま井山はしばらく一人おとなしく静岡割りを飲んでいたが、酔いが回ってくると、あかねが何故井山をこの店に誘導したのか気になったので、どうしてもそれを探ろうと思って大胆にも突然立ち上がると店の中をなめるように見回し始めた。

すると井山は、カウンターの内側にひっそりと碁盤が置かれていることに気がついた。

こんな風に静岡弁でカモフラージュしているが、ひょっとするときょんちゃんはとてつもない打ち手なのかもしれないという思いが一瞬井山の頭をよぎった。

「あのー、そこに碁盤が置いてあるようなんですけど、どなたか囲碁を打たれるんですか？」

井山が唐突にきょんちゃんに話しかけると、何事かと思って皆が一斉に井山に視線を向けた。

「ここによく来てたお客さんがさあ、あんた、囲碁がえらい強かったもんだからさあ、うちらも少し教わったりなんかしてただよ」

「それじゃあ、ここでお客さん同士で打ってたんですか？」

「そうそう、直樹君なんかも、すっかりはまっちゃってさ、随分熱心に打ってたっけねえ」

「ええ、そうなんですよ。あ、どうも、西山といいます。神楽坂で美容師をしています」

金髪の若者が照れ臭そうに話し出したので、井山も挨拶した。

「あ、どうも、はじめまして。私は井山といいます」

「え、井山さんですか？　それは凄い名前ですね。僕、凄い憧れてんですよ。井山さんは勿論、囲碁を打つんですよね？」

「ええ。一応打ちます」

「どれくらいの棋力なんですか？」

西山の囲碁に対する食いつきは想像以上だったので、井山は少し意外に感じた。

「今通っている囲碁サロンでは三段で打ってます」

「へー、三段か。それは羨ましいな。僕は初段くらいまでいったんだけど、最近は先生がここに来なくなっちゃったんで、段々と囲碁から遠ざかっちゃったんですよ」

するときょんちゃんが西山を冷やかすように言葉をはさんできた。

「直樹君は囲碁が良かっただか、先生のさゆりちゃんが良かっただか、よく分かんなかったっけねえ」

「やだな、そんなことないですよ。僕は本当に囲碁が面白くてやってたんですから」

何気ないきょんちゃんの言葉を聞き逃さなかった井山は、西山が照れながら答えることなどお構いなしに、勢い込んで訊き返した。

「さゆりさんて、芸者のさゆりさんですか?」

「あんたあ、なーにそんなに興奮してんだかね。そんなに急に大きな声を出したりしたら、驚いちゃうじゃんね。さゆりちゃんは置屋の子だけーが、芸者をやってたかどうかは、よく知らなかったっけやあ」

井山はカウンターに手をついたまま前のめりになって、さらに勢いづいて語気を強めた。

「さゆりさんは、最近はこの店には来てないんですか?」

「そうだねえ。近頃はもうすーっかりご無沙汰だよね」

「そうなんですよ。さゆりさんがもう来なくなったんで、僕も打たなくなったけど、せっかく初段になったから、どこかいいところがあればまたやりたいと思ってるんですよ。井山さんはいつもどこで打ってるんですか?」

西山は井山を見据えると、ニコリともせず真剣な表情で訊いてきた。

「この近くの『らんか』という囲碁サロンで打ってるんですけど、知ってますか？」

「いいえ、知りません。神楽坂にもそんな囲碁サロンがあるんですか？」

相変わらず西山は井山を射抜くように見つめながら、抑揚のない言葉で続けた。

「井山さん、今度そこに僕を連れて行ってくださいよ」

表情一つ変えずに淡々と話す西山の顔は、まるで能面のようだった。

「分かりました。それじゃあ、今度お連れしますよ」

井山がそう言うと、西山は即座に訊き返してきた。

「いつですか？」

西山の強い口調に井山は驚いたが、直ぐに笑顔で返事をした。

「私は毎日そこに行ってますから、西山さんのご都合のいい日ならいつでもいいですよ」

「それじゃあ、明日お願いします。場所を教えてくれますか？」

西山の積極性にやや戸惑いながらも、井山はまた穏やかに答えた。

「ちょっとここからだとどう行ったら良いのかよく分からないので、神楽坂の駅で待ち合わせることにしましょう。何時がいいですか」

「美容院の仕事が終わってから行くので、七時でいいですか？」

「分かりました。それでは明日七時に神楽坂駅の出口でお待ちしております」

取り敢えず「らんか」に一緒に行く約束をした二人は、お勘定を済ませると店を出ようとした。

すると丁度そこにまた新たな客が入って来たが、その顔を見て井山はまた固まってしまった。

入ってきたのは日本髪に着物姿といういで立ちのさゆりと同じ置屋の芸者で、田中社長との接待にも同席していた年増の姐さんの美幸と「おひらきさん」で場を盛り上げた若手の美穂だった。

まさかこんなところで芸者と遭うとは夢にも思っていなかった井山が驚いていると、二人とも井山には気づかずに西山に親しげに声をかけた。

「あら直樹君、お久し振り」

「あ、どうも」

西山は無表情のまま軽く挨拶を交わすと、そのまま逃げるように店から出て行ってしまった。

美幸と美穂は寛いだ様子でカウンター席の真ん中に陣取った。

「あー、今日も疲れたわ。明子ちゃん、ビールちょうだい」

井山は二人の隣にすり寄って行くと横から声をかけた。

「あのー、突然すいません。私、井山といいますけど、先日、料亭で接待をした時にお会いしたと思うんですけど、覚えていますか?」

二人は警戒しながら井山のほうに顔を向けた。

「あー、はいはい、よく覚えてますよ、井山さん。盛んにゆり子お母さんのことを訊いてましたよね」

「ええ、そうなんですよ。実はそのことなんですけど、あの時は周りに人がいたのであまりお話ししなかったんですけど、私、時々ゆり子さんにお会いするんですよ」

井山のその言葉で、店内は完全な沈黙に包まれたが、美幸と美穂は驚くでもなく、そうかといって否定も肯定をすることもなく、井山と視線を合わせないようにしながらただ黙ってビールを飲んでいた。

「ゆり子さんは、実はまだ生きているんじゃないんですか？　ねえ、そうですよね」

「さあ、そんなことあるかしら」

「私は全然知らないわ」

二人ともとぼけているのか、本当に知らないのかよく分からないが、反応を見る限り何かを隠しているように見えた。

「実は私、さゆりさんを捜しているんですけど、どこにいるかご存じですか？」

「さあ、知らないわ」

「私も知らないです」

また二人の芸者は迷うことなく即座に答えたが、井山にはこの二人がすっとぼけているとしか思えなかった。

業を煮やした井山は声を荒らげた。

「二人とも本当は知っているんですよね。知っているなら教えてくださいよ」

するとすかさずきょんちゃんが割って入ってきた。

「ねえ、ねえ、なんかさあ、ちょっととげとげしい雰囲気になってきちゃったもんだからさあ、こういうのって、きょんちゃんは、あーんまし得意じゃないだよ。もっとさあ、みーんなが楽しくなるような明るい話題がええだよね」

厳しい視線を感じて、井山はもうそれ以上問い詰めるのは止めることにした。

恐らく何か事情があるのだろうが、今はまだ話せないのだろう。

井山はモヤモヤとしたわだかまりを抱えたまま、仕方なく店を後にすることにした。

第七章

翌日井山が会社に顔を出すと、パンダ眼鏡と髭ゴジラが会議室に籠って朝から囲碁の特訓をしていた。

初段の髭ゴジラは五段のパンダ眼鏡から教わって良い勉強になっているようだが、あまりパンダ眼鏡の役には立っていないようだった。

一般職の初音が井山に近づいてきて囁いた。

「最近あの二人昼間から囲碁をやっているから、井山さんも遠慮なくオフィスで囲碁ができるわよ。最近はどうなの？　ちゃんとやってるの？」

「私は自分のやり方でやっているから大丈夫です。それより初音さん、出身高校なんですけど南高ですか？」

「そうだけど、突然どうしたの？」

「やっぱりそうでしたか。囲碁部はなかなかの強豪で、初音さんはそこの主将だったそうですね」

「ちょっと待ってよ。そんな古い話を突然出されても困るわ。私はもうすっぱりと囲碁を止めて、あれ以来打ってないんだから、その話はしないでちょうだい」

よほど対抗戦に引っ張り出されることを警戒しているのか、あるいは本当に囲碁を一切やりたくないのか、よく分からないが、身体を震わせて頑なに拒む初音の態度には、尋常ならざるものがあった。

井山はそれ以上初音の前で囲碁の話をすることを断念した。


おでん屋に行った翌日も井山は昼前に会社を出て「らんか」に行ったが、仕事を辞めた人が増えたせいか、一か月前とはすっかり様相が一変して、対局場は昼間から熱気が溢れていた。

午前中から夢中になって打ち続けているうちに、いつの間にか日も暮れて辺りはもう真っ暗になっていたが、井山は西山との約束をすっかり忘れていた。

それでも夜の七時過ぎに突然思い出した井山は、慌てて囲碁サロンを飛び出すと、神楽坂駅へと素っ飛んで行った。

待ち合わせ時間を大幅に過ぎてしまったが、西山はジッと駅の出口で待っていた。

遅刻を詫びた井山は、西山を連れて神楽坂の表通りを進んで行き、建物と建物の間の僅かな隙間の前で立ち止まった。

「囲碁サロンはこの先です」

そう言って井山がその真っ暗な隙間に身体を忍び込ませると、西山は驚いてしばらく躊躇していたが、やがて意を決すると、井山に続いてその隙間の中へと身体を預けた。

狭い石畳の小路を抜けて「らんか」の前まで来ると、西山はその先の狭く落ちくぼんだ場所にフラフラと近づいて行こうとしたが、井山が慌てて後ろから抱えて引き戻した。

井山と一緒に店に入った西山は絨毯が敷き詰められた対局部屋の中を興味深そうに見回したが、何を見ても西山の表情が変わることはなかった。

二人は対局机をはさんで座ると、まずは一局打ってみることにした。

井山が三段、西山が初段なので、二子の碁である。

お互いの段位さえ分かれば、こうやって知り合ったばかりの相手とも直ぐに対局を楽しむことができるので、囲碁という共通言語があれば、それ以上のおしゃべりは必要なかった。

普段から寡黙な西山とは、井山も会話らしい会話をまだしていないが、それでもまるで旧知の仲のようにこうやって碁盤をはさんで心通わせているので、それこそが囲碁の最大の魅力だと感じた。

髪を金色に染めてジーンズにTシャツの若い美容師と井山とでは、バックグラウンドが大きく異なるので、囲碁という共通言語がなければ一生言葉を交わすこともなかったかもしれないが、こうやって心を通わせて向き合っていること自体が一つの奇跡のように思えた。

出会ったばかりの井山と西山が言葉を交わすことがなくても、手談で心を通わせていると、そこに突然、ゆり子が入ってきたので、それを見た井山は興奮して思わず立ち上がった。

緊張した面持ちで突っ立っている井山に、ゆり子は不敵な笑みを浮かべて近づいてきた。

「お兄さん、久しぶりだね。対局中なら待っててあげてもいいよ」

そしておもむろに対局相手の西山に視線を向けると、ゆり子は途端に激しい動揺を見せた。

「あら、直樹君じゃない。こんなところで何してるの？」

「井山さんにここに連れて来てもらったんですよ」

「あら、そうなの。二人が知り合いだったなんて意外だわ」

「私のほうこそ、ゆり子さんが西山さんとお知り合いだったとは、驚きましたよ」

「そりゃ、当然よ。直樹君には、さゆりがいつもお世話になっているんだもの」

「いや、寧ろ、僕のほうがさゆりさんにお世話になってますよ」

「そんなこともないと思うけど…、それにしてもよく見てみると、なかなか良い勝負じゃないの。それでは二人とも続きを楽しんでね」

そう言うとゆり子は窓際までスーッと進んで行き、そこで窓を開けて、煙の出ないタバコを気持ち良さそうに吸い始めた。

突然ゆり子が「らんか」に現れたので、それ以降井山はゆり子のことが気になって全く囲碁に集中できなくなった。

ゆり子は窓の外を眺めながらタバコを吸って時間を潰していたが、いつまで経っても井山の対局が終わりそうもないので、しばらくすると苛ついた様子で突然立ち上がると、いきなり二人が対局しているところにまたスーッと近づいて来た。

「随分とのんびりと打っているじゃないの。私は次の用があるからもう行くわ。それじゃあまた来るからね」

そう言い残すとゆり子は部屋からサッサと出て行ってしまった。

あっけにとられた井山が茫然と見送っていると、西山が顔を上げることなく、盤上に目を落としたまま言葉をかけてきた。

「井山さん、追いかけなくていいんですか?」

井山は気色ばんで西山に返した。

「何故、私が彼女を追いかけなければならないんですか?」

「だって井山さん、この間は彼女を追いかけてたじゃないですか」

西山は、井山がゆり子を追いかけていった時に、偶然路地裏で遭ったことに気づいていたのだ。

そのことが分かって、井山が気まずい思いをしていると、西山はさらに続けた。

「それに彼女は明らかに井山さんと打ちたがってましたよね」

そういえば彼女が他の人と打っているのを見たことがなかった。

「でもここでたまたま会っただけで、よく知らない相手ですよ」

「まだ分からないんですか?」

「え、何がですか?」

西山は相変わらず表情一つ変えずに盤上をじっと見つめていた。

「ちょっと鈍いですよ、井山さん」

前日知り合ったばかりの西山に鈍いと言われて、井山はムッとした。

「え、鈍いって…。ちょっと待ってくださいよ。私はさゆりさんを捜しているけど、ゆり子さんには興味がないですからね」

そう言いながらも、西山に煽られたついでに、今度こそさゆりに会えるかもしれないと思い直した井山は、突然立ち上がって慌てて駆け出すと、急いで玄関を抜けて門からすっかり暗くなった狭い路地へ飛び出した。

ゆり子は井山の少し先をゆっくりと歩いて行くところだった。

「ゆり子さん、待ってください」

井山が呼びかけると、ゆり子は振り返って一瞬嬉しそうな笑顔を見せたが、次の瞬間また前を向くと、路地の先の腰がくびれたように細くなっている窪みに音もなく沈んで行った。

ゆり子のあとを追って、井山もその窪みへと下って行こうかと思ったが、細くくびれた場所から覗き込んでも、暗くてその先がどうなっているのかよく分からなかったので、どうしてもその先に進む勇気が持てなかった。

井山がそこから暗闇に目を凝らしてゆり子を捜していると、あとからやってきた西山がゆっくりと井山のところに追い着いた。

「行っちゃいましたか?」

「ええ、行っちゃいました。どうも私はこの窪みが苦手で、ここから先に行けないんですよ」

すると西山が相変わらず表情を変えることなく、井山に訊いてきた。

「それで井山さん。分かりましたか?」

「え、何がですか?」

「あれはゆり子さんじゃないですよ」

「え、それどういう意味ですか?」

「本当に鈍いですね。まだ分からないんですか」

「いや、鈍いって言われても、西山さんこそ何言ってんのか全然分からないですよ」

「今のは、さゆりさんですよ」

井山は完全に言葉を失った。

「え、何言ってんですか。そんなわけないですよ」

「僕も詳しい事情は分からないけど、何か深い理由があるんですよ」

「え、なんでそう思うんですか?」

「よく分からないけど、昨日おでん屋で遭った芸者なら知ってると思いますよ。恐らく彼女たちは、知ってて隠してるんですよ」

「何を隠してるんですか? それを訊き出せないですかね?」

「僕が訊いても駄目ですね」

「何故ですか?」

「信用がないから」

「え、信用ですか？」

「そうです。でも井山さんなら、教えてもらえるかもしれないですよ」

「そうですかね。昨日もさゆりさんのことを訊いてみたけど、木で鼻をくくったような反応でしたよ」

「彼女たちが教えてくれそうなヒントがあるんですよ」

「それは何ですか？」

「どうやら彼女たちはさゆりさんを助けるために、囲碁がメチャクチャ強い人を探しているようなんですよ」

井山は目を輝かせた。

「それならこのサロンにもいっぱいいるから紹介できると思いますよ。また彼女たちに会えますかね？」

「ええ、昨日のおでん屋に行けば会えますよ。仕事帰りによく行くみたいだから」

「それではまた行ってみますよ。西山さんも一緒にどうですか？」

「僕は駄目です」

「え、何故ですか？」

「だから、信用がないからですよ」

西山は表情を変えることなく、改めて同じ言葉を繰り返した。

第八章

井山は深夜十二時近くに西山と一緒に「らんか」を出て、おでん屋まで案内してもらった。

「井山さん、あとは宜しくお願いしますね。僕はいないほうがいいと思うので、今日はこれで帰ります」

井山が一人で店に入ると、この日は客が誰もいなかった。

「あれ、昨日も来た井山さんじゃん。よーっぽどこの店を気に入っただかね。それとも明子ちゃんに会いに来ただかね。べっぴんさんだもんだからねえ、明子ちゃんは」

「きょんちゃんの楽しいおしゃべりをまた聞きに来たんですよ」

「そうかね、そう言ってもらえりゃ、すんごく嬉しかったったっけやあ」

井山はまた静岡割りを飲みながら、黒はんぺんと牛すじを注文した。

井山がしばらく一人で飲んでいるとそれからほどなくして、仕事帰りの美幸と美穂がやってきた。

楽しそうに笑い声をあげながら入って来た二人は、そこに座っている井山に気づくと途端に押し黙ってしまった。

「さあさ、二人とも早くそこに座んな。今日は井山さんもとげとげはなしだもんだから、安心しなって」

きょんちゃんに釘を刺された井山は取り敢えず笑顔で一緒に乾杯すると、なるべく二人と打ち解けるように努めた。

ほど良く打ち解けてほろ酔い気分になったところで、井山は美幸に話しかけた。

「実はね美幸さん。私はさゆりさんと会って以来、彼女の夢をよく見るんですよ」

それまで明るく話していた美幸は、警戒心を強めておとなしくなった。

「それがなかなか面白い夢なんですよ。さゆりさんは碁盤の奥に潜む広大な宇宙空間を自由に飛び回るんだけど、私は全然うまく身動きが取れなくて、そのうちさゆりさんが怒り出すんですよ。きっとさゆりさんも一緒にその広大な空間を動き回れる相手を探し求めていると思うんですよね。しかもさゆりさんのことを心から愛して支えてくれるような人がいいですよね」

「そんな人本当にいるのかしら?」

美幸が初めて反応を示したので、井山はこれを良い兆しと捉えた。

「勿論ですよ。囲碁が物凄く強くて、深い愛情をもって接してくれそうな人が、実はさゆりさんを捜しているんですよ」

「適当なことを言わないでくださいよ」

「いや本当ですよ。実はあなたたちもあの宴席でお会いしたことがある方ですよ」

「誰かしら。まさかあのチョビ髭の課長さんじゃないでしょうね」

二人の芸者は顔を見合わせた。

「いやいや違いますよ。田中社長の社長室長をやっている福田さんですよ」

二人とも福田のことは覚えているようだったが、半信半疑の様子だった。

「さゆりちゃんとは、あの時一度お会いしただけで、ろくに話をしたわけでもないから、さゆりちゃんのこともよく知らないと思うんだけど、本当にそんなことってあるのかしら」

「実はあの後福田室長ともお話ししたのですが、彼はさゆりさんのことが忘れられなくて、随分と捜したようなんですよ。私の夢と違って、彼の夢の中では、広大な宇宙空間を福田室長とさゆりさんが手を取り合って、それは楽しそうに飛び回っているそうなんですよ。そういった意味でも、さゆりさんにとっては福田室長が理想の相手だと思いますよ」

二人の芸者は顔を寄せ合ってヒソヒソ話を始めたが、しばらくすると美幸が井山のほうに顔を向けた。

「それで福田室長は本当に囲碁がお強いんですか？」

「そりゃ勿論ですよ。元院生だし、大学時代は学生本因坊も獲ってますから、アマチュアでは日本で最高峰の一人ですよ」

「さゆりちゃんより強いのかしら？」

その質問に井山は戸惑いの表情を見せた。

「そこはそんなに重要ですか？　どちらが強いかなんて、実際に対局してみなければ分からないですよ。福田室長はさゆりさんの対局を見て心底驚いていたから、正直なところ自分が勝てるか分からないと言ってましたよ。それでも是非ともさゆりさんと打ってみたいそうです。たとえ負けたとしても、彼ならそれを乗り越えていこうとする強い意志をお持ちですから、最後は必ず納得する結果を出してくれると私は信じています」

美幸は井山の言葉に心を動かされつつも、まだ信じ切ることができずに迷っているようだった。

腕組みをしながら考え込む美幸に、井山は静かに語りかけた。

「美幸さん、恐らく本当に強い人にしか、強い相手の真価というものは分からないものなんですよ。福田室長はさゆりさんともう一度会って対局する機会を得たら、忘れかけていた痺れるような勝負の喜びの感覚が呼び覚まされて、自分の人生そのものが変わるんじゃないかって感じているようなんですよ。どうですか、美幸さん。それって凄いことだと思いませんか。さゆりさんの中にある何かが、福田室長の中に眠っている未知なる力を覚醒させようとしているんですよ。これは恐らく本当に究極まで自分を追いこんだことがある人でないと分からない境地だと思うんですよね」

美幸は小さく溜息をつくと、井山の目をしっかりと見据えて答えた。

「分かりました。それでは井山さん、明日でも明後日でも結構ですから、福田室長をここに連れて来てください。そうしたらさゆりちゃんと会えるようにアレンジします」

仕事では商談一つまとめたことがない井山だが、慣れない熱弁を奮ってなんとか美幸を説得することに成功して安堵した。

翌日井山は早速福田に電話してみた。

「福田室長、ご無沙汰しておりますがお元気ですか？」

「お蔭様で元気にしてますよ。田中社長が海外出張であちこち飛び回っているので、私は比較的暇にしています。そちらはいかがですか？　対抗戦の準備は順調ですか？」

どうあっても負けるわけがないと思っているのか、福田は余裕綽綽だった。

「対抗戦対策は個々人でぼちぼちやってますが、実は今日お電話したのはさゆりさんの件なんですよ」

「え、さゆりさんですか？」

それまでのんびり構えていた福田の声の調子がガラッと変わり、電話口からでも、緊張した様子が伝わってきた。

「さゆりさんと一緒の置屋にいた芸者の方と知り合うきっかけがあったんですけど、さゆりさんに会わせてくれるって言ってるんですよ」

「本当ですか井山さん。それは超ファインプレーですね。それでさゆりさんは今どうしているんですか？」

「それがまだよく分からないんですけど、さゆりさんに会わせてもらう条件が福田室長を連れて行くことなんですよ」

福田は状況がうまく呑み込めなかったが、取り敢えず二人はその日の夜に神楽坂で待ち合わせすることにした。


昼間は「らんか」で囲碁を打っていた井山は、夜仕事を終えた福田と合流すると、神楽坂で一緒に夕飯を食べながら簡単に状況を説明して、夜中の十二時近くに二人で静岡おでんの店に向かった。

「よく来たっけね福田さん。噂はかねがね聞いてたもんだから、会いたかったっけや。それにしてもなかなかの男前だっけね」

きょんちゃんに誉められて、福田もまんざらでもない様子だった。

二人でおでんをつまみながら飲んでいると、やがて美幸と美穂がお店にやってきたので、取り敢えず四人で乾杯して、それから他愛のないおしゃべりで時間を潰したが、言葉には出さなかったものの、誰もがさゆりのことばかり考えていたので、思いのほか会話は弾まなかった。

しばらくして美幸が厳かに「それでは参りましょうか」と促すと、それを合図に四人は一斉に立ち上がって店を後にした。

美幸を先頭に、美穂、井山、福田の四人が一列になって神楽坂の狭くて暗い裏通りを進んで行った。

井山はどこを歩いているのかよく分からなかったが、しばらく行くと見たことがある通りに出た。

そこは建物が焼け落ちた廃墟で、置屋のあった場所だった。

美幸と美穂が真っ暗な廃墟の中へと入って行くと、井山と福田も二人から離れないようにして暗闇の中を手探りで進んで行った。

やがて四人は焼け跡の一番奥の一角で止まった。

井山が見た夢の中では、丁度黒い扉があった辺りだった。

美幸が足元から文字が書かれた木片のような物を拾って見せた。

「家が燃えた後に、このお札のようなものが落ちていたんですよ」

「これは一体何ですか?」

「よく分からないけど、おまじないか何かで特にここを燃やしたかったみたいですね」

「何かカルトのようで怖いですね。新興宗教ですかね?」

「さあどうなんでしょうかね。いずれにせよ最初にこれを見た時はゾッとしましたよ」

そこにある大きな瓦礫をいくつかどけると、美幸と美穂は地面にあるふたのような大きな板を持ち上げた。

するとその下には、ぽっかりと真っ暗な口が開いていたので、井山は思わず後ずさりした。

美幸がその口の中を懐中電灯で照らすと、そこは地下へと延びる石段になっていた。美幸と美穂が構わずその狭い口の中へと身体をねじこんで石段を降りて行くと、井山と福田も慌てて続いて、頭がつかえるくらい狭い石段を下へ下へとゆっくりと降りて行った。

狭い石段の両脇に迫る壁から圧迫されて、井山は息苦しく感じた。

狭くて急こう配の真っ暗な石段はそのまま地獄へと通じているかのように不気味で、責め苦に喘ぐ亡者の阿鼻叫喚が聞こえてくるかのようだった。

そのまま随分と深くまで降りて行くと、最後にはひんやりとした洞窟のような広い空間にたどり着いた。四人がその洞窟の中へと入って行くと、美幸は懐中電灯を消してろうそくに火を点けた。

ゆらゆらと揺れるろうそくの微かな灯りに照らされて、洞窟の中に横たわっている女性が目に入ってきた。

女性は寝袋のようなものにくるまったまま静かな寝息を立てていた。

ろうそくの微かな灯りを通してでもその白く透き通った肌、そして綺麗に整った顔立ちから、それがさゆりであることは直ぐに分かった。

いやもしかしたらゆり子かもしれなかった。

「ここにいるのはさゆりさんですか?」

「ええ、そうです」

「なんでこんなところにいるんですか?」

井山の質問に、美幸はどこから始めたものかと迷って少し言い淀んだ。

ろうそくの灯りに照らされてゆらゆらと動く美幸の影は、まるで彼女の心の揺れをそのまま映しているかのようだった。

「今から十二年前になるんですけど、さゆりちゃんがまだ十二歳の時に家が放火される事件が起こったんですよ」

「え、そんな前から放火事件があったんですか？　偶然ですかね？　それとも誰かに狙われているんですかね？」

「それはよく分かりませんが、少なくとも十二年前の時はボヤで終わって大事には至らなかったんです」

「それはよかったですね」

「でもその混乱の中で、さゆりちゃんのお父さんが失踪したんですよ」

「失踪って、ボヤに巻き込まれて焼死したんですか？」

「そうじゃなくて、そもそもその放火をしたのがお父さんだったんじゃないかって、少なくともゆり子とさゆり母子は思ったようです。恐らくそう思わせる何かがあったんだと思います」

「そうだったんですか。それは気の毒ですね」

「でも決定的な証拠があったわけではないので、もしかしたら何か事件に巻き込まれたのかもしれないと思って、一旦は父親は死んだものと受け止めることにしたようなんですよ。それからというもの、二人とももしかしたらまたいつか父親が戻ってくるかもしれないと心のどこかで期待する一方で、でももし放火犯だったらどうしようって警戒して、常に中途半端な心理状態が続いていたんですよ」

「そうだったんですか。それでどうだったんですかね、さゆりさんはお父さんとは仲が良かったんですか？」

「それはもう、目に入れても痛くないというくらいの大変な可愛がりようでしたよ。おまけにお父さんは大変囲碁が強い方で、幼少の頃からさゆりちゃんを徹底的に鍛えたので、十二の時にはもうすでに相当な棋力だったようです。いずれにせよ、さゆりちゃんにとっては十二の時に発生した放火事件は、それまでの家族三人の幸福な家庭が一気に崩壊してしまった衝撃的な出来事だったんです。それでもなんとか母親と助け合って、父親を失った悲しみを乗り越えてやってきていたんですが、その状況も今度は二年前の放火事件で完全に奪われてしまったんですよ」

「今度は完全に家が消失してしまったんですね」

「そうなんですよ。おまけにそれまで仲良く助け合ってきたその母親も失うことになったので、物凄くショックを受けたんです。そして今度の放火も、父親が戻ってきてやったに違いないって思い込むようになったんですよ」

「そうだったんですか」

「なんでそこまで父親が執拗に放火を続けるのか、つまり自分から母親を奪うような裏切り行為を働くのか理解できなくて、これからも自分は狙われ続けるんじゃないかという恐怖心と相俟って、さゆりちゃんはすっかり精神的に追い詰められてしまったんですよ」

「それでここに逃げ込んだんですか？」

「正確に言うと逃げ込んだわけではないんです。さゆりちゃんは放火の後激しいショックから、統合失調症に罹ってしまって、誰かに追われているような錯覚や幻想に苛まれるようになって、焼け跡から出てきたこの地下通路を見つけると、ここを守るのが自分の使命だと言い出してこの洞窟に籠るようになったんです」

「父親から隠れるためじゃなかったんですね」

「そうなんですよ。自分には黒い扉を守る役目があるけど、それが燃えちゃったからその代わりにこの洞窟を守らなければいけないなんて、わけの分からないことを言い出したんですよ。おまけにここを守り続けるためには、自分より囲碁の強い人を見つけなければいけないとも言っているんです」

「それで囲碁の強い人を探していたんですか?」

「それが、それだけの理由じゃないんです。実を言うと、統合失調症の頃はまだよかったんですが、そのうちにさゆりちゃんは解離性同一性障害を発症するようになったんです」

「何ですかそれは? それも精神疾患ですか?」

「いわゆる多重人格障害といわれるものです。お医者さんによれば、さゆりちゃんが受けたショックがあまりにも大きかったので、現実から逃避したいという願望が強まって、まだ家族三人が幸せに暮らしていた頃、つまり十二歳の時の自分に戻りたいという願望と、父親に裏切られて命を落とした母親があまりにも不憫なので、自分が母親の代わりに生きてあげたいという願望が、交互に現れるようになったんです」

「そうだったんですか。だから私が会っていたゆり子さんも、本当はさゆりさんだったんですね」

「ええそうなんですよ。最近では段々ゆり子が現れる時間が長くなってきたので、何か早く手を打たなければ下手をしたらさゆりに戻れなくなるんじゃないかって皆で心配していたんですよ。お医者さんによると、囲碁を打つことによってさゆりちゃんは自分を取り戻せるんじゃないかっていうんですよ」

「え、それはどういうことですか」

「ゆり子の時は無意識のうちに囲碁も弱くなるらしいんですが、強い相手と打つとそれに応じて自分でも無意識のうちに調整して徐々に強くなるらしいんですよ。だから本来のさゆりちゃんの強さを引き出してくれるくらい強い人と打てば、父親と幸せに囲碁を打っていた頃の記憶が蘇って、完全にさゆりちゃんに戻ることができるんじゃないかっていうんですよ」

「そういうことだったんですね」

「お医者さんが言うには、毎日根気強く続けなければならない大変な仕事なので、そう誰にでもできることではないと思うんですよ」

それを聞いて福田が大きく頷いた。

「大丈夫です。さゆりさんのためなら命を捧げるつもりでやりますから、私に任せてください」

「私も福田さんをサポートしてできることは何でもするようにしますよ。残念ながら囲碁はまだそれほど強くないですけど」

「ありがとうございます」

「でも何故こうやって秘密にしているんですか？」

「だってまだ放火犯は捕まってないんですよ。さゆりちゃんは父親を疑っているようですが、もう十年間も戻ってなかった人が、今更また火を付けに来たとも思えないんですよね」

「それでは、美幸さんは犯人は誰か他の人だと思っているんですね。まさか西山さんを疑っているんじゃないでしょうね」

「そんな恐ろしいことあからさまには言えないけど、実を言うと囲碁を教わっているうちに直樹君はすっかりさゆりちゃんに惚れてしまって、一時期ストーカーみたいになっていた時期があるんですよ。それでゆり子お母さんに邪魔されるようになって、恨んでいたようなんです」

「分かりました。そういうことなら、私たちも秘密を守るようにしますからご安心ください」

井山と福田はろうそくの揺れる灯の中で頷き合った。

第九章

囲碁サロン「らんか」で四月から始まった新しいリーグ戦は、まだ始まったばかりだというのに、五月に入る前から早くも前回を上回る熱気に包まれていた。

特に名人に直結する高段者リーグの優勝争いに関しては、当初は前回優勝のライバル商社の埜口と準優勝だった弁護士の矢萩の二人を中心に展開するものと思われていたが、ここに韓国で修行してきた天才少年の丸山と政治家秘書を辞めた賜の二人が新たに八段として参戦してきたうえに、残業から解放されて気合十分の星飼も戻って来たので、全く予想がつかない状況になっていた。

さらに仕事を辞めた医者の奥井と財務官僚の羽田が、念願の囲碁に専念できる生活を手に入れて着実に力をつけてきたので八段に迫りつつあり、同様に仕事を辞めて朝から晩まで囲碁漬けの生活を送るようになったビジネススクール元学長の堀井や元政治家の細名も、これまで全く歯が立たなかった八段の相手にも何回かに一回は勝てるようになっていた。

「らんか」始まって以来の大混戦時代の幕が開き、連日乱戦に次ぐ乱戦が続いて群雄割拠による戦国時代の様相を呈してきていた。

そんな状況の中、三段の井山は取引先との対抗戦を意識して、高段者とばかり打っていたので、負けが込んで遂に二段に降格してしまった。

井山の降格は七か月前にリーグ戦に参加して以来初めてのことだったので、井山は大きなショックを受けたが、たとえ降格の憂き目に遭おうとも、高段者の厳しい洗礼を受けて地力を高めることが今は肝要だと自分に言い聞かせて、井山は引き続き果敢に高段者に挑み続けた。

井山は二段であればそう簡単に負けなかったので、その後二段と三段の間を行ったり来たりするようになったが、やがて高段者との対局が奏功して地力がついてくると、遂には三段と四段の間を行き来するように変わっていった。

四段ということは、当面の目標である六段まで、もうあと二段階である。八段相手にも四子まで置石が減ったので、井山はいよいよ目標を射程に収めつつあることを実感した。

こうして井山はまた階段を一段上がった手応えを得た。


昼間は「らんか」で多くの対局をこなす一方、夜になると井山は洞窟に籠るさゆりの元を訪れていた。

井山が狭くて急勾配の石段を降りて行くと、ひんやりとした空気が張りつめている洞窟の中で、ろうそくの灯りに照らされた人の影が怪しげにゆらゆらと揺れていた。

福田が見守る脇で、さゆりは大抵横たわって静かな寝息を立てていたが、色白の綺麗に整った顔だけ出して寝袋にくるまっている姿はまるでさなぎのようだった。

井山も福田も思わずその顔に見とれながらさゆりを助け出す使命感に燃えていたが、そうやってさやかな幸福感に包まれながらさゆりが起き出すのを待っていた。

井山と福田のもとには、美幸や美穂が軽食や飲み物を差し入れてくれたので、そんな時にはよく、さゆりを起こさないように気づかいながら、四人でさゆりやゆり子について語り合った。

そうしているとさゆりは意外な時に突然目を覚ました。さゆりが目を覚ますたびに福田は待ち望んでいたかのように満面の笑みを浮かべながら、洞窟に持ち込んだ碁盤を使って盛んに囲碁対局に誘ったが、目を覚まして現れるのはほとんどの場合「ゆり子」のことが多くて、なかなか素直に囲碁を打とうとしなかった。

「お兄さん、なかなかいい男だけど、私はちょっと今は囲碁を打つ気分じゃないんだよ。それにどうせ打つんだったら、こんなところじゃなくて、もっと綺麗なサロンにでも行ったほうがましじゃないかね」

そう言われても福田は必死に「ゆり子」の説得に努めた。

「ろうそくの微かな灯りに照らされてこんな清冽な空間で石音を響かせるなんて実に風雅だと思いませんか。もし紫式部がこの場にいたら、この情景を逃すことなく絶好の興趣と捉えて『源氏物語』に書き記したと思いますよ」

「あんた随分と恰好つけたこと言うね。そんなに言うなら打ってやってもいいけど、私はこちらのお兄さんのほうが打ち慣れているからいいんだよ。実力も同じくらいだから打ってて楽しいしね。そう、楽しい…、ええ、とても楽しいんです」

そう言いながら「ゆり子」は徐々にさゆりへと戻っていき、皆があっけにとられている目の前で、今度は大胆にも突然井山の手を握ったりした。

「井山さん、実を言うとあの宴席で最初にお会いした時から、あなたに守ってほしいと思っていたんですよ。あなたもそんな私の気持ちをしっかりと受け止めて、手を握り返してくれましたよね。どうなんですか井山さん。覚えていますよね」

突然さゆりが現れたことに皆が一様に驚愕したが、それ以上に福田は、さゆりのその言葉に激しい嫉妬を覚えて冷静ではいられなくなった。

「さゆりさんですよね。あなたは井山さんと打ったことがあるんですか？」

福田が興奮してさゆりを問い詰めると、直ぐにさゆりは「ゆり子」に戻ってしまって、今度は面倒くさそうに答えた。

「実力も同じくらいだから、そのほうが面白いと思っただけだよ」

混乱した福田は井山に向き直って問い質した。

「井山さんはやっぱりさゆりさんと打ったことがあるんですか？　つまりさゆりさんとどこかで会っていたということですか？」

「いやそうではないですよ、福田さん。私はさゆりさんとは知らずにゆり子さんと打っていたんですよ」

すかさず「ゆり子」が不愉快そうな声を上げた。

「何を二人でこそこそ、さゆりだとかなんとか言ってるんだい。私はゆり子だよ」

さゆりが顔を出して喜んだのも束の間、直ぐに「ゆり子」に戻ってしまったので、福田は気を取り直すとまた始めから根気よくやり直すことにした。

「はいゆり子さんですね。よく分かってますけど、それでゆり子さんはどれくらいの棋力なんですか？」

福田のこの質問に井山は肝を冷やした。

それというのも、井山も福田とはさゆりの件で気脈を通じるようになってはいたが、迫りつつある対抗戦ではあくまでも敵方なので、井山の実力はまだ十級程度だと思わせておきたかったからだ。

「私はこのお兄さんと同じで十級くらいだったよ」

この返答に井山は一旦は安堵したが「ゆり子」はなおも続けた。

「でもよく考えたら、それはもう半年以上前の話だね。このお兄さんがどんどん強くなるもんだから、私もどんどん頑張って今じゃ二人とも二段くらいかね」

確かに三か月ほど前に最後に「ゆり子」と打った時はそれくらいだった。

それが今では四段まで上がり、いよいよ六段も視野に捉えつつあるところまできていたが、井山は黙っていた。

それでも福田は興味深そうに井山を見つめると、感心しながら目を細めた。

「さすが井山さんですね。二十代で囲碁を始めて、僅か半年で二段とは立派なものですね。まさに看板に偽りなしというところですかね。危ない、危ない。井山さんがそんなに強いなんて夢にも思っていませんでしたよ」

それでも二段であれば十級と五十歩百歩で、誰が当たっても負けることはないと安心したのか、福田は慌てることもなくまた「ゆり子」の説得を続けた。

福田があまりにもしつこく誘うので「ゆり子」も最後は渋々対局に応じることになった。

碁盤の前に座ると「ゆり子」は福田を睨みつけた。

「あんたはどれくらいなんだい。私は互先しか打たないからね」

「分かりました。それでは互先で打ちましょう。恐らく実力は同じくらいだと思います」

福田は「ゆり子」を安心させるために優しく答えたが、心の中では徐々に強さを発揮して、さゆりを引き出そうと考えていた。

対局が始まると、薄暗い洞窟内に乾いた石音がこだましたが、福田は徐々に着手を厳しくしていって、さゆりを刺激しようとした。

最初はあまり乗り気でなかった「ゆり子」も、一手打つごとに長考するようになり、真剣に碁盤を見つめているうちに、だらけていた姿勢も次第に改まって背筋も段々と伸びていった。

姿勢を正してジッと碁盤を見つめる目は、まるで驚愕の映像を見ているかのように大きく見開かれていたが、その瞳の中ではろうそくの灯が怪しげに揺れていた。

さゆりはしばらく頭の中を急回転させながら次の一手を考えているようだったが、やがてフッと気が抜けたように姿勢を崩すと、またすっかり「ゆり子」に戻ってしまった。

「なんだよ。難しくてよく分かんないよ」

盛んに愚痴をこぼした「ゆり子」は、その後集中力が切れてしまったのか急に着手が乱れて、最後は不貞腐れた態度で投了するとまた寝袋の中に籠ってしまった。

さゆりを引き戻す作業は思った以上に困難なようだった。

井山と福田はお互いの顔を見合わせると首を横に振った。

「思った以上に厄介そうですね」

「そうですね。今日はこの辺にしておくけど、これから粘り強く取り組んでいくことにしますよ」

「分かりました。そうしてください。それで福田さんはこれから毎日こちらに来られそうですか？」

「はい大丈夫ですよ。四月のうちは社長がいないので、昼間から会社を抜け出してこちらに来るようにします。やはり二段くらいのレベルから徐々に上げていったほうが良さそうですね。そうすれば時間はかかるかもしれないけど、着実にさゆりさんが戻ってくるような気がします。だから焦らずに時間をかけて多くの対局をこなすように持っていきますよ」

「そのほうが良さそうですね。それでは福田さん、宜しくお願いしますね。私もなるべく昼間から顔を出すようにしますから」

「井山さんは会社のほうは大丈夫なんですか?」

「うちはどうせ対抗戦までの間は皆、囲碁しかしていないから、大丈夫ですよ。実は私も大抵はこの近くの碁会所で打っているので、こちらに来ることは差し支えないですよ」

薄暗いろうそくの灯りに半分照らされている井山の顔を覗き込みながら、福田はまた興味深そうにニヤついた。

「朝から晩まで囲碁三昧の毎日ですか。井山さんは一体どこまで強くなるおつもりですか?」

井山は真剣な表情で福田に向き直ると、やはり半分だけ照らされている福田の顔を正面から見据えて切々と訴えた。

「福田さん、対抗戦の件で実は折り入ってお願いがあるんですけど宜しいですか。あなたにとってはどこから仕入れようが大して違いのない話かもしれないけど、私たちにとっては部の存亡が懸かった死活問題なんですよ」

「分かってますよ井山さん。私もその辺の事情は重々承知しているつもりです。それに井山さんのお蔭でさゆりさんとまた会うことができたし、こうやってさゆりさんの力になる機会も得たので今は大変感謝しているんですよ」

「本当ですか福田さん。そう言っていただけると大変嬉しいです」

「ですから仕事のほうはなんとかしますから、その代わりさゆりさんのことは私に任せてほしいんですよ」

井山を真剣な表情で睨みつけながら強い口調で迫ってくる福田の真意を、いくら鈍い井山でも読み取ることができた。

「も、勿論ですよ。是非とも福田さんにお願いしたいと思っているので、私は出しゃばったことはしませんから安心してください」

その言葉は、自分に助けを求めてきているさゆりに対する裏切りのようにも感じられたが、今の井山には対抗戦対策が最優先だったので、さゆりのことまで考えている余裕はなかった。

一方それを聞いて安心した福田は、穏やかな表情で語り出した。

「私も大きな声では言えませんけど、田中社長の御社に対するやり方はいかがなものかと思っていたんですよ。買収先企業を最初に紹介してくれたのも、先方の社長との面談をセットしたのも、明らかに御社でしたからね。やはりそこは信義にもとることをしてはいけないと思っているんですよ。ですから私ができることなら何でも協力させていただきますよ」

すると井山はなんのてらいもなく即座に要望を口にした。

「それでは対抗戦のメンバー表の順番を教えてください」

確かにたった今、何でも協力すると言ったかもしれないが、それにしても井山の要求はあまりにも直截的であからさまなものだったので、その厚顔無恥なずうずうしさに、さすがの福田もただ唖然として、自分のほうが赤面してしまいそうだった。

「あのちょっと待ってください井山さん。それがですねメンバー表の順番を教えてあげても良いんですけど、実を言うと今は社長が出張でいないので、まだ正式には決めてないんですよ」

「え、そうなんですか。どんな順番でもどうせ全勝だから、順番なんてどうでもいいと思っているんじゃないんですか?」

今度は途端にすねたような物言いをする井山に、福田も苦笑いするしかなかった。

「それでも主将は実力順で福田さんにするとか、会社の序列で田中社長にするとか、何かないんですか?」

井山があまりにも必死なので、気の毒に思った福田は、どうせ田中社長の作戦を伝えても対抗戦の勝敗に影響することはないだろうと考えて、ここは一つ井山に恩を売っておくのも悪くないと考えた。

「それでは井山さん、田中社長の考えていることをこっそりとお伝えしますから、それで勘弁してください。井山さんもメンバー表は事前に提出するように言われていますよね」

「ええ、『Ｒａｎｃａ』の稲葉さんから連絡があって、三日前までに提出するようにと言われました」

「田中社長は御社のメンバー表を事前に入手して、鈴井部長に私をぶつけるつもりでいるんですよ」

「な、なんと…」

井山は思わず絶句した。

パンダ眼鏡に福田を当てるとはなんという勝利への執念であろうか?

確かに五段のパンダ眼鏡なら、六段の田中社長や五段の渡辺部長に勝つ可能性があるかもしれないが、福田がその芽を摘んでしまえば、あとはどうころんでも残りの二人が負けることはないので、三戦全勝は確実と読んでいるのだろうか？

　しかし田中社長はそこまで完璧な勝利でないと納得しないのだろうか？

「たとえ鈴井部長が田中社長か渡辺部長に勝ったとしても、御社が残りを二勝することはほぼ確実に見えるから、そこまでする必要はないと思うんですけど、田中社長は三戦全勝でないと満足できないんですかね？」

「いやいやそうじゃないんですよ、井山さん。もし鈴井部長が勝つようなことがあれば、万が一御社がもう一勝すればこちらは負けになりますよね。その万が一の事態が何なのか、田中社長も具体的にイメージしているわけではないんですが、たとえどんな不測の事態が起きても確実に勝つためには、鈴井部長と私が対局することが一番確実だと考えたんですよ。確かにそこまでやる必要はないかもしれないけど、勝負の世界は何が起こるか分からないですからね。だから田中社長としては、僅かでもそんな不安要素を残しておきたくないんですよ」

　福田の説明を井山はポカーンと口を大きく開けて、ただただ驚いて聞いていた。

「これまでも業界の勝ち組として、並みいるライバルたちを蹴散らしてきた人ですからね。念には念を入れて石橋を叩いてもそれでも渡らないというくらい、勝負に臨む際の心構えが常人とは全く違うんですよ」

　勝利に対する異常なまでの執念に、井山は改めて田中社長の凄味を感じた。

「でも中立であるはずの稲葉さんがそう簡単に教えますかね？」

「大事な常連客ですから、強く要求されたらなかなか抵抗できないと思いますよ」

パンダ眼鏡が福田と対戦するようなことになったら、こちらはもうノーチャンスである。

「困ったなあ。どうしよう」

井山は泣きそうな声で独り言のように呟いた。

「だからメンバー表は当日持っていったほうがいいと思いますよ」

「そうですね。そうすることにします」

翌日井山は「Ｒａｎｃａ」に電話して、対抗戦のメンバー表は当日持っていくようにしたいと申し出たが、稲葉はそう簡単に認めてくれなかった。

段取りがあるのでそれでは困るとの一点張りだったが、井山も直前までなかなか全員が揃わないのでどうしても当日でないと決められないと適当なことを言って強引に押し通してしまった。

猜疑心の強い田中社長のことだから、こちらの意図を察知してまた何かしら策を練ってくるかもしれないが、それならこちらも福田の協力を得て、なんとかその裏をかくことを考えるしかなかった。

こうなってくると、囲碁の対抗戦というよりは水面下で駆け引きを行う情報戦といえた。

対抗戦の日が近づくにつれて、井山は段々と胃が痛くなってきた。

田中社長の予想以上の勝利への執念を知るにつけても、当初の楽観的な気分は完全に失せていき、やはり詫びを入れるべきだったかもしれないと思うようになっていた。

それは最後まで福田を信じ切れないからでもあった。

福田はさゆりの件では井山に恩義を感じているし、一方で田中社長には義憤を感じているようだったが、サラリーマンの悲しい性でいつ会社への忠誠心に目覚めるか分からないので、最後の最後でこちらを裏切るようなことになっても少しも不思議ではなかった。

四月中は福田は毎日さゆりを洞窟に訪ね、井山も「らんか」での対局の合間に何度か洞窟に顔を出した。

さゆりも最初は臥せっていることが多かったが、段々と起きている時間が長くなり、それに伴って対局数も増えていき、囲碁のレベルも少しずつ上がっているようだった。

さゆりの話しぶりはまだ「ゆり子」のことが多かったが、囲碁に対する態度からは少しずつさゆりらしさが垣間見えるようになっていた。

さゆりは福田に勝つたびにこのうえなく満たされた気持ちになるようで、その勝利の味から徐々に幼い頃に父親と過ごした幸せな記憶が蘇ってきているようだった。

四月も終わり頃になると、さゆりは明らかに福田が来るのを心待ちにするようになり、対局も段々と楽しくなってきているようだった。それにつれて対局中の姿勢も美しくて凛々しいものへと変わっていった。

福田の昼夜を問わぬ献身的な働きによって、さゆりは徐々にさゆりらしさを取り戻すようになり、囲碁の実力も上がってきたので、さゆりらしさに触れるたびに福田はこのうえなく幸せな気分になったが、囲碁に関しては、さゆりがどこまで強くなるのか楽しみでもありまた怖くもあった。

福田はさゆりの完全な回復を期待する一方で、さゆりは自分よりも遥かに強いのではないかという恐怖に似た感情も抱くようになっていた。

平成から令和への歴史的転換期に迎えたこの年のゴールデンウィークは異例の十連休となったが、福田は会社に気兼ねすることなくさゆりに寄り添い続けることができたので、これを幸いに感じていた。

連休明けには田中社長も海外出張から帰ってくるので、その次の金曜日に迫った対抗戦の打ち合わせをすることになっていたが、福田はそのタイミングで井山と「情報交換」をする約束をしていた。

連休中は、井山は一度も洞窟に顔を出さなかったので、福田は井山が家に籠って囲碁に専念しているのだろうと思った。

この時福田は、もしかしたら井山も対抗戦の頃には三段くらいになっているかもしれないと警戒を強めたが、実際は井山の進化は留まるところを知らず、四月末時点で四段と五段の間を行ったり来たりするようになっていた。

ゴールデンウィークの連休明けに井山は久し振りに大手町のオフィスに顔を出した。

いよいよ対抗戦を三日後の金曜日に控えて、充実した休みを過ごした井山は溌剌と精気がみなぎっているように見えたが、パンダ眼鏡と髭ゴジラは対抗戦が近づくにつれてますますプレッシャーが増して、食事も喉を通らなくなっているようだった。

すっかり意気消沈して元気のない二人を少しでも元気づけようと思って、井山は事前に先方のメンバー表を入手できるかもしれないと伝えたが、どんな組み合わせでもどうせ勝ち目などあるはずがないと諦めている二人はあまり興味を示さなかった。

井山はこっそりと福田に連絡を入れてメンバー表がどうなったのか聞き出そうとしたが、電話口で蚊の鳴くような小さな声で申し訳なさそうに話す福田の返答は、全くの期待外れのものだった。

「御社がメンバー表を当日提出すると言ってきたことを知って、社長が警戒感を強めて、あとは自分で考えるって言い出したんですよ」

電話口で井山は血の気が引いていくのを感じた。

「そこをなんとか聞き出してくださいよ福田さん。あなただけが頼りですからお願いしますよ」

「いやー下手に探りを入れると却って怪しまれますからね。田中社長はその辺の勘が異様に鋭いんですよ」

困り果てた井山はどうしようかと必死に考えて、咄嗟にちょっとしたアイデアを思いついた。

「それではこういうのはどうですか？　こちら側の情報をリークするんですよ」

「え、それはどういうことですか？」

「たとえばこちらはどんな順番でも勝ち目がないと諦めているので、会社の序列通りでいくことに決めたようだって伝えるんですよ」

それを福田から田中社長に伝えて、もし実際にそうでなかったら田中社長が激怒するリスクがあるが、井山への恩義を感じている福田はその申し出を受け入れてくれた。

田中社長がその情報を信じれば、パンダ眼鏡―髭ゴジラ―井山という順番だと考えることになるので、向こうは万全を期して、福田室長―田中社長―渡辺部長とぶつけてくることが予想される。

そこでこちらはその裏をかいて、髭ゴジラ―井山―パンダ眼鏡という順番にすれば、当初井山が思い描いた通りこちらにも勝機が生まれるかもしれなかった。

井山は落ち込んでいるパンダ眼鏡と髭ゴジラにこの順番でメンバー表を出したいと申し出た。

パンダ眼鏡は順番などどうでもよいと思って井山に任せたが、福田と当たる髭ゴジラは納得がいかず、そこは井山だと強く主張した。

こうなるとこのメンバー表を認めてもらうためにも、井山も自分の実力を正直に伝えるしかなかった。

ところが井山が自分は五段くらいの実力だといくら言っても、髭ゴジラは信じてくれなかった。

「お前ちょっと誇大妄想のところがあるからな。十級の時も初段とか豪語していたしな」

「分かりましたよ。それじゃあ榊課長、ここで一局打ってみましょうよ」

井山も必死だった。

もし自分が福田と当たるようなことになったら勝機は完全に失せてしまう。

これまでパンダ眼鏡と髭ゴジラが対局を重ねてきた会議室に移ると、二人は早速パンダ眼鏡の目の前で対局をすることにした。

互先で打ち始めたが、序盤早々から井山が圧倒する展開となり髭ゴジラは直ぐに投了した。

僅か一年も経たないうちに井山にあっさりと追い越されてしまったばかりか、こんなにも圧倒的な差を見せつけられた髭ゴジラは、さすがにショックを隠し切れなかったが、井山の予想外の強さを目の当たりにしたパンダ眼鏡は逆に俄然元気が出てきた。

同時にこの短期間で努力を重ねてここまで上達した井山を完全に見直すようになっていた。


「Ｒａｎｃａ」に行くにあたって、井山はもう少し稲葉のことを知っておきたいと思って、初音に彼女が書いた本を貸してもらうことにした。

翌日初音が持ってきた本を見て井山は心底驚愕した。

なんとその本の題名は大胆にも「囲碁と悪女」という随分と自虐的というか開き直ったものだったからである。

しかも表紙の稲葉の写真が年の割にあまりに若くて美しいものだったので、井山はこれは一体何者なのかと恐れをなしたが、本の中身もまた衝撃の連続だった。

基本的には囲碁を通じた彼女の交遊録が綴られているのだが、その交際範囲たるやプロ棋士は勿論、政治家からミュージシャンに至るまで実に多彩で、以前話題になった小沢一郎と与謝野馨の囲碁対決もなんと仕掛け人は彼女ということだった。

井山が一番驚いたのはロック界の大御所ヴァン・ヘイレンのデイヴィッド・リー・ロスにホテルの一室で二人だけで囲碁を教えていたというくだりだった。今度会った時に本当に男女の関係になることはなかったのか、是非とも訊いてみたいと思った。


日一日と時が過ぎ刻々と対抗戦の秋が近づくにつれて、いやがうえにも緊張感が高まっていった。

パンダ眼鏡と髭ゴジラは最後の悪あがきで会議室に籠って必死に囲碁の勉強をしていたが、井山も五段と分かったので二人につき合わされる羽目になった。

基本はまずは対局を行うことだったが、その後時間をかけて丁寧に局後の検討も行った。

パンダ眼鏡とは互先でいい勝負だったが、井山は四段と五段の中間くらいなので、最後はパンダ眼鏡が勝つことのほうが多かった。特に井山はヨセが苦手なので終盤に逆転されることがよくあった。

局後の検討は白熱しお互いに異なるタイプの碁を知るきっかけとなった。特に最新のＡＩに慣れていないパンダ眼鏡にとっては、井山が囲碁サロンで覚えてきた最新情報は貴重だった。

井山は髭ゴジラとも対抗戦に備えて互先で打ったが、本来四子の相手なので勝負は直ぐに決着してしまうことが多かった。格下と打っても井山に得るものはほとんどなかったが、それでも局後の検討で懇切丁寧に説明をする中でこれまであやふやだった知識の再確認ができたので、井山にとっても良い勉強になった。

こうして僅か三日ではあったが、井山はこれまでろくに口を利いたこともなかった二人の上司と囲碁を通じて初めて心を通わせるようになっていた。

三人は目標を共にする同志として、一緒に濃密な時間を過ごすうちに次第に連帯感が生まれていた。

第十章

いよいよ運命の対抗戦の日を迎えた。

井山は慎重にメンバー表の名前を書き込むと、封筒に入れてしっかりと封をした。

それから井山は初音の席に近づいて行くと、借りていた「囲碁と悪女」を彼女に返した。

「初音さん、この本凄く面白かったですよ。それにしても稲葉さんは文章がうまいですね」

井山にそう言われて初音も自分のことのように素直に喜んだ。

「そうなのよ。彼女は何をやっても才能があって本当に凄いのよ」

一方で初音は井山から本を返されたことが気になった。

「やっぱり対抗戦の時にサインをもらうのは難しいのかしら?」

すると井山は初音の目をしっかりと見ながら答えた。

「初音さんも一緒に行って、自分で直接もらってくださいよ」

すかさず初音は平板な顔を真っ赤にしながら大きく手を振った。

「無理、無理。稲葉さんに直接サインをねだるなんて私にはできないわ」

「実は当日サインをもらっていいか稲葉さんに訊いてみたんですよ。そうしたらそんなファンの方なら直接お渡ししたいから、是非とも連れて来てくれって言うんですよ」

「え、本当ですか？」

いつもはクールな初音が涙を流さんばかりに感激して喜んだ。

「そうなのよね。稲葉さんはそういうところがあるから女性にも人気があるのよね」

「それじゃあ初音さん、せっかくだからドリンク係としてお手伝いしてくれますか？　対局中に飲むものは鈴井部長は熱々のコーヒーがいいとか、榊課長はプロテイン入りの特製スポーツドリンクでなきゃ駄目とか、それぞれ好みがうるさくて大変なんですよ。だからドリンク係としてお手伝いしてもらえると助かるんですけど」

「そんなことお安い御用だわ。私もサインをもらいに行くだけじゃあ気が引けるから、それくらい手伝うわよ」

初音は楽しそうに答えた。

張り切った初音は保温機能の高い水筒を用意して、それぞれの好みの飲み物を色分けして三本ずつ揃えてくれた。

井山は感心しながら三種類の色の水筒が入った大きなバッグをチェックした。

これで準備は万端である。

四人はハイヤーに乗り込むと緊張した面持ちでアークヒルズへと向かった。

車の中では誰も一言も発することはなかった。特にいつもデカイ態度で大口を叩いている髭ゴジラは借りてきた猫のようにおとなしくていざという時の肝っ玉の小ささをさらけ出していた。髭ゴジラは緊張のあまり喉が渇くとみえて、自分の水筒を取り出してはスポーツドリンクを飲み続けていたので、会場に着くまでに水筒一本を空けてしまうほどだった。

髭ゴジラのそんな様子を横目に見ながら、井山は必死に笑いをかみ殺していた。

アークヒルズのＡＮＡインターコンチネンタルホテルの車寄せに着くと四人はハイヤーを降りて、エレベーターで三十七階まで上がった。

エレベーターの中でも誰もが緊張して押し黙ったままだった。

絨毯が敷き詰められた狭い通路を一番奥まで進んで行くと囲碁サロン「Ｒａｎｃａ」の看板が見えてきた。

開け放たれたドアから中に入って行くと、直ぐ右側に受付カウンターがあり可愛い顔をした若い女性が応対してくれたが、その女性もやはり緊張しているとみえて落ち着きのない様子で慌てると、やや猫背の姿勢のまま四人をサロンの中へと案内してくれた。

サロンは五席ほどのバーカウンターと十卓ほどの対局机が並んでいるこじんまりとした空間で、エレガントな装飾が施された小綺麗な室内からは高級感が漂っていた。

部屋の一面は全てガラス張りで首相官邸や議員宿舎を含む都心の夜景を眼下に見下ろすことができ

た。

「どうもいらっしゃいませ。鈴井部長、榊課長、お久し振りです。今日は大事な対抗戦の会場として当サロンをお選びいただきありがとうございます」

社交的な明るい笑顔を振りまきながら囲碁界のマドンナ、盤上では悪女、盤外では女神といわれている稲葉禄子が出迎えてくれた。

「それからこちらは井山さんですね。お電話では度々失礼しました。それにしてもなんて良いお名前なのかしら。とてもお強そうですね」

初対面の相手にも分け隔てなく接するオープンな明るさが、その健康的な美貌と相俟って彼女の魅力なのだろう。見た目は実に若々しいがこれでサザエさんの母親のフネと同じ年というのだから、昭和と令和の時代の隔たりには驚くべきものがある。

稲葉は続けて井山の陰に隠れるようにしてモジモジしていた初音に気づくと、優しく声をかけてくれた。

「私の本を読んでくださった方ですね。ありがとうございます」

稲葉が両手で握手すると初音は感動のあまり思わず身体を震わせたが、本に素早くサインした稲葉がさらに初音の名前も書き込んでくれたので、その細やかな気遣いにすっかり感激してしまった。

サインを済ませた稲葉は振り返ると、部屋の奥で静かにたたずんで皆が挨拶する様子を見守っていた女性を紹介した。

「それからこちらは奥田あや四段です。今日は対抗戦の審判としてお忙しい中参加してくれることになりました」

落ち着いた雰囲気で会釈する奥田プロはややポッチャリとした体形から醸し出される慈愛に満ちた優しさと、愛嬌のある可愛い笑顔がなんとも言えず魅力的だった。

井山は本物のプロ棋士に会うのが初めてだったので、いやがうえにも緊張感が高まった。


するとそこに田中社長以下の相手方が到着して部屋に入ってきた。

こちら側とうってかわって、三人とも余裕のある素振りで緊張している様子は全く見られなかった。

福田がちらりと井山を見て二人の視線が合ったが、お互いに言葉を交わすことはなかった。

「いらっしゃいませ。田中社長、今日はありがとうございます」

稲葉と挨拶を交わした田中社長は奥田プロにもすかさず声をかけた。

「奥田先生、どうもいつもお世話になっております。今日は指導碁じゃなくて申し訳ないですが、おつき合いのほど宜しくお願いします」

田中社長は奥田プロにいつも指導碁を打ってもらっているようで親しそうに接していたので、井山は完全アウェーの雰囲気に圧倒された。

「それでは始めましょうか。井山さん、メンバー表はお持ちですか？」

稲葉に声をかけられた井山はメンバー表の入った封筒を渡した。

するとそれを井山から受け取った稲葉は、直ぐにその場で封を破って、主将が榊課長、副将が井山、そして三将が鈴井部長であることを素早く確認した。

「両社のメンバー表を同時に開けるんではないんですか?」

思わず井山が訊くと、稲葉は井山に向かって落ち着いて答えた。

「田中社長からは当初の予定通り、三日前にもうメンバー表をいただいております」

そして若い女性に向かって「さあ早くメンバー表を持って来てちょうだい」と声をかけた。

若い女性は落ち着きなく目を泳がせると、稲葉が手に持つメンバー表をちらりと覗いてから、慌てて受付に行って封筒を持って戻ってきた。

稲葉は直ぐに封を破ってメンバー表を取り出したが、そこに書かれている名前を見て井山たちは全員真っ青になった。

そこには主将が渡辺部長、副将が田中社長、そして三将が福田室長と書かれており、こちらの予想に反して渡辺部長と福田室長が入れ替わっていて、パンダ眼鏡と福田室長が当たることになってしまった。

井山はそこに明らかな作為を感じた。

そうでなければ、渡辺部長が主将を務めるなどということはいかにも不自然だった。

警戒心の強い田中社長がこちらの思惑を見抜いて裏をかいてきたのか、福田が裏切ってこちらの意図を漏らしたのか、それとも稲葉も協力してこちらのメンバー表を見てから対応することにしたのか、そのいずれであるかは定かではなかったが、いずれにせよパンダ眼鏡に福田室長をぶつけると堅く心に決めて、その思惑通りに実現させた田中社長の「遂行能力」にただただ感服するしかなかった。

但し田中社長がそこまでしてくるであろうことは、井山もある程度予想はしていた。

「少しトイレに行ってきます」

真っ青になって茫然と立ち尽くすパンダ眼鏡と髭ゴジラを残して、井山はトイレに向かった。

サロンを出る際に、井山は入口付近で心配そうに眺めていた初音に目で外に出るように合図して、サロンを出た直ぐ目の前にあるトイレの前で待っていた。

初音が不安そうな表情で近づいて来ると、井山は初音に「プランBで行くから」と伝えた。

初音は怪訝な表情で首を傾げた。

「何ですか、プランBというのは？」

「榊課長の代わりに初音さんが打つんですよ」

「ムリ、ムリ、ムリ、ムリ。絶対に駄目だから」

井山が言い終わる前に初音は強く抵抗した。

「初音さんお願いだからよく聞いてください。間もなく榊課長がこのトイレに駆け込んできます。そうしたら彼はしばらくここから出られなくなるんですよ」

それを聞いた初音は、怯えながらかろうじて口を開けた。

「何故ですか？」

「榊課長の水筒に下剤を入れておいたんですよ。あんなにガブガブ飲んでいたから、直ぐに効果が現れると思いますよ」

　すると髭ゴジラがお腹を押さえながら腰をかがめて飛び出してきて、目の前のトイレに気づくと一瞬安堵の表情を浮かべて、しきりに流れる冷や汗を拭きながら慌ててトイレに駆け込んで行った。

「なんでそんな酷いことをしたんですか？」

「そういう状況にでもならない限り、初音さんは打たないじゃないですか」

「そういう状況になっても、私は絶対に打ちませんよ」

　初音はきっぱりと拒否した。

「でもこのままでは棄権になるから闘わずして敗北が決まってしまいますよ。そうしたらもううちの部はなくなってしまうかもしれないんですよ」

「そんな大事な勝負に私を巻き込まないでよ。私はもう打たないと決めたんだから。私は囲碁に向いてないのよ」

　初音は涙目になりながら必死に訴えた。

「駄目なのよ。私こう見えてもプレッシャーに弱くて、大会前になるといつも体調を崩していたんだから。緊張して全然実力が発揮できないタイプなのよ」

「初音さん。どうせこのまま打たなくても敗北なんだから、初音さんが負けても誰も責めたりしませんよ。だからリラックスして気楽に打ってくださいよ」

「でも囲碁はもう止めたの。しばらく打ってないから無理よ」

初音の態度は頑なだった。

するとそんな初音に対して、井山は意外な言葉を投げかけた。

「そんなことないでしょ。初音さんは北海道に帰るたびに昔の仲間と打っているじゃないですか」

初音は驚いて顔を上げ、思わず涙目のまま井山を見つめた。

「え、どうして知っているの？」

「成島先生にお会いしてきたんですよ」

「え、成島先生って、囲碁部の顧問をやっていた成島先生ですか？」

「ええ、そうです。実はこの連休中に北海道に行ってきたんですよ。初音さんが今でもよく行く碁会所にも行ってきましたよ。初音さんはまだ本当は囲碁が好きなんですよね」

初音は下を向いてしまった。

「成島先生からもお話を伺いましたよ。初音さんは凄く才能があるのに、プレッシャーに弱くて勿体なかったって言ってましたよ。今まで先生が教えた中で、一番才能を感じたそうですよ」

「そんなの先生のお世辞よ」

「そんなことないですよ。初音さんと対局した黒崎姉妹もそう言ってましたからね」

初音は驚いてまた顔を上げた。

「あの双子の天才姉妹の黒崎さんですか」

「ええそうです。大会で当たったことがあるんですよね」

「ええ。でも完敗だったわ。世の中にこんな強い人がいるんだって物凄いショックを受けたの。実はそれも囲碁を止めようと思った理由の一つなのよ」

「そんなことないですよ初音さん。実を言うと先日その黒崎姉妹とも会ったんですよ」

「本当なの？」

「ええ、二人とも今は東京にいるんですよ。今まで当たった中で初音さんが一番強かったって言ってましたよ。本当は実力があるのに緊張して自分の手を打てなかっただけで、初音さんが本来の力を出したらとても勝てなかっただろうと思ったそうです」

「え、そうなの？」

「そうですよ。だから大丈夫ですよ。初音さんに足りないのは囲碁の実力ではなくて、自分の実力を信じ切る気持ちだけですよ。絶対に大丈夫だから相手のことは気にせず、自分と闘ってください。自分の碁さえきっちりと打てれば、初音さんだったら絶対に勝てますから」

　初音は下を向いて黙ってしまった。

　黒崎姉妹の言葉はどうせ井山が少し盛っているに違いないと思ったが、それでも一生懸命励ましてくれる井山の気持ちは嬉しかった。

　するとそこに、心配したパンダ眼鏡が様子を見にやってきた。

「随分と時間がかかっているようだけど、榊君はどうしたのかな」

「お腹の調子が悪いようなので、恐らく今日は無理だと思います」

その言葉を聞いて、パンダ眼鏡は顔を曇らせた。

「そりゃ、まずいな」

「部長、先方は代打を認めるって言っていたので、課長の代わりに星野さんに打ってもらおうと思っているんですよ」

そんな井山の提案にも、パンダ眼鏡は暗い表情のままだった。

棄権は免れるかもしれないが、初音では単なる数合わせにしかならないと思ったのだ。

「実は彼女、高校時代に囲碁部の主将だったんですよ。恐らく五段くらいの実力はあると思います」

それを聞くと、パンダ眼鏡の顔は一瞬でパッと明るくなった。

「本当かね。何故それを早く言わなかったのかね。それじゃあ星野さん、宜しく頼むよ」

初音は下を向いたまま小さく頷いた。

髭ゴジラをトイレに残したまま三人でサロンに戻ると、パンダ眼鏡から髭ゴジラが急性胃腸炎で対局できなくなったので代打を認めてほしいとお願いした。

普段電話の応対をしている初音がまさか囲碁を打てると思っていなかった面々は一様に驚いたが、単なる人数合わせに過ぎないと思ったのか、あっさりと認めてくれた。

それぞれの対局者の名前が書かれた紙が貼ってある三つの机に全員が着席した。

主将対決は初音対渡辺部長、副将対決が井山対田中社長、そして三将対決がパンダ眼鏡対福田室長という組み合わせになった。

持ち時間は一人一時間半だが、もうすでに十五分遅れていたので、こちら側の遅刻とみなされて持ち時間は二倍の三十分削られて一時間にされてしまった。

若い女性が対局時計をセットすると各テーブルで握りが行われ、黒番がそれぞれ渡辺部長、井山、福田室長に決まった。

碁笥を交換して一呼吸置くと、奥田プロが厳かな声で「それでは始めてください」と開始を宣言した。

白番の三人が対局時計のボタンを一斉に押すと、黒番側の時計の針がゆっくりと動き始めた。

第十一章

いよいよ勝負の瞬間を迎えた。

対局時計を使用するうえに審判までいるという正式な大会のような雰囲気に、全員の緊張感はいやがうえにも高まった。

サロンの中は完全な静寂が支配していたが、そんな中にあって時々碁盤に打ちつける石音だけが静かに響き渡った。

序盤は誰もが時間をかけて慎重に打ち進めていたので三対局とも進行は遅かった。

パンダ眼鏡とかなりの実力差がある福田室長も真剣にあらゆる手を読みながら、納得できる最善手を見つけるまで時間をかけて考えているようだった。

対局が始まって直ぐに初音はキリキリと胃が締め付けられるような痛みを感じた。

こっちに打とうかそれともあっちにしようか？

どちらも非常に大きそうに見えるが、でもどちらに打ってもその後の展開は自分に不利になりそうな気がして初音は次の一手がなかなか打てなかった。

初音が迷いながら胃の辺りを手で押さえていると、困った顔つきの初音を井山がチラリと横から覗いてきた。

井山の穏やかで温かい眼差しが初音に優しく語りかけていた。

「大丈夫だから初音さん。あまりあれこれ考え過ぎないで、自信を持って自分の信じる手を打ってください。そうすればおのずと道は開けます」

初音は吹っ切れたように、自分の打ちたい手を打ち始めた。

自分の弱い石を堅く守っているだけでは全体に遅れた布石になってしまうと感じた初音は、そこはなんとか凌ぐ覚悟で相手の弱い石に先制攻撃をかけていった。

渡辺部長としては初音の弱い石に脅しをかけて、まずそこを守らせてから大場に先着するつもりでいたのだが、逆に初音に大場に先着されたので完全に目論見が狂ってしまった。

自分のほうも弱いからと、このまま初音の手に挨拶して守っているようでは、先程の脅しをかけた手が緩着になってしまう。ここで手を抜くと確かに自分の弱い石も攻められそうだが、そう簡単に死ぬ石ではないので、ここは勝負とばかり、渡辺部長も意地を張って続けて初音の弱い石を攻めにいった。

さすがにこの石を全部取られたら大きいので初音も受けざるを得なかったが、大きなところに先着して得をしたのでここは死にさえしなければいいと割り切ることができた。

渡辺部長は初音の弱い石をしつこく攻め続けたが、少し深追いし過ぎたために途中で生きがあることを確認した初音は、また手を抜いて先程先着した手に続けて弱い石への攻撃を再開した。渡辺部長の石も確かに死ぬようなものではなかったが、二回も手を抜いたので激しく攻め立てられることとなり、これで完全に攻守が逆転した。相手を攻めながら外回りに石を持ってくることができた初音が、有利な形で中盤へと突入していった。

一方井山は死活の勉強に加えて最近は序盤の研究にも随分と力を入れるようになっていたので、黒番ということもあって得意な布石に持ち込むと、序盤では少しリードしているという手応えを感じていた。

ところが敵もさるもの、福田室長に鍛えられて六段からいよいよ七段を窺う実力を備えつつある田中社長は、中盤の勝負どころで厳しい手を連発して井山の一等地をあっという間に粉砕してしまった。このままでは地合いで足りなくなると思った井山も、敵陣深く打ち込んで田中社長の一等地を荒らしにいったので、そこから生死を懸けた激しい闘いが始まった。

やがてその闘いは全局に及び、至るところで難しい死活がらみの読み合いが続くことになった。

田中社長は必死に読み続けながら、これが僅か十か月ほど前にあっけらかんと「囲碁は全然興味ないです」などとうそぶき、半年前にも「ようやく十級になったばかりです」などと可愛い子ぶっていた奴の打つ碁かと、信じられない気持ちでいっぱいだった。

ひょっとするとあんな無垢な顔をして無邪気に囲碁をやらないなどととぼけながら、実はこの対抗戦が大きな賭けとなることを見越して、あの時から大芝居を打っていたのではないかという疑念が突如として田中社長の頭に湧き起こった。

もしそうだとしたらなんという策略家であろうか。

井山の演技にまんまと騙されてこんな見え透いた策謀にあえなく乗ってしまった自分が、まるで掌の上で踊らされている道化師のようで、田中社長は急に不愉快になった。

歴戦の策士と自認して数多の敵を蹴散らしてきた自分が、こともあろうにこんな若造に翻弄されるとはなんたる屈辱であろうか。

プライドをズタズタに引き裂かれた田中社長ははらわたが煮えくり返る思いだった。

そうなってくると田中社長としてもこの碁は何があっても絶対に負けるわけにはいかなかった。

田中社長にとってはもう対抗戦うんぬんの話ではなく、全人格を懸けたプライドの問題となっていた。

田中社長は改めて気を引き締めると、全神経を碁盤に集中させてムキになって井山の石を殺しにいったが、井山も鋭い読みでヒラリ、ヒラリとかわし、激しい攻防の末に局面は全くの互角の状態が続いた。

パンダ眼鏡は序盤から慎重に打ち進めていたが、福田室長もそれ以上に時間をかけてじっくりと構想を練りながら打っていたので、実力の差がじわじわと表れてきた。

福田室長は激しく打ち込むことは自重したが、確実に大きなところに打って地を稼いだので、地合いで少しずつ差を広げる展開となった。

このままでは地が足りなくなると思いつつも、パンダ眼鏡は相手の陣地に打ち込む度胸はなかったので、ずるずると劣勢になっていく状況を甘んじて受け入れることしかできなかった。

それでもパンダ眼鏡も時にはささやかな抵抗を試みて、お互いの境界線で少しでも自分の領域を広げようと欲張った手を打ったが、時にそのような手が打ち過ぎとなり逆に相手から反撃をくらって却って損をしたので、結果的に負けを早めることになってしまった。

何をやっても本来なら三子もある実力差はどうにも埋めようがなく、最後は玉砕覚悟で相手の大きな陣地に打ち込んでいったが、福田室長はこの手に対しても冷静に対応して、打ち込んできた石を危なげなく全て召し取ってしまった。

万策尽きたパンダ眼鏡は悔しさをかみ殺しながら、まだ中盤の段階で早くも投了せざるを得なくなった。

こうしてまずは相手方が順当に一勝を挙げた。

中盤に入ってやや優勢に打ち進めていた初音に対して、このままでは少し足りないと思った渡辺部長は、相手の陣地の中で得意の寝技に持ち込もうと考えて初音の石にあれこれと付けていった。

一部の石は捨ててもその捨て石をうまく活用してある程度相手の陣地を削減できれば、最後は得意のヨセで追い着けると老練な読みがあった。

ここまで僅かにリードしていると感じた初音は、堅くいくかそれとも激しく抵抗するかで迷った。

全部取りにいこうと思って無理をして万が一取り損なったら却って大損だが、だからといって適当に妥協して本当に勝ち切れるかも微妙な情勢だった。

初音の困り切った顔を目にして、渡辺部長に多少の余裕が生まれた。

本来なら髭ゴジラ相手に序盤で決着をつけるつもりでいたが、まさかこんな際どい勝負に持ち込まれるとは夢にも思っていなかった。

それでもこうしてなんとか形になってきたので、確かな手応えを感じて渡辺部長は自慢のチョビ髭をなでながら鼻を膨らませた。

福田室長に続いて田中社長も勝利を挙げることはほぼ確実とはいえ、こんな代打の若い女性相手に敗北を喫するようなことになれば、田中社長がどれほど気分を害するか知れたものではなかった。

実際のところ明らかに形勢不利に傾いた時は渡辺部長も肝を冷やしたが、そんな形勢から寝技を用いてなんとか互角の状態まで持ち直したので、あとは得意のヨセで抜き去ればいいと算盤を弾いていた。

時間が残り僅かになる中、初音は冷静に形勢判断を続けて、どこまで妥協すれば自分に残るのか細かく計算していた。

感情的にならず、恐怖心に押し流されず、初音はあくまでも冷徹な判断力に基づいて現状把握に努めた。

長い時間をかけて最後まで読み切った時は、対局時計の針はあと僅かで振り切れそうになっていた。

慌てて石を置いた初音は、そこからは淀みのない打ち回しで狙った石まではきっちり取り切って、あとは少々地を荒らされてもなんとか残ると信じて打ち続けた。

一瞬でも思い悩んだら時計の針は振り切れそうだった。

初音は時計の針が振り切れないことを祈りながら、ボタンを押すごとに素早く時計を覗き込んでまだ針が振り切れていないことを確認した。

渡辺部長はまだ時間に余裕があるのでじっくりと時間をかけてヨセの手順を考えていたが、相手の考慮時間中も初音は身を大きく乗り出して小刻みに身体を揺らしながらもの凄い集中力でどの順番でヨセたらいいのか読み続けた。

渡辺部長が打つと初音は間髪を容れず石を置き、目にも止まらぬ早さで対局時計のボタンを押した。

息が詰まりそうなヨセが延々と続き初音は激しく脈打つ心臓が口から飛び出しそうだった。

初音の時計の針が振り切れそうなことに気づいた渡辺部長は、相手が迷いそうないやらしいところに石を付けたり紛らわしいところに打ち込んだりしてきたが、一瞬でも考え込んだら針が振り切れそうなので初音はどんな手に対しても即座に打ち返した。

今にも針が振り切れそうなギリギリの状態から、そんな早業を五十手あまりも繰り返した初音は、最後のダメを詰め終わると慌てて対局時計を止めてそのまま椅子の背もたれに崩れ落ちた。

最後はゆっくり地を数える余裕がなかったが、計算が正しければ僅かに残っているはずだった。

最後まで無心で打って、ようやく自分を信じ切ることができたことが何より嬉しかった。

初音としてもここまでベストを尽くしたのだから、これで負けたら仕方ないと割り切ることができた。

初音はしばらくぼんやりと目をつむっていたが、おもむろに身体を起こすと淡々と整地を始めた。

奥田プロが机の直ぐ近くまでやってきて、整地の終わった盤面を眺めながら小さな声で「白番の一目半勝ちですね」と確認してくれた。

その瞬間、初音は思わず両手で顔を覆って小刻みに震えた。

勝ったんだ、やっと勝てた。

もうこんな年になったけど、ようやく自分に勝つことができた。

それは初音にとっては、自分の殻を破って、新たな自分が生まれ出たような感覚だった。

同時に初音は、自分を信じるようにと最後まで励ましてくれた井山にも感謝の気持ちでいっぱいだった。

これで一勝一敗である。

対抗戦の勝敗は、いよいよ井山と田中社長の対局の結果に委ねられることになった。

井山と田中社長の対局もいよいよ最終局面を迎えていた。

互角に近い激しい闘いが続いていたが、終盤に入ってからのヨセの巧拙の差で田中社長が徐々にリードを広げつつあった。

井山はヨセが自分の弱点だとよく自覚していたが、勉強の仕方がよく分からないので、これまで放置していたのだが、この大事な局面でその弱点が露呈してしまった。

それでも井山は知り得る限りの手筋を駆使して必死に応じたが、大きいところはあらかた田中社長にヨセられてしまったため、とてもコミが出せそうもなかった。

井山と田中社長の周りには、対局を終えた四人ばかりでなく、稲葉や奥田プロも近づいてきて、黙って熱い視線を送っていた。

随分前に対局を終えた福田室長は自分の席で腕を組みながら、この碁は田中社長の勝ちでほぼ間違いないだろうと確信して余裕の表情で眺めていた。

そしてまた何気なく井山のほうに視線を向けた瞬間、福田室長は思わず身を乗り出して、目をむいて見入ってしまった。

最初は自分の目に映るものが信じられず、錯覚かそれとも対局疲れのせいかと思ったが、何度も目をこすって見直してみても、福田室長にはそれがしっかりと見えた。

なんと井山の背後には、羽衣のようなものをまとった天女が楽しげに舞う姿がうっすらと浮かび上がっていた。

天女は楽しそうに舞いながら、慣れ慣れしく井山の肩にのしかかったりもたれたりしていたが、福田室長以外には誰もその天女が見えていないようだった。

これは囲碁の神様なのだろうか？

もしそうだとしたら何故自分ではなく井山にそんなになつくのだろうか？

福田室長はこれまでどれほど囲碁の神様に愛されたいと恋焦がれたか知れなかった。

時に自分は囲碁の神様に愛されていると思うこともあったが、次の大事な局面では裏切られ、見捨てられ、惨めに突き放されるのがおちだった。

こんなに囲碁が好きで、こんなにも努力したというのに、何故自分を愛してくれないのだろうか？

そう思うと福田の瞳からは自然と涙が溢れ出て、同時に井山に対して激しい嫉妬の念が湧いてきた。

悔しい思いを胸に、茫然と眺める福田の目の前で、扇子をあおいで一生懸命井山を応援していた天女は、やがてその扇子を閉じると田中社長の頭めがけて投げつけた。

田中社長は当然のことながら、何も気づくことなく集中して盤上を眺めているだけだった。

盤上にはあとは一目か二目のヨセの手しか残っていなかった。

二人は何か所か残った小さなヨセを順番に打っていった。

ここまでくるとさすがに逆転はあり得なかった。

勝利を確信した田中社長はこぼれ出る笑みを隠し切れなくなっていた。

「さあ、これで終わりですかな。あとはダメ詰めだけですな」

満面の笑みを浮かべながら田中社長は大きな声をあげたが、負けを覚悟した井山は黙ってうつむいていた。

中盤まではどちらに転んでもおかしくない展開だったが、終盤ではっきりと力の差が出てしまった。

この一か月で井山も急激に力を伸ばしたが、残念ながら田中社長にはあと一歩及ばないようだった。

二人は淡々とダメを詰めていった。

「それにしても井山さんがこんなに強いとは夢にも思わなかったな。いやー危ないところだったよ。途中で肝を冷やす場面もあったけど、最後はきっちりと実力の差を見せつけることができたので良かったよ。私に挑戦するのはまだ少し早かったようですな」

ダメを詰めながら田中社長は至極ご満悦で饒舌だった。

「これで井山さんには約束通りきっちりと暴言の謝罪をしてもらうからね」

田中社長は相当根に持っているとみえて、井山を睨みつけながら厳しく言い放った。

すると井山に凄んで一瞬集中力が切れた田中社長は、最後の最後でとんでもないミスを犯してしまった。

なんとダメを詰めた手で、井山の石を取り込んでいた田中社長の数子の石のほうが、アタリになってしまったのだ。

落ち込んで下を向いていた井山は、その信じられない光景に、目をむいて盤上を見つめた。

田中社長も直ぐに気づいて、「おっと危ない。これでは自分のダメが詰まってしまうから、先にこの石を抜いとかなきゃいけないな」と言いながら、何事もなかったかのように石を動かそうとした。

するとその瞬間、井山が「ちょっと待ってください」と言って田中社長の腕を掴んだ。

田中社長の顔は引きつっていた。

「今ここに石を置きましたよね。次は私の番ですから石を戻してください」

「な、何を言うんだ。もう勝負はついたじゃないか。あとはダメ詰めだけだろ」

「いいえ、最後のダメを詰めるまで、勝負は終わってないですよ」

「そんな往生際の悪いことを言うもんじゃないよ。君は明らかに負けたんだから、日本男児らしく潔く負けを認めたらどうだね」

「いいえ、社長のほうこそ往生際が悪いですよ。今のは『ハガシ』ですよね。以前社長は日本人は『マッタ』や『ハガシ』に甘いところがあってよくないと言ってたじゃないですか。ここはルール通り甘えはなしでいきましょうよ」

するとと田中社長の機嫌を損ねてはまずいと思ったのか、パンダ眼鏡までが井山をたしなめようとした。

「井山君、碁の内容で負けていたんだから、そんなに言い張るのはみっともないぞ」

それに対して井山は完全に開き直った。

「みっともなくても潔くなくてもいいですよ。でもルールはルールですからきっちりと守ってもらわなきゃ駄目ですよ」

　すると稲葉も大事な上客の機嫌を損ねたらまずいと思ったのか、パンダ眼鏡と一緒になって井山を説得にかかった。

「もう勝負はついて田中社長が勝ったんだから、そんな頑固なことを言わないでくださいよ、井山さん」

「いいえ、私は絶対に引きさがりませんから」

「それじゃあ、お互い譲り合って引き分けというのはどうかしら?」

　頑固な井山に業を煮やした稲葉はなんとも日本的な玉虫色の決着を図ろうとしたが当然井山は納得しなかった。

　困り果てた稲葉は、奥田プロに助けを求めた。

「引き分けでどうかしら、ねえ、奥田先生」

　困った顔で黙ってことの成り行きを見守っていた奥田プロも、判断を求められたからには、厳正なるルールに則って、審判としての裁定を下さねばならなかった。

「正式なルールでは、全てのダメを詰め終わるまで対局は終わったとはみなされません。ですから一度置いた石は元に戻してください」

　田中社長の手から、指でつまんでいた白石がポトリと落ちた。

　井山は黙ってその石を元の場所に戻すと、無情にもアタリになった数子をそのまま盤上から取り上げてしまった。
そこで田中社長は投了した。
双方にとってなんとも後味の悪い幕切れとなった。

終章

対抗戦が終わり、井山は二週間ぶりに神楽坂の「らんか」を訪れることにした。

四月は対抗戦を意識して高段者とばかり打っていたので、井山は初の降格も味わったが、強い人と打たないと習得できない棋理や思考法も沢山吸収できたので結果的にはそれがその後の大きな飛躍へとつながった。

井山は昇格と降格を繰り返しながらも地力がついたおかげで、四月のうちに五段に定着するようになっていた。そうなると夢の高段者リーグ入りもいよいよ目の前に迫ってきた。

井山が目標として背中を追っていた元政治家の細名は、仕事を辞めて囲碁に専念した成果が現れて六段に昇段し、ビジネススクール学長を辞めた堀井に追い着いて念願の高段者リーグ入りを果たしていた。

医者の奥井と財務官僚の羽田も、やはり仕事を辞めた効果が現れて、強力なライバルが新たに加わったにもかかわらず、揃って八段に昇格していた。

これで八段は従来の弁護士の矢萩、ライバル商社の埜口と星飼、自由奔放な藤浦の四天王に、天才少年丸山と政治家秘書を辞めた賜、そして奥井と羽田も加わって、この一か月間で八人へと倍増していた。

そうなると八段同士の星の潰し合いから優勝争いはますます熾烈を極め、誰にとっても全勝は至難の業となりつつあったが、この八人の中から、頭一つ抜け出す最有力候補は、なんといっても若い丸山少年と、不気味な強さを持つ賜、そして残業から解放された星飼といった面々であった。

それでもいつなんどき思わぬ伏兵が突然彗星のように現れて、全勝優勝を飾るようなことが起こっても全然不思議ではなかった。


井山が久し振りに「らんか」へと入って行くと、真剣な表情で麗子が近づいて来た。

「井山さん、お久しぶりです。最近ご無沙汰でしたけどどうされたんですか?」

「取引先との対抗戦があったのでそちらの対応に追われていたんですよ」

「あら、それじゃあここに来ていない間も囲碁はしっかりと打っていたんですね。それを聞いて少し安心しました。また強力なライバルが増えたので、井山さんにはこれまで以上に頑張ってもらわなければならないですからね」

「はい、麗子さん。私もそのことはよく分かっているつもりです。なんとか五段までできて、高段者リーグ入りまであともう一息なので、麗子さんの期待に応えられるように頑張りますよ」

それを聞いて小さく頷いた麗子は、今度は思い詰めたように井山に顔を近づけるとそっと耳元で囁いた。

「井山さん、ちょっといいですか」

そう言うと麗子は井山を雑魚寝部屋へと連れて行った。

まだ早い時間だったのでそこには誰もいなかった。

「これから話すことは井山さん限りでお願いします」

いつも以上に真剣な麗子の顔を見て緊張の度合いを増した井山は、思わず姿勢を正して頷いた。

「はい、分かりました」

「実は連休の間、梅崎さんと警戒を怠らないようにして見回りをしていたんですよ。以前も放火事件がありましたからね。そうしたら今回も危ないところだったんですよ」

「え、本当ですか?」

「私が見回りをしている時になんとなく人の気配がするので、急いでこの部屋に来てみたら誰かが慌てて逃げ出したんですよ」

「それは怖いですね。今回も放火が目的だったんですかね?」

「どうやらそうらしいんですよ。ちょっとこれを見てください」

そう言うと麗子は何か奇妙な文字が書き込まれた札のようなものを取り出した。

「これを使って祭壇のようなものが組み立てられていたんですよ。まるで宗教の儀式のようで、あとは火を付けるだけの状態だったんです。私が来るのがもう少し遅かったら手遅れになっていたかもしれないんですよ」

井山はその札が置家の焼け跡にあったものとそっくりだったので、我が目を疑った。

同じ放火犯がここにある「黒い扉」も狙っているのだろうか?

それは宗教的なカルト集団なのだろうか?

井山が眉をひそめてあれこれ考えていると、麗子がまた一歩迫ってきて井山の手を取ったが、その手は震えていた。

「井山さん、私怖いんです。いつまた放火犯に襲われるかもしれないと思うと夜も眠れないんです。だから井山さんもなるべく不審者に気をつけて、普段から注意するようにしてほしいんです」

「分かりました。私が最後までしっかりと麗子さんを守りますから任せてください」

井山は力強く宣言してみたものの、いつもここにいるわけではないので、できることといえば雑魚寝部屋になるべく顔を出して不審者の出入りに注意することくらいであまり無責任なことは言えなかった。

もしまた放火されたりしたら、麗子と一緒に「黒い扉」へと入って行くことは叶わぬ夢となってしまうが、そのような危険が迫りつつあることを考えると自分も急がなければならないと感じた。

もしかしたら麗子が自分にだけこのことを伝えたのは、もっと急げというメッセージなのだろうと井山は受け止めた。

久し振りに「らんか」に顔を出した後、井山は洞窟にも寄ってみた。

さゆりは福田との対局に極度に集中していたので、井山が石段を降りて行っても気づいていないようだった。

真剣に碁盤を見つめるさゆりは最初にこの洞窟で見た時よりも遥かに血色も良く、溌剌とした少女のような明るさを取り戻しつつあった。

「どうですか、さゆりさんは？」

井山が小さな声で訊くと福田も小さな声で答えた。

「大分良くなってきたのでもう直ぐ普通の生活に戻れそうです。完全に立ち直るまであともう少しなので、それまで私がついていてあげようと思っているんですよ」

「それでは福田さんは昼間もここに来ているんですか？」

「はい、そうなんですよ」

「会社は大丈夫なんですか？」

「今は長期休暇を取っているんですけど、有給休暇を使いきる前にさゆりさんが回復してくれるかどうか、あとは時間との勝負ですね」

「そんなに休んで大丈夫なんですか？」

「あともう一息なので今離れるわけにはいかないんですよ。もうそろそろここから連れ出して外で普通の生活が送れるようにしてあげたいんだけど、それがいつのことになるのか神のみぞ知るですよ」

「そうだったんですね。彼女のためにそんなに会社を休んで福田さんは本当に立派ですね」

井山が感心していると、その時突然顔を上げたさゆりが、井山がいることに気づいて嬉しそうに満面の笑みを浮かべた。

それがさゆりなのか「ゆり子」なのかよく分からないが、こんなに献身的に尽くしている福田にも見せたことがない会心の笑みだったので、福田はまた激しい嫉妬を覚えた。

それでも福田は何事もなかったかのように井山に答えた。

「今は田中社長と顔を合わせづらいので丁度いいんですよ。実は御社のメンバー表が、私が伝えた通りじゃなかったので、ちょっと風当たりが強いんですよ」

福田は批判めいた口調で少し語気を強めた。

「そうだったんですか。福田さんには却ってご迷惑をおかけして申し訳なかったですね」

「いや、もういいんですけど田中社長が想像以上に怒りまくっているので、私もとばっちりを受けたんですよ。ほとぼりが冷めるまでしばらくおとなしくしていますよ。却って彼女と一緒にいる時間を増やすことができたので、よかったですよ」

福田は自分を納得させるように何度も頷いたが、その後に続けた言葉に井山は激しく動揺した。

「田中社長は今回のことで相当頭にきているので、このますんなりとはいかないと思いますよ」

それは井山の想像以上かもしれなかった。

井山としては約束は約束なので一刻も早く仕入量の倍増を実現させたいと思っていたが、実のところパンダ眼鏡も髭ゴジラも田中社長の逆鱗に触れることを恐れてなかなかこの話題に触れようとしなかった。

そんな状態で何日か過ぎたところで井山たちは突然田中社長から呼び出された。

パンダ眼鏡、髭ゴジラと共に井山が恐る恐る横浜みなとみらいの本社を訪れると、田中社長と渡辺購買部長が待っていた。

「急に呼び出してすまんね」

田中社長はギロリと目をむくといつものダミ声で挨拶した。

「いえいえ、大丈夫ですけど、今日はどういったご用件ですか？」

パンダ眼鏡は仕入量の件に違いないと思っていたがすっとぼけて訊いた。

田中社長も不機嫌な顔でパンダ眼鏡を睨みつけながら同じようにとぼけた。

「実はね、おたくの仕入量の問題で少々頭を痛めているんだよ」

これは一筋縄でいきそうもないと覚悟したパンダ眼鏡は、開き直って正論をぶつけた。

「お約束通り、我が社の仕入量を二倍にしていただけるのではないんですか？」

田中社長はこれは驚いたという表情を見せた。

「あんな卑怯な騙し討ちに遭っては、日本男児として受け入れるわけにはいかんな」

パンダ眼鏡と髭ゴジラは顔を見合わせて困惑の表情を見せた。

一体田中社長の落としどころはどの辺にあるのだろうか？　現状維持か、当初の予定通り半分なのか、それともその中間のどこかなのか、二人は相手の本音を必死に見極めようとした。

「それではどうしたらご納得いただけるのですか？　また対抗戦をやり直しますか？」

パンダ眼鏡が冗談めかして問いかけると田中社長は不愉快そうに顔を歪めた。

「私だっておたくとの約束を果たしたいと思っているんだよ。私はね、よくご存じだと思うけど大変信義を重んじる男なんでね」

「それではお約束通り、仕入量を二倍にしていただけるんですか？」

「そうしたい気持ちはやまやまだけど、こればっかりは相手あっての話なんで、なかなかうちだけで決めるわけにはいかんのだよ」

「どういう意味ですか？」

「丸の内のおたくのライバル商社にこの話をしたら、約束が違うって怒り出してね。まあ彼等が怒るのも当然だよね。こんな大事な話を当事者抜きで進めてしまったわけだからね。私は信義を重んじる男なんで彼等に対して仁義を欠くわけにいかんのだよ」

「それではどうしたら宜しいんですか？」

「ライバル商社が、おたくの会社と直接囲碁対決で決着をつけたいって言ってきているんだよ」

「え、なんですって」

「今度は五対五のオール互先で、彼等も囲碁部のメンバーを出して来るから、おたくも会社全体からメンバーを選んでいいから」

「もし勝ったら仕入量を二倍にしてもらえるんですか」

「勝てば二倍でいいですよ。でも負けた場合、当初の申し出通り半分というのでは、彼等もリスクを冒す意味がないって言ってるんだよ」

「それでは、どうなるんですか?」

「おたくが負けたら、うちとの取引はもうなしです。そう、ゼロです。ナッシングですよ」

田中社長は意趣返しとばかりに、何度も念押しするように繰り返した。

ライバル商社の囲碁の実力をよく知っている田中社長は余裕綽綽だった。

自分たちがしくじったお仕置きを、今度こそ頼りになる刺客が自分たちに成り代わって確実に成し遂げてくれると心の底から信頼している口ぶりだった。

「対抗戦の日程だけど、五対五ともなるとお互いにスケジュール調整が大変だろうから、七月頃を目安としてこれから早急に決めましょう。場所は神楽坂の『らんか』を考えているようだね」

「神楽坂にも『らんか』というお店があるんですか」

パンダ眼鏡は純粋な疑問を口にした。

「どうもそのようだね。おたくのライバル商社の方がよく使っているようなんだよ」

それを聞いた井山は、単にそこにはパンダ眼鏡や髭ゴジラとは一緒に行きたくないとだけ考えた。

面談を終えてオフィスから出てくると、髭ゴジラが小さな声でパンダ眼鏡に囁いた。

「こうなったら、井山君の総会異動は一旦取り消しにせざるを得ないですかな」

「榊君、それもそうだけど、今重要なのはそこじゃないでしょ」

パンダ眼鏡は即座に反応した。

「まずは全社挙げて強いメンバーを至急集めないといけないな」

パンダ眼鏡は力を込めてそう宣言したが、これまで社内で囲碁の強い人の話などほとんど聞いたことがないので、どれだけ集められるのか、正直なところあまり自信がなかった。

第五局

序章

二〇一九年九月二十三日に行われた第二十八期竜星戦の決勝は歴史的対局として注目を集めた。弱冠十七歳の上野愛咲美が男性も含めた全棋士に参加資格のある棋戦で、女性棋士として史上初めて決勝まで進んだのである。

決勝では若手ナンバーワンの一力遼に敗れて残念ながら優勝は逃したが、それまでの女性棋士の最高成績がベスト8であることを考えると歴史的快挙といえる。現に上野はタイトル経験者である高尾紳路、村川大介、許家元といった錚々たる実力者を撃破して決勝まで勝ち進んだのである。

今回の十七歳の少女の快進撃を目の当たりにして、誰もが「果たして囲碁の実力において男女の間に能力差はあるのだろうか？」という疑問を抱いたのではないだろうか。

体格や体力面で男女に差があるのは明らかであるが、囲碁のような頭脳競技においても男女の間に能力差があるのかどうかを突き詰めて考えることは興味深いテーマといえる。

それは「知力において男女の間に差があるのか否か」という問いを改めて考えてみるきっかけにもなる。


事実関係から見ていくと、今回の上野の快進撃が注目されたことでも明らかなように、いまだかつて日本の囲碁の一般棋戦でタイトルを獲った女性棋士はいないし、それどころか棋聖、名人、本因坊の三大棋戦のリーグ入りを果たした女性棋士もまだいない。

しかしそれは女性棋士の数が男性棋士に比べて圧倒的に少ないという事情とも関係していると思われる。

それでは何故そんなに女性棋士が少ないのだろうか。

子供の頃から男の子は戦争ごっこや将棋など競い合う遊びが好きで、女の子はままごとや人形遊びが好きなものである。もともと生まれ持った特性のせいか、そのように育てられるからなのかよく分からないが、いずれにせよそもそも競技ゲームである囲碁をやる子供の数が男女で相当違うということがある。その結果、院生の人数も採用試験の受験者数も女性は男性に比べて格段に少ないのである。

それでも小学生の頃は何においても早熟な女子が男子を圧倒することがよくありそれは囲碁においても例外ではないのだが、いつの頃からか女の子は熱意が冷めてしまうからなのか、男女の特性の差がより顕著になるからなのか理由はよく分からないが、年齢を経るにしたがって自然と減っていき、最後までサバイバル競争を勝ち抜いてプロ棋士になる女性は圧倒的な少数派となってしまうのである。

プロ試験に受かる女性が極端に少ないので、日本棋院は昭和の終わり頃に女流枠というものを設けて、従来の採用試験の他に毎年一人ずつ女性を採用するようになった。この特別枠のお蔭で徐々に女性棋士も増えてきたのでつい忘れがちだが、女流枠制定以降の三十年あまりの間に男女合同の採用試験でプロになった女性は、宮崎志摩子、桑原陽子、加藤啓子、謝依旻のたった四人しかいないのである。

囲碁普及のために女性棋士を増やそうという趣旨で女流特別採用枠という推薦制度が二〇一九年に新設されてさらに六名が採用されたので、今後はこの採用枠を活用してますます女性棋士も増えていくだろうが、だからといってタイトル争いをする女性棋士が増える保証があるわけではない。

それでも「棋士」と別枠で「女流棋士」が対戦を行っていて、里見女流五冠の棋士編入試験が話題になった将棋界に比べると、男女がハンディなしで対局を行う囲碁界はまだ随分と「男女平等」な世界なのかもしれない。

こう見ていくと、囲碁界では実績に明らかな男女差があるが、本当にそれは男女の能力差を正確に反映した結果なのだろうか？

それともそれはあくまでも社会的、慣習的な男女差別の意識に根差した世の中の思い込みからくる結果なのだろうか？

実は昭和初期に、囲碁の成績で男女差が生じるのは男女差別による思い込みの結果に過ぎず、本来男女の間に能力的な差はないはずだと信じてそのことを証明しようと実の娘を使って壮大な実験に挑戦した者がいたのである。

明治二十三年生まれの本田栄三という人物である。

海軍将校だった本田は、健康上の理由から無念のうちに退役した後に、伊豆で転地療養するかたわら碁会所を開いて指導碁をしていたのだが、周りの囲碁好きたちが「二段とか三段になる女性棋士はいるが五段以上の高段者になった女性棋士はいないのだから、女性は囲碁の能力において男性に劣っている」と口を揃えて言うのを聞いて、彼はこの世間の思い込みに違和感を覚えるのである。

そこで本田は三人の娘を猛特訓して初の女性高段者を誕生させることによって、囲碁の実力において男女の間に能力差がないことを証明しようと思い立った。

父親の実験につき合わされた娘のほうこそいい迷惑だったかもしれないが、そこを耐え忍んで見事に女性プロ棋士となった娘たちが世に有名な「本田三姉妹」である。

長女はその後杉内雅男九段と結婚した杉内寿子八段である。

日本棋院の棋士会長も務めた囲碁界の重鎮で、現在でも九十六歳という高齢ながら現役で活躍されており、驚いたことに二〇二三年三月に碁聖戦予選で宮崎龍太郎七段に勝利して、ご自身の持つ女性棋士の最年長勝利記録を更新している（因みに男性棋士の最年長勝利記録は杉内寿子八段の夫の故杉内雅男九段で九十六歳十か月である）。

杉内八段が女性初の高段者となるまでの感動のドラマは石井妙子氏の「日本の天井」という本の中に詳しく記されている。

この本は女性に対する偏見や迷信がまだ社会に満ちていた世の中にあって、それを打破すべく奮闘して新時代を切り開いた様々な分野の女性先駆者たちを紹介したものであるが、その中の一人として杉内八段も取り上げられているのである。

それにしても杉内八段の父親は男尊女卑的な考え方がまだ色濃く残っていた昭和初期に、男女の能力に差がないことを証明しようと考えたのだから、随分とフェミニズムに溢れた進歩的な人物だったといえる。恐らく海軍将校として幅広く海外を見聞する中で、このような開明的な思想が培われたのだと思われる。

昭和初期といえばまだ家父長制の考え方が当たり前で、女性には参政権も希望する大学への入学も認められていなかった時代である。それどころか憲法上も男女は平等ではなく、女性は家父長の「所有物」という扱いをされていたのである。日本は随分と遅れているようにも思えるが、今でこそ男女平等が進んでいる欧米も当時はまだそうした男女差別は残っていたようである。現に女性の参政権が認められたのはイギリスで一九一八年、アメリカで一九二〇年であり、この頃からようやく男女平等の動きが出始めたところだったのである。

確かに二〇年代のアメリカ近代文学を代表する「華麗なるギャツビー」という小説には、子供が生まれて女の子だと分かると、母親が「どうかお馬鹿さんでありますように。可愛いお馬鹿さんになるのが、女のいちばんの幸福なのよ」などというセリフがごく自然に出てくるので、現代の感覚からすると驚かされる。

そんな時代だっただけに、女性が囲碁を打つこと自体が相当珍しかったと思われる。それでも寿子は父親の教えに従って五歳の頃からひたすら毎日長時間囲碁漬けの生活を送るのである。

年頃になって寿子が服装や髪型に興味を持ちだすと、これはまずいと思った父親は家の中の鏡を全て隠してしまったというのだから、明治生まれの頑固親父らしい徹底ぶりである。

やがて喜多文子という囲碁界の母ともいえる女性棋士の弟子となって修行を続けた寿子は、十一歳で院生となりプロを目指す男の子たちと切磋琢磨するようになる。当時の院生には天才の誉れ高い山部俊郎や後に名誉棋聖となる藤沢秀行など綺羅星の如く逸材が揃っていたが、そんな環境の中でもまれた寿子は十四歳の時に入段試験の院生リーグ戦を十九勝一敗という好成績で突破してプロ入りを果たすのである。

当時は院生もプロ試験受験者も、女性は寿子ただ一人であったという。

しかし寿子もプロ棋士になって喜んでばかりはいられなかった。

なんといっても父親の目標は女性初の高段者を誕生させることなのである。そのため、その後も寿子の厳しい修行は続いたという。

やがて寿子は勝敗に拘泥しない学究肌の杉内雅男と出会って、強い尊敬の念と共に恋心を抱くようになるが、父親を始めとして寿子を支援してくれる人たちの「なんとか高段者になってほしい」という期待をひしひしと感じ、青春の日々を犠牲にしてひたすら囲碁の修行に明け暮れるのである。

この頃の彼女の心情を慮ると、年頃のうら若き乙女がどれほどの激しいプレッシャーと闘いながら囲碁と向き合っていたのかと、こちらも胸が痛くなるほどだが、彼女は見事にそれに打ち克って二十六歳で念願の五段昇段を果たすのである。

これは高段者の数がまだ極端に少なかった当時の囲碁界にあってまさに歴史的快挙といえる。

そして寿子は五段昇格の後に、晴れて杉内との結婚も決めるのである。

杉内も大変立派な人物で、文字通り物心両面で寿子の支えとなり、単に励ますだけでなく深夜遅くまで囲碁指導をしてくれることもあったようである。

当時は結婚したら女性は家庭に入って家事をするのが当たり前であったが、杉内の姉が同居して家事を全てこなしてくれたので、寿子は引き続き囲碁の鍛錬に専念できたという。

このような寿子の恵まれた環境は、女性棋士が結婚後も強くあり続けることを考えるうえで実に示唆に富んでいると思う。おそらくプロ棋士に限らず全ての働く女性にとって、結婚と仕事の両立というのは大きな課題であろうが、寿子によると当時の女性棋士は全て独身か、結婚していても子供がいなかったという。

そういった意味では、男性に伍して勝負の世界で生きていくうえで、結婚や出産は女性にとって大きなハンディといえるだろう。

そんな寿子も妊娠すると棋士活動を続けるか否かで悩むのだが、育児中は囲碁に専念できず対局相手に失礼になると考えて、出産を機に対局から遠ざかるのである。

子持ちの女性棋士も囲碁界で初めてのことだった。

寿子は三人の子宝に恵まれるが、棋士活動は十年もの間、休止することになる。

物心ついた時からただひたすら囲碁だけを打ち続けてきた人生が、百八十度転換したのだから相当な不安もあっただろうが、この十年は寿子にとって予想外のプレゼントとなったという。

子育てをする中でそれまで出会ったことがない人たちと知り合い、囲碁とは全く縁のないつき合いが広がって、今まで味わったことがない楽しみに触れることで、人生が彩りのあるものになったというのである。

杉内寿子八段のこの逸話からも、多くのことを考えさせられる。

ひたすら囲碁だけに専念してその結果ナンバーワンの栄冠を手にしたとしても、もしかしたらその一方で人生において大事なことを犠牲にしているのかもしれない、あるいは何かを犠牲にしなければ本当に強くはなれないということなのかもしれない。

昔から一流棋士の中には、囲碁は強いが一般常識に欠けるいわゆる「囲碁バカ」と呼ばれる者も多い。一方で人生において人並みの愉しみを味わって自分は幸福だと満足する棋士もいるかもしれない。

そういった意味で、人生の選択は人それぞれ違うのかもしれない。

それでは杉内八段はこの十年のブランクがなければ、女性初のタイトル保持者となって歴史に名を残していただろうか？

そのほうが子育てに時間を取られるより幸せだといえただろうか？

少なくとも彼女自身は、子育ての十年があったことで自分の人生は大変幸せなものになったと満足しているようである。

それにもしかしたら囲碁だけに専念していたよりも、その十年があったことで人間として成長して、その結果囲碁も強くなったのかもしれないのだ。

その比較は誰にも分からないだろう。

一つ面白いエピソードがある。

非常に真面目で勉強の虫といわれた加藤正夫はいつタイトルを獲ってもおかしくないほど強かったが、タイトル戦でなかなか勝てない時期があった。自分に何が足りないのかと悩む加藤に同門の石田芳夫が「あなたは真面目過ぎるからもっと遊んだほうが良い」とアドバイスしたら、その後は堰を切ったように勝ちだしたというのである。

最近の若手の中には一力遼や大西竜平のようにプロになってから大学に通う棋士も現れた。小学生の頃はろくに学校に通っていなかったというのに、大変な心境の変化にも思えるが、囲碁をするうえで一見無駄なように思える大学の勉強も、長い目で見ると人として貴重な経験を積むこととなり、ひいては将来もっと強くなるうえで大いに役立つのかもしれない。

話が脱線したが、同じようなことは子育てにもいえるのかもしれない。多少遠回りのように見えても、杉内八段も貴重な経験を積み、それがその後の強さにつながったのかもしれないし、あるいは囲碁をするうえで貴重な時間を奪われてマイナスだったのかもしれない。

どちらのほうが最終的に強くなったのか比較のしようがないが、それにしても二十代三十代の伸び盛りの時期の十年ものブランクが、いかに大きなものであったかは想像に難くない。

子育てが終わってから彼女は棋士活動を再開するのだが、このブランクは想像以上に大きくて、やはり最初はなかなか勝てなかったそうである。

この頃が棋士人生で一番つらい時期だったようだが、それでも三年くらい必死で勉強するうちに徐々にまた勝てるようになり、その後は八段まで昇段するのである。

杉内八段はご自身では決して口にすることはないが、もし子供を産むことなく囲碁道だけに邁進していたら、男女合同の一般棋戦でタイトルを獲っていたかもしれないと、期待を込めて想像せずにはいられない。

そんな杉内八段もこれだけははっきりと口にしている。

囲碁において、男女の能力に差はないと信じていると。

そして男女の間に成績で差が出るのは、覚悟の差ではないかというのである。

つまり女流枠とか女流棋戦という女性を優遇する制度ができたために、却って女性の側で甘えが出て、この辺でいいという妥協が生じているのではないかというのである。

杉内八段の言うように能力で差がないとしたら、男女間でこれだけ成績の差が出るのは、結婚、出産というハンディを女性が負っていることに加えて、日本社会にいまだに残る男尊女卑的な因習に囚われて、女性側にもつい甘えが出ているということなのだろうか？

建前上は男女平等の世の中になったのかもしれないが、今でもまだ男女差別の意識は一人一人の心の奥隅にオリのように残っており、深層心理に根差した男女差別の問題はなかなか解消されていないということなのだろうか？

男女差別の意識というのは実は日本だけではなく、歴史的には世界中どこでもあった問題だが、近代以降になってこの問題を解決していこうという運動が急激に巻き起こった。

男女同権を謳った女性解放運動の先駆者としてフランスの実存主義哲学者のボーヴォワールが有名だが、彼女は一九四九年に発表した「第二の性」という著作の中で「人は女に生まれるのではない。女になるのだ」という有名な言葉を残している。

女性は本来持って生まれた能力や資質とは関係なく、社会的、法律的、文化的にこうあるべきだと規定された思い込みに縛られて、男性優位の社会の中で差別を受けているという考え方である。

女の子はおままごとをしていればいいから、囲碁や将棋などやる必要はない。

女性は会社に入って社長など目指すことはない。同様に囲碁の世界でも男性に交じってタイトルを狙うなんて大胆なことを考えなくていい。

ボーヴォワールの指摘通り、男性が自分たちに都合良く築き上げてきた社会的、文化的虚構の中で、女性自身も自然と女はこうあるべきだと思い込まされ、自ら限界を設けるようになったということなのだろうか？

それに対して杉内八段は、頭脳的な能力に男女差はないのだから、そんな思い込みを払拭して男性に負けないという気概で臨めば、女性だってタイトルを獲れるはずだと主張しているのである。

最近は日本でも家事や子育てを平等に分担する夫婦も増えているので、ボーヴォワールが指摘したような社会的な男女差別の意識が本当に薄れてくれれば、杉内八段の言うようにいよいよ女性でタイトルを獲る棋士が現れるかもしれない。

それでは本当に頭脳的な能力において男女差はないのだろうか？

そのような疑問に答えるうえで、二〇〇〇年に出版された「話を聞かない男、地図が読めない女」という、男女の脳の違いを科学的に究明した本の中には、実に興味深いことが書かれている。

この本によると、男性のほうが脳が大きくて脳細胞の数も多いが、知能指数テストの結果は男女の間にほとんど差がなく、寧ろ女性のほうが少し優れているというのである。

但し面白いのは、空間認識の問題だけは、はっきりと男性のほうが優れているらしい。

そもそも男女の脳は全く異なる反応を示すようになっており、ほとんど別の生物といえるほど違うようだが、それは何十万年にも及ぶ狩猟生活の中で異なる役割を担ってきた男女が、それぞれの役割をこなすうちに独自の進化を遂げたためで、農業社会、工業社会へと移行したからといって、そう簡単に変わるものではないらしい。

他の動物もそうだが、オスは外に出て食料を調達し、メスは巣に籠って子育てをする。その共同作業を効率良くこなし、より多くの子孫を残すためにお互いの特性を伸ばした進化の結果として今の男女差があるというのである。

したがって男女がそれぞれの役割を効率良くこなすために、男は飛んだり跳ねたりする運動能力や遠出しても確実に家に戻る空間能力を高めて、協力して狩りをする必要性から組織作りや権力争いの特性を伸ばすことになったのである。

一方、女は家の中で子育てをする必要性から、より慎重で注意深くなり、家の中の小さな変化にも敏感によく気づき、一緒に巣を守る仲間との共感力を高めていったというのである。

こうして見ていくと、生物としての男女の役割の違いとそれによって生じた脳の違いこそが、ボーヴォワールが指摘した社会的、文化的な男女差別の根本原因なのではないかと考えさせられてしまうが、それでは果たしてその男女脳の違いによって、囲碁の能力にも違いが生じるのだろうか?

囲碁の優劣に空間能力が関係しているとしたら、女性はなかなか男性に勝てないということになるが、それでは空間能力とは一体いかなるものであろうか？

　これは対象物の形や大きさ、空間に占める割合、動き、配置などを正確に捉える力であるという。狩猟者である男が、確実に獲物をしとめるために昔から磨きをかけてきた能力で、遠くから確実に家に戻る時にも役立つらしい。

　この空間能力が男性に比べて劣る女性は、地図を読むのが苦手なので逆さまにしないと理解できないことがあるし、距離感覚をつかむのが苦手なので縦列駐車がうまくできない。飛行機の操縦はもっと難しいので女性でパイロットを志望する人はほとんどいないという。

　空間能力に劣る人はサイコロの展開図の問題を解くのも苦手のようだが、その意味するところが三次元的な認識能力だとしたら、果たして二次元で展開される囲碁においてもこの空間能力が影響しているといえるのだろうか？

　あるプロ級のアマチュア高段者によると、彼は先を読むうえで碁盤を三次元的に捉えていることがあるという。またあるプロ棋士によると、女性の碁は目の前の闘いに囚われて直線的だが、男性の碁は碁盤全体を使った構想が優れているように感じるので、女性棋士の碁を見ていると、ほとんどの場合女性的と感じるらしい。

　この辺の感覚になるとアマチュアの碁好きには理解できない面もあるが、空間能力を司る脳の領域は数学の推理能力にも深く関わっているので、空間能力の優れている人は数学も得意で、したがって男性のほうが一般的に数学が得意なようである。

それでは空間能力に優れた優秀な数学者なら囲碁が強くなるのだろうか？

相対性理論で有名なアインシュタイン博士は、空間能力を司る脳の領域が平均の十五パーセントも大きかったそうであるが、一時期はまって熱心に取り組んだ囲碁はどんなに勉強しても十級より強くなることがなかったそうである。

果たしてこの空間能力と囲碁の能力に相関関係があるのか興味は尽きないが、いずれにせよ一日も早くタイトルを獲る女性棋士が現れて、そんな議論に終止符を打ってくれることを願うばかりである。

海外では芮廼偉（ゼイノイ）という六三年生まれの中国人女性が、二〇〇〇年に韓国の男女合同の一般棋戦で優勝した実績がある。

冒頭紹介したように、竜星戦では残念ながら女性棋士の優勝はならなかったが、それでも藤沢里菜か上野愛咲美か、はたまた仲邑菫か分からないが、誰でもよいからいつか日本でも一般棋戦で女性棋士が優勝する日が来ることを期待せずにはいられない。

第一章

二〇一九年五月。

平成から令和へと切り替わる歴史的タイミングで迎えたこの年のゴールデンウィークは、過去に例をみない十連休という長いものであったが、大手町の大手総合商社で二年目を迎えたばかりの井山聡太は、その連休直後に、上司のパンダ眼鏡こと鈴井部長や髭ゴジラこと榊課長と共に、最大顧客である大手外食チェーンの田中社長との囲碁対抗戦に臨んだ。

食材の仕入量が倍増かあるいは半減か、まさに勝てば天国負ければ地獄という部の命運を懸けた大勝負だったが、髭ゴジラに代わって参戦することになった一般職の星野初音の思わぬ奮闘や、井山が田中社長のダメヅマリを衝いて逆転勝ちする幸運にも恵まれて、結果的に二対一で勝利を収めることができた。

本来なら部を挙げて祝杯を挙げるところであるが、勝利の喜びも束の間、この結果に納得できない田中社長がまたまた無理難題を吹っかけてきたので、部の中は再び重苦しい雰囲気に包まれていた。

今度はこの大手外食チェーンの食材の仕入れを巡って激しい受注競争を繰り広げている丸の内のラ

イバル商社と直接囲碁対決を行い、勝てば仕入れは倍増だが負ければ取り扱いゼロという、極めて厳しい条件を突きつけられたのである。

しかもこのライバル商社との対抗戦は五対五ということなので、そもそも担当部署だけではそんなに囲碁を打てる人間を揃えることができないという寂しい事情があった。

現在、部の中で囲碁ができるのはたったの四人しかいない。

責任者である部長のパンダ眼鏡は若い頃から囲碁に親しんできており、実力はなんとか五段である。

課長の髭ゴジラは田中社長の担当となってから歓心を買うために囲碁を必死に覚え、三年で初段になったのが自慢であったが、最近は頭打ちで万年初段が続いていた。

一方、十か月前の社会人なりたての頃に行われた田中社長との接待の席で初めて囲碁と出会った井山は、最初は頑なに拒んでいたが、一旦その面白さに魅せられて以降はすっかり囲碁にはまって、仕事も含めた全生活を犠牲にしてのめり込んだ結果、僅か八か月で五段まで上がるという驚異的上達ぶりを見せていた。

また高校時代に囲碁部の主将だった一般職の星野初音は、最近はあまり打っていなかったので懸念もあったが、それでもなんとか五段の実力は維持していた。

初音は当初頑なに対戦を拒んでいたが、覚悟を決めて臨んだ対抗戦で貴重な一勝を挙げて勝利に貢献してからは、一躍救世主として女神のように崇められるようになっていた。これをきっかけに初音自身も自信を取り戻し、それまではシニカルでどこかひねたところがあったが、今ではすっかり素直で明るいキャラへと変貌を遂げていた。

また同時に初音は、そんな自分を再び痺れるような真剣勝負の世界へと引き戻してくれた井山に深く感謝していた。初音もこれまでは、井山のことをサボってばかりいる問題児とみなして厳しく叱責してきたが、今回の対抗戦を勝利に導いた戦略眼や実行力にすっかり感服して、完全に見直すようになっていた。

ライバル商社との囲碁対抗戦は七月七日なので、この七夕決戦までに残された時間は一か月半である。

これを長いと思うか短いと感じるかは人それぞれだが、少なくとも本格的に囲碁を始めてからまだ八か月しか経っておらずいまだ発展途上にある井山や、しばらく遠ざかっていたが基礎がしっかりしている初音が、この期間に昼夜を問わず特訓すれば、まだまだ十分に伸びる余地がありそうだった。

それでも部のメンバーだけでは、五段が三人と初段が一人と、そもそも対抗戦に臨む五人の頭数が揃っていないので、まずはここをなんとかしなければならなかった。


大手町のオフィスで対策を協議するために集まった髭ゴジラ、井山、初音の三人の部員を前にして、部長のパンダ眼鏡は渋い表情ながらも比較的楽観的に構えていた。

「うちの部だけだと囲碁が打てるのがここにいる四人しかいないから、社内であと一人見つけないといけないいな。それでもうちには五段が三人も揃っているのだから、考えようによってはなかなか大したもんだと思うけどな」

それを聞いた髭ゴジラが、すかさずパンダ眼鏡に反論した。

「ちょっと待ってください部長。私のような初段がのこのこ出ていってもまず勝ち目はないと思うので、少なくともあと二人は強い人を探す必要があると思いますよ」

「それもそうだな。そうするとあと二人か。田中社長は丸の内のライバル商社とよく囲碁会をやっているようだけど、そういえば以前、五段や六段がゴロゴロいるからやりがいがあるとか言ってたな。そうなるとこちらも社内で五、六段の者をあと二人見つけて、そのうえで我々三人ももう一段レベルアップしなければならないな。どうしても見つからない場合は、同期の竹内部長と石垣部長という自称五段の者がいるから、いざとなれば彼等に助けてもらうことは可能だけど、あくまでも自称だからあまり期待できそうもないけどね」

田中社長との以前の会話を頼りに、パンダ眼鏡は五、六段の者を集めれば十分対抗できると考えているようだが、井山はもっと厳しい見方をしていた。何故なら井山が通っている神楽坂の囲碁サロン「らんか」には、ライバル商社の常連が二名おり、そのいずれもが八段であることを知っていたからだ。

四十代の埜口と二十代の星飼は元院生、東大囲碁部、そして学生本因坊という実績を持つ、いわばセミプロのような打ち手で、「らんか」の高段者リーグでも常に優勝候補の筆頭だった。

井山の人生最大の目標は、憧れの美人の席亭若菜麗子と囲碁を極める場所「奥の院」へと入って行くことであるが、そのためには高段者リーグで優勝して、他と隔絶した強さと認められて名人の称号を得る必要があった。

　井山にとって、この二人はその目標を達成するために絶対に倒さなければならないライバルなのだが、実際のところ、六段以上が在籍する高段者リーグにまだ入ってさえいない井山にとって、埜口や星飼は、ライバルなどと口にすることさえ憚られる雲の上の存在だった。それどころかもしかしたら一生追い着くことなどかなわぬ相手かもしれないのだ。

　いずれにせよパンダ眼鏡はライバル商社にそんな強い打ち手がいることを知らないので、そんな悠長に楽観的なことを言っていられるのだと、井山は危機感を募らせた。

「あの、部長、宜しいですか？　私の通っている囲碁サロンにはライバル商社の人が二人いるんですけど、二人とも八段なんですよ。ですからうちも全社的にもっと強い人を探し出して、会社の代表チームのようなメンバーで臨んだほうがいいと思いますよ」

「それが理想だけどね井山君。そうはいっても、皆、自分の仕事で忙しいから、関係ない部署のためにどこまで協力してくれるか分からないからねえ」

「でも部長。井山君が言うように、こんなに大きな話になってきたからには、これはもう我が部だけの問題ではなくて我が社全体の重大な問題ですよ」

「いやいや、榊君。我々にとっては部がなくなってしまうかもしれないくらいのインパクトのある話なんだけど、素材や金属とか自動車とか、部門によっては何千億円という商談を扱っているから、それに比べたら今回の件も微々たる問題だと感じる人も多いと思うんだよね。だから本当に会社全体の問題として共感を得られるかどうかはよく分からないね」

「たとえそうだとしても、我が部にとっては存亡の危機ですから、少なくとも利害を同じくしている人の支援を仰いだほうがいいんじゃないですか。例えば食料本部長の小池常務執行役員に動いてもらうとか」

「小池常務には当然この話は伝えてあるけど、彼も他の本部の人に借りを作りたくないから、メンバーは食料本部内で探してくれって言うんだよ。彼は囲碁をやらないから、何故こんなことになったのか理解できないようで、自分たちでなんとかしろという雰囲気だったな」

「部下に責任転嫁して、自分は知らぬ存ぜぬを決め込む魂胆ですかね」

「そのつもりでいても、いずれ事の重大性に気づいて、自分に火の粉が降りかかるのが避けられないと思えば、その時は真剣に動いてくれると思うんだけどね」

「そうですよね。彼もいよいよ専務に昇格できるかどうかという正念場ですからね。そんな大事な時によくそんな他人事でいられますよね」

パンダ眼鏡の言葉を聞いて、髭ゴジラも渋い表情に変わった。

初音は、部がなくなったら自分の居場所はどうなってしまうのだろうと不安な気持ちに駆られて、今にも泣き出しそうな顔になっていた。

井山は、こんな重要な事柄を囲碁勝負で決めるなどという荒唐無稽な話など普通は理解されないだろうから、小池常務の反応も当然だと思った。これが正気の沙汰でないことくらい重々承知しているが、一方で囲碁好き同士がむきになってお互い引くに引けなくなれば、このように行くところまで行ってしまうのもある意味致し方ないと、第三者的に冷めた目で見ていた。

いずれにせよ、こうなったからには最善策を探るしかなかった。

「鈴井部長、社内でどれくらいの棋力の人を集めたらいいかは、まずはライバル商社がどれくらいの面子を揃えられるのかを見極めてから考えたほうがいいと思うんですよ。田中社長とライバル商社との囲碁会には福田室長も参加していたので、彼から先方の戦力を聞き出してきます」

「そうだな。それが良いけど、そんなことが本当に可能なのかね？」

「福田室長とは最近親しくなったので何か聞き出せると思います」

「もしそれが可能なら、先方の棋力を把握してからこちらも態勢を整えたほうが良さそうだな。それじゃあ榊君は人事部に行って、社内に囲碁が強い人がいないか確認してみてくれないか？」

「分かりました。でも社員データに囲碁の棋力なんか登録されていないだろうから、どれくらい見つかるか分かりませんけどね」

「確かに人事部のデータから社内に埋もれた囲碁人材を見つけるのは難しいかもしれないけど、趣味の欄に囲碁と書いてある人ならそれなりに強い可能性があるから、取り敢えず当たってみてくれないか？」

こうして髭ゴジラは人事部へ、そして井山は福田のもとへと向かった。

福田はさゆりが精神的に立ち直る手助けをするために、毎日さゆりが籠る洞窟へと通っていた。会社に行かない期間はもう随分と長くなり、いよいよ有給休暇も使い果たすところまできていたが、福田は献身的にさゆりに寄り添い続けていた。

そんな福田のお蔭もあって、さゆりは大分気持ちを落ち着かせるようになっていた。

福田との対局を通して、自分自身の意識が徐々に引き出されるようになると、それにつれて、本来のさゆりらしさを取り戻しつつあった。

本来のさゆりへと戻るにしたがって囲碁も底知れぬ強さを垣間見せるようになり、囲碁の実力が増すごとにまたさらに落ち着きを取り戻して元のさゆりへ戻っていくという好循環を生んでいた。

こうして福田とさゆりは二人で碁盤を挟んで手談を重ねることでお互いに無言の会話を続け、理解を深め合い、心を通わせるようになっていた。


井山が狭くて急な石段を降って洞窟の中へと入って行くと、ろうそくの灯に半身を照らされて碁盤に向かっている二人の姿が目に入ってきた。

最初に井山に気がついたのはさゆりだった。

「あら、井山さん、お久し振りです。お元気でしたか」

顔を赤らめてはにかんだ様子を見せながらも、以前には見られなかった明るい表情で声をかけてきたさゆりを見て、井山はすっかり嬉しくなった。同時にここまで必死にさゆりの回復をサポートしてきた福田には頭が下がる思いだった。

「さゆりさん、すっかりお元気そうで良かったですね。これならもう直ぐここから出られそうですね」

何気ない井山の言葉に二人は思わず顔を見合わせたが、直ぐにさゆりが下を向いてしまったので、福田が慌てて言葉を返した。

「実を言うとさゆりさんがすっかり良くなれば、私もここから連れ出して外で一緒に暮らそうと思っていたんですよ。今はもうかなり元の状態まで回復したように見えるんですけど、でもやっぱりさゆりさんはここを守ることが自分の使命だと言い張って、そこはなかなか譲らないんですよ」

「それはまだ何かにとり憑かれていて、回復は完全ではないということですかね？」

「いや、もうほとんど元に戻ったと思うんですけど、この件に関してはまだ幻想に囚われているのか、それとも本当に現実の話としてそうなのか、私にもよく分からないんですよ」

「もう一度お医者さんに相談してみたらいかがですか？」

井山の言葉を聞いて、さゆりが恥ずかしそうにますますうつむくと、それを見た福田がまた慌てて言葉を返した。

「いや、井山さん。これは恐らく医者に相談するような話ではないんですよ」

「そうなんですか？」

「この洞窟にいると私もなんとなく感じるんですけど、ここには何か得体の知れないものが漂っている気配があるんですよ。恐らくここからさらに先に入って行く場所があって、きっとどこかと繋がっているんですよ。井山さんも何か感じませんか？」

「そういえば、私も最初にここに入ってきた時に凄く不気味な気配を感じましたよ。このままずっと降って行くと地獄か何かに繋がっているんじゃないかと思わせるものがありますよね。まるで地獄の亡者の泣き叫ぶ声が聞こえてくるようで鳥肌が立ちましたけど、その時は単に暗くて先が見えない不安のせいかと思ったんですけどね」

「私もこの暗闇に慣れれば段々落ち着いてくるだろうと思っていたんですが、ここに居れば居るほど、この先に入って行きたい衝動に駆られるんですよ。さゆりさんのほうがもっと強くそう感じるみたいで、すっかり良くなったと思って安心していると、突然夜中に夢遊病者のように歩き回って、洞窟の奥にある亀裂の中へと無理やり身体を割り込ませようとしたりするんですよ。私も気がつくと慌てて連れ戻すんですけど、いつかどこか行ってはいけない場所へ消えて行っちゃうんじゃないかと心配で夜も眠れないんですよ」

「そうですか。大分良くなったように見えますけどね。それで囲碁の実力のほうはどうなんですか？」

「もう私も手加減なしで打つようになったんですけど、結構いい勝負なんですよ」

「それは凄いですね。それでは八段というのは本当だったんですね」

「八段どころか、もっと強いかもしれないですよ。まだ回復していないとしたら、完全に回復した時には、私なんてとても敵わないくらい、それこそ想像もできないくらい強いかもしれないですからね」

「本当ですか。でもそんな強い人がいるなら見てみたいですね」

井山がワクワクして感嘆の声をあげると、福田はややすねたように声を落とした。

「もしそうだとしたら、私としては嬉しいような悔しいような、少し複雑な心境ですけどね。どうやったらそんなに強くなれるのか教えてほしいですよ」

「そうですか。福田さんの立場では確かに複雑かもしれませんね。でもそんな強くなって完全回復したら、その時こそここから出られるようになるんじゃないですか?」

そう励ます井山に対し、福田は思わず口を歪めて苦笑した。

「そうなればいいけど、もしかしたら、その時こそ逆に地獄へまっしぐらかもしれないですよ」

ろうそくの灯に半分だけ照らされて落ち着きなく口を歪めて笑う福田の顔を見ながら、井山は戦慄を覚えた。

ひょっとしたら麗子の言う「奥の院」も、究極の強さに達した者だけが踏み入ることができる神の領域で、生きた人間が入ることは許されないのかもしれないという思いが一瞬井山の頭をよぎった。

「それで、その後田中社長との間のゴタゴタは解決したんですか?」

福田の質問で我に返った井山は、冥界への入口のようなこの薄気味悪い洞窟の中で立ち尽くしながら、極めて世俗的な現実問題へと引き戻された。

「その件でご相談があって今日はここに来たんですよ。実は田中社長が我々との対抗戦の結果に納得できないので、丸の内のライバル商社と直接囲碁対決をして決着をつけてくれって言ってきたんですよ」

福田は興味を抱いたとみえて大きく目を見開いた。

「ほー、それは大変なことになりましたね。今度もまた三対三ですか？」

「いいえ、今度は五対五です。一応、全社の中から集めてよいということなので、これから我々も会社の中で囲碁人材を探すつもりですが、その前にライバル商社がどれくらいの棋力の面子を揃えることができるのか、福田さんにお伺いしたいと思ったんですよ」

「そういうことですか。あの会社は囲碁部があって盛んに活動しているので、私たちも年に何度か呼ばれてよく対局しているんですよ。勝敗にこだわる対抗戦というよりは、囲碁を通じた親睦会ですけどね」

「それでは囲碁部の方は全員ご存じなんですね。どれくらいの棋力の方が揃っているんですか？　実は私が通っている囲碁サロンには埜口さんと星飼さんという八段の方がいるんですけど、この二人の他にも強い方はいるんですか？」

星飼の名前を聞いて、福田の顔が急にこわばった。

実は福田と星飼は同い年で、幼少の頃から激しく鎬を削ってきた最大のライバルだったのだ。

それでも子供の頃は、囲碁教室で顔を合わせれば一、二を争う者同士のプライドを共有してお互いに励まし合って勉強するほどの大の仲良しだったが、院生となりプロを目指すようになると、お互いに絶対に負けられない相手として、子供の頃とはまた違った関係になっていった。

福田にはプロになる絶好の機会が二回巡って来たが、その二回とも星飼に阻止されたという苦い思い出が残っていた。しかもそのうちの一回は、星飼にはもう完全にプロになる可能性が失せていたにもかかわらず、終始劣勢の碁を血相を変えて打ち続け、最後は執念で逆転して福田に半目勝ちしたというものだった。

たったの半目で、福田は人生の重要な岐路で自分が望んでいたものとは別の方向へと進まざるを得なくなった。

「ここで手を抜いたら逆に君に失礼だと思って」

いかにも友情に厚いようなセリフを吐きながら、福田のプロ入りを阻止して内心ほくそ笑んでいる星飼の表情を福田は決して忘れることはなかった。

福田は福田で、星飼に巡って来たプロ入りのチャンスを逆に意地になって潰しにいって留飲を下げた。

院生時代にプロの夢を果たせなかった二人の間には、その後もライバル大学の囲碁部主将として負けられない闘いが続き、お互いに相手の前に立ちはだかる存在であり続けた。

但し二人の囲碁に対する姿勢には大きな違いが生じていた。

プロになることを早めに諦めて囲碁は趣味と割り切って人生設計を変えた星飼と違って、福田は最後までプロにこだわって試験を受け続けた。

そしてもうプロ試験を受けられない年齢になった今でも、プロになる夢を捨てきれずにいて、仕事で囲碁と関わることによって自分の中で折り合いをつけていた。

田中社長のお供でライバル商社との囲碁会に参加した福田は、そこで久し振りに星飼と再会した。

その時の星飼の嘲るような笑みは一生忘れることができないものだった。そのことをいまだに根に持っている福田は星飼を絶対に許す気はなかった。

その笑みは福田にこう語っていた。

「お前はまだそんなに囲碁に執着しているのか？　もうプロになる夢は断たれたのだから、潔く方針転換して俺のように新たな目標を定めて囲碁以外の世界で生きていくことにしたらどうだ。それにしても囲碁好き社長のお守り役とは落ちたものだな」

福田にしてみれば、大好きな囲碁をずっと続けられるならこの道もそんなに悪くないと必死に自分に言い聞かせてきたのだ。

本当はプロになれれば一番良かったが、残念ながらその夢はあとほんの僅かな差で叶わなかった。

本当にたった半目の差だった。

人生は大きく変わってしまったが、囲碁から離れられない福田が選んだ道として、囲碁好きの社長のお守りというのは、痺れるような勝負の世界とは比べようもないが、それでも立派に囲碁で生計を立てているのだから誰にも文句を言われる筋合いはなかった。

寧ろ星飼のほうこそ、あれだけ好きだった囲碁をあっさりと捨てて全く違う道を選んだのだから、それこそ囲碁への冒涜であり、自分自身への裏切りだと感じた。

星飼に対する敵愾心がメラメラと燃え上がってくると、福田はなんとしても井山を勝たせたいと思った。

「あの丸の内の商社の囲碁部は盛んに活動していますが、その中心人物は食料流通本部の本部長である土屋執行役員なんですよ」

「食料流通本部長ですか？」

「そうです。弊社の担当部署でもあるのですが、実は土屋本部長が今回の食材の一括受注を仕掛けたまさに張本人なんですよ。彼はなかなかのやり手で田中社長の受けもいいんです。田中社長が囲碁好きと知って積極的に囲碁接待で攻勢をかけてきたんですが、それだけではなく、今回の新たな仕入れルートの開拓でも、田中社長をアテンドして一緒に海外を回ったのが彼なんですよ。酒は全く飲めないしゴルフもやらないのに商社でよく出世できたと感心しちゃうけど、彼は提案力と実行力で勝負するタイプなので、顧客受けもいいんですよ」

この土屋本部長こそが今回の一括仕入れの仕掛人で、その結果、井山の部を存亡の淵へと追いやった不倶戴天の敵ということのようだ。

「土屋本部長は囲碁が強いんですか？」

「彼は七段ですね。小学生の頃に父親から教わって囲碁に夢中になって、中学、高校では囲碁部に所属していたそうですが、プロになる気はなかったので大学受験と共に囲碁から離れたそうです。その後大学では囲碁部に入らず、社会人になった今では大会に出ることもなく、趣味と割り切って楽しんでますね」

「でも七段ということは、元院生のセミプロを除くとある意味アマチュアが到達する最高レベルといえますよね」

「そうですね。大会を目指して頑張れば県代表くらいにはなれるでしょうね。彼の碁は少し堅いところがあるけど、無理な手を打たないので大崩れもしないタイプなんですよ」

「そうですか。それで土屋本部長の他にはどんな方がいるんですか？」

「あとは強さからいうと、先程お名前が出た埜口さんと星飼さんが八段ですが、もう一人同じくらいの棋力の方がいますね。奈尾さんという三十代の中堅社員ですが、彼も元院生で大学時代も囲碁部で活躍した方です。それから山本さんという四十代の一般職の女性がいるんですが彼女は七段です。高校時代に団体戦で全国優勝したメンバーで、今でも熱心に囲碁に取り組んでいますね。私が囲碁会でお会いした中では、以上の五人が最強メンバーですね」

「そうすると、セミプロ級の八段が三人とアマチュア最高峰の七段が二人ということですね」

井山は溜息交じりに呟いた。

「でもね井山さん。私も何回か囲碁会に参加したことがあるけど、今お話しした五人のメンバーのうち、土屋本部長と山本さん以外の三人はあまり出てきたことがないので、そんなにお会いしたことはないんですよ。いつも囲碁会に顔を出す常連は、土屋本部長の直属の部下である西岡さん、吉井さん、大河原さん、吉田さんといった食料流通本部の所属の方たちが中心で、大体五段とか六段くらいなんですよ」

「それでは、その五、六段のメンバーが中心になって対抗戦に臨んでくる可能性もあるということですか？」

「そうですね。その可能性は大いにあると思います。先程お話しした八段の奈尾さんですけど、確かエネルギー関連の部署で今は中東にいるはずなので、対抗戦に出てくることはないと思いますね」

井山は少しほっとして、思わず笑みがこぼれた。

「それから埜口さんと星飼さんは、アパレル流通本部の所属なんですよ」

井山はそれが今回の件とどう関係するのかよく分からずポカンとしていた。

「食料流通本部の方の話だと、埜口さんと星飼さんがいるアパレル流通本部の本部長である水野執行役員と土屋執行役員は、出世競争のライバル同士で犬猿の仲らしいんですよ。それというのも、食料流通本部もアパレル流通本部もコンシューマー産業グループという同じ社内カンパニーに属しているんですけど、このグループのＣＥＯである常務執行役員が間もなく退任するので、その後任を巡って土屋執行役員と水野執行役員が激しく競っているらしいんですよ。グループＣＥＯともなるといよいよ常務ですし、結構な規模の会社の社長になることと変わらないですから、お互いに負けられないと思っているようですよ。お二人とも水面下で激しいバトルを繰り広げている関係ですから、水野本部長が敵に塩を送るようなまねをするとも思えないんですよね」

「なるほど、そういうことなんですね」

社内ポリティクスにはからっきし弱い井山にも福田の言わんとする意味が段々分かってきた。

「水野本部長は女性ながら昔から猛烈社員として有名で、部下に非常に厳しいので『氷の女王』と呼ばれているそうです。会社初の女性執行役員として、後進のためになんとか常務まで上り詰めたいと、なりふり構わず躍起になっているそうですよ」

「そうなると、埜口さんと星飼さんは土屋本部長の手助けなんかする必要はないと考える水野本部長の指示で、対抗戦に出て来る可能性は極めて低いということですね」

「水野本部長の指示というよりは、水野本部長への忖度と言ったほうが的確かもしれないけど、まあ、そういうことですね」

「それでは一般職の七段の方、えーとお名前は何でしたっけ？」

「山本さんですね」

「はい、そうですね。その山本さんはどうなんですか？　土屋派ですか？　それとも水野派ですか？」

「彼女の部署はよく覚えてないけど、恐らくどちらでもないと思います」

「それでは対抗戦に出てきますかね？」

「そうですね。彼女は見るからに負けず嫌いで、囲碁にも凄く熱心に取り組んでいるんですよ。言葉の端々から一般職としての処遇に不満を持っていることが窺えて、常に職場で皆を見返してやりたいと思っているようですね。そんな彼女にとって、囲碁は一種の自己表現のツールなんですよ」

「そうなると絶好のアピールの機会と捉えて、張り切って対抗戦に参加してくる可能性が高いですかね」

「そうですね。その可能性はありますけど、一方で女性としてこれまで色々と辛い思いをしながらも、それを跳ね返して見事に執行役員まで上った水野本部長のことを神のごとく崇めているんですよ。だから水野執行役員に常務になってほしいと思う気持ちが強ければ、対抗戦に参加しないことも十分に考えられますね」

もともと社内ポリティクスとは全く無縁のノンポリのうえに、仕事にもさほど力が入っていない井山にとって、他の会社内のドロドロとした人間関係などどうでもいい話だったが、いずれにせよそのような事情でベストメンバーが揃わないのなら、こちらにとっては好都合だと思った。

そうなると、囲碁会の中心メンバーであり同時に今回の食材取引を巡るいざこざの当事者でもある七段の土屋本部長が出てくることは確実として、あとはその取り巻きの五段、六段の部下しか揃わない可能性も十分ありそうだった。

部の命運を懸けた大一番で、埜口や星飼と当たるかもしれないと想像しただけで夜も眠れなくなりそうだったが、大変な吉報といえた。

もしそうだとすれば、パンダ眼鏡の楽観的目論見通り、こちらもあと二人五段か六段くらいの打ち手を見つけて、あとは井山と初音が六、七段クラスへとレベルアップできれば、なんとか対抗できそうだった。

井山はパンダ眼鏡同様、すっかり楽観的になっていた。

第二章

福田からライバル商社の情報を聞き出した井山は、二人に別れを告げると狭くて急な石段を上っていった。

井山が暗くて足場の悪い急な石段を手探りで上っていくと、背後から何かに追いかけられている気配を感じて思わず足が止まった。

どこからともなく、ヒューッと空気が漏れるような微かな音が響いたが、それはまるで苦痛に喘ぐむせび泣きのように聞こえた。

ひんやりとした空気が背後から肩に手をかけて、同時に足元にも絡みついてくるように感じられたが、一度でも振り返ったらもう二度とここから出られなくなりそうな気がした井山は、振り返りたい衝動を抑えて必死に前だけを向いて上った。

井山が洞窟から外に出ると神楽坂の細い裏通りはもう真っ暗になっていた。

五月の心地良い微風に吹かれてほっと一息ついた井山が焼け落ちた民家の跡地から真っ暗な路地へ出て行くと、そこに黙って突っ立っていた男と危うくぶつかりそうになった。

なんでこんなところに人が立っているのかと訝しく思って、暗闇の中で目を凝らすと、その男も黙ってジッと見つめ返してきたが、そのひょろりとした細身の輪郭から、美容師の西山だと直ぐに分かった。

「西山さんですよね。こんなところで何をしているんですか？」

思わず井山がそう叫ぶと、西山は質問に答えることなく、井山のほうにグッと一歩踏み出して直ぐ近くまで身を寄せてきて、抑揚のない口調で逆に問い質してきた。

「井山さんこそ、ここで何をしていたんですか？」

咄嗟に身の危険を感じた井山は直ぐに後ずさった。

「私ですか？　私はですね、そうですね、囲碁を打ちに行くところですよ。そうです。これから『らんか』に行こうと思っていたんですよ」

西山は井山を逃すまいと威嚇するようにまたグッと一歩近づいたが、相変わらず口調は感情を殺したように抑揚がなかった。

「でもこっちは全然『らんか』の方向ではないですよ。本当はここで何をしていたんですか？　今、そっちのほうから出て来ましたよね」

西山はそう言いながら、焼け跡の敷地にズンズンと入って行こうとした。

恐怖を感じながらも、井山は必死に西山を食い止めようとした。

「ちょっと待ってください。ここに入っちゃ駄目ですよ。さあ、私と一緒に碁を打ちに行きましょう」

西山は焼け跡の暗闇にジッと目を凝らしながらぶっきらぼうに答えた。

「碁を打ちたいならどうぞ先に行ってください。僕はもう少しこの辺を散歩していますから」

このまま西山を一人残してこの場を去るわけにはいかないと思った井山は、仕方なくその場に腰を降ろした。

すると西山も井山にならってその場に腰を降ろした。

神楽坂の路地裏の暗闇で、道端に並んで座り込んだ二人は、何を話すでもなく意味もなくお互いへの警戒心を強めて緊張し合っていた。

しばらく沈黙が続いたが、その沈黙を最初に破ったのは西山だった。

「井山さん、先日、芸者の美幸さんや美穂さんに会ったんですよね。あの日は僕は先に帰ったけど、何か聞き出せたんですか?」

いきなり核心を突く質問を投げかけられて、心の備えができていなかった井山はすっかり気が動転してしまった。

確かにさゆりにたどり着くヒントは美幸にあると示唆してくれたのは西山だったので、その後何も報告をしないのは義理を欠く行為かもしれないが、まだ放火犯が捕まっておらず、もしかしたらこの建物の放火犯が西山かもしれない疑惑がある以上、さゆりに危害が及ばないようにするためにも、ここでさゆりのことを話すわけにはいかなかった。

しかもそれは決してさゆりだけの問題ではなく、恐らく同じ放火犯が「らんか」も狙っているようなので、それが一体誰で、何の目的かがはっきりするまでは、軽々に他言するわけにはいかなかった。疑いをかけている西山に対し、間違っていたら申し訳ないと思う一方で、もし本当に放火犯だとしたら、どう対応したらいいのか皆目見当がつかず、井山はただ、うーんと唸るしかなかった。

するとそんな井山の心の内を見透かしたかのように、西山がまた突然口を開けた。

「井山さん、ひょっとして、僕が放火犯だと思っているんじゃないんですか？」

あまりにもストレートな西山の物言いに、井山は何も返事ができなかった。

「きっと美幸さんたちもそう思っているんだろうな。でもね井山さん。僕はさゆりさんの味方のつもりなんですけどね」

「え、味方ってどういう意味ですか？」

「言葉通りそのままですよ。何があっても僕がさゆりさんを守ってみせますからね」

そう言い残すと、西山は黙って立ち上がり、フラフラと細い路地を向こうのほうへ行ってしまった。

敵か味方かという捉え方も奇妙だが、それ以上に放火に関しては西山がはっきり否定しないことが気になった。これではもしかしたら、放火もさゆりを守る行為だと思っているのではないかと勘繰りたくなるが、いずれにせよ彼は一体ここで何をしていたのか、そして何をしたいのか、よく分かるまで警戒する必要がありそうだった。

その警戒は「らんか」でも怠れないだろうから、西山が一人で雑魚寝部屋へ行くようなことがあれば、十分注意する必要があった。

ぼんやりとそんなことを考えていた井山は、今度は「らんか」が気になり出したので、急いでそちらに向かった。

井山が勢い込んで「らんか」に駆け込んで行くと、麗子が驚いて近づいてきた。

「井山さん、そんなに慌ててどうしたんですか？」

そこに西山がいないことを確かめてから、井山は険しい表情のままおもむろに麗子に顔を近づけた。

すると良い香りが鼻をくすぐり、井山は一瞬我を忘れてうっとりと目を閉じたが、努めて平常心を取り戻すと麗子の耳元で小さな声で囁いた。

「その後、何か異常はないですか？」

井山の様子から何かしらの危険を察知して緊張の面持ちに変わった麗子も、小さな声で井山に答えた。

「その後特に怪しい動きはないけど、何かあったんですか？」

「それならいいけど、少し気になる人がいたので、注意を怠らないほうが良いと思ったんですよ」

井山の言葉を聞いた麗子は、思わず怯えた表情を見せたが、真っすぐに井山を見据えたまま、直ぐに気丈な顔つきに戻って大きく頷いた。

「分かりました。私も梅崎も注意を怠らないようにします。井山さんも引き続き宜しくお願いしますね」

真剣な眼差しで見据える麗子の潤んだ瞳に射すくまれて、井山は身体がとろけそうになり、麗子に頼られている充実感と、麗子と秘密を共有している優越感に恍惚となって、再び我を忘れた。

麗子がそっと井山の手に触れると、電流が身体中を駆け巡り、感電したような痺れを感じた。

「それから井山さん、一刻も早く名人になってくださいね」

「は、はい」

井山の声は上ずって完全に裏返ってしまったが、心ときめかせながら顔を紅潮させて見つめていると、麗子は途端に極めて事務的な話し方に変わり、思い出したように話題を変えた。

「そういえば埜口さんから商社同士の対抗戦でここを使わせてほしいって連絡があったけど、井山さんも出るんですか?」

驚いた井山は逆に探るように麗子に訊き返した。

「私は今回の件に直接関係する部署にいるので出ますけど、埜口さんは出るんですかね?」

「さあ、どうかしら。そこまでは訊かなかったけど、あんな強い方が出ないなんてことがあるのかしら」

そう言いながら、麗子は思わず人差し指で顎を押さえて首を傾げたが、その仕草がまた堪らなく魅力的だった。

井山が思わず麗子に見惚れていると、その時他のお客さんから声をかけられた麗子は、「はーい」と返事をして、何事もなかったかのように、サッサと他の席に行ってしまった。

井山は仕方なく一人でカウンターに近づいて行ったが、そこではいつものように頭がツルッとした鈴木と白髪交じり中年太りの松木がリラックスしながらワインを飲んでいた。

高段者は皆、「奥の院」目指して血眼になって囲碁に取り組んでいるというのに、この二人には全くのめり込む気配がなく、相変わらずのんびりとしていた。

「井山さん、また対抗戦なんだって？　今度も商談が絡んだ勝負なのかい？」

鈴木が興味深そうに尋ねてきた。

「ええ、前回の商談絡みの勝負の第二ラウンドなんですよ。今度はライバル商社と直接対決で雌雄を決することになりました」

二人は驚いて顔を見合わせると、思わず肩をすくめた。

「最近のビジネスの世界はわけが分かんないね。あんたんとこがちょっとクレイジーかと思っていたけど、ライバル商社までおつき合いとは驚きだね。もう俺らの頃の常識は通用しない時代なのかね」

「でも井山さん、ライバル商社ということは、埜口さんや星飼さんと対決するんですか？」

「いやいや、そんなことになったらお手上げですけど、彼等は担当部署じゃないから出てこないと思いますよ」

「本当にそうなの？　あれだけ強い人なら当然出てくるでしょう。井山さんが勝手にそうあってほしいって思っているだけじゃないの」

すると井山は辺りを見回してから、二人にグッと顔を近づけると内緒話のように小さな声で囁いた。

「噂によると、対抗戦は社内でライバル関係にある部署の問題なのであの二人が手伝うことはないと思いますよ。いわゆる社内ポリティクスというやつですよ」

井山からは一番縁遠いと思われる「社内ポリティクス」などという言葉が飛び出してきたので、鈴木も松木もすっかり驚いて、目を白黒させた。

井山はカウンターを離れると、対局相手を探すことにした。

現在井山は五段だが、名人の称号を得て麗子と共に「奥の院」へと入って行く権利を得るためには、まずは六段以上が在籍する高段者リーグに入らなければならなかった。

また来るべきライバル商社との七夕決戦に臨むに当たって、最低でも六段の実力がないと勝利は覚束ないであろうから、高段者リーグに在籍することは即ち対抗戦でも戦力となり得る最低ラインに達することを意味した。したがって井山にとっては悲願である高段者リーグ入りが、これまで以上に重要な意味を持つようになっていた。

実のところ、五段に昇格して以降の井山は四段への降格と五段への昇格を繰り返していたので、五段というよりは寧ろ四・五段というほうが実情に合っていた。

六段に上がって高段者リーグ入りを果たしても、同じように五段と六段の間を行ったり来たりするようでは、リーグをまたいでの往来となるので、何やら出家と破門を繰り返す坊主のようで、あまり恰好が良いものではなかった。

そこで井山は、一旦六段に上がったらもう二度と五段に降格することがないように、六段の実力を確かなものとしてから高段者リーグ入りを果たしたいと考えて、しばらくの間、六段の手合いで練習対局をすることにした。

正式なリーグ戦対局しか打ちたくない人も多いので、誰とでも打てるわけではないが、それでも練習対局に親切につき合ってくれる人を見つけては、さほど勝敗を気にすることなく、井山は六段の手合いで研鑽を積んでいった。

この囲碁サロンにおける最高峰である八段は、つい一か月前までは、四天王と呼ばれたライバル商社の埜口と星飼、弁護士の矢萩、そして自由奔放な藤浦の四人しかいなかったが、この一か月の間に医者の奥井と財務官僚の羽田が仕事を辞めたことで遂に夢を叶えて八段へと昇段し、それに加えて、韓国で修行してきた僅か十歳の天才少年丸山と政治家秘書を辞めた賜が新たに乱入してきたので、ここにきて八段は一気に倍増して八人となり、これにより高段者リーグの勢力図も大きく変化を見せ始めていた。

八人もの八段が鎬を削る大混戦時代を迎えて、誰にでも優勝のチャンスがあるように思われたが、ふたを開けてみると決してそのような状況にはならなかった。

さんざん悩んだ末に、囲碁に専念するために仕事を辞めた医者の奥井と財務官僚の羽田は、その犠牲と英断のもとに念願の八段への昇格を果たしたが、それは八段としての闘いの始まりに過ぎず、まだ優勝を争う実力はなかった。したがってこの二人の現実的な目標は、Jリーグの下位チームと同じように七段降格だけは免れたいというもので、優勝争いではなかった。

前回のリーグ戦で優勝争いを演じたライバル商社の埜口と弁護士の矢萩は、今回も優勝候補の筆頭であったが、リーグ戦もまだ半ばの五月の段階で、埜口は早くも矢萩と新加入の賜に苦杯を喫し二敗となり、仕事を一旦離れて雪辱を期す矢萩も、やはり賜と星飼に土をつけられて二敗となっていた。

藤浦は腰痛の影響もあってあまり囲碁サロンに顔を出さなかったので、そもそも対局数が全然足りていなかったが、囲碁サロンに来ないのは、本当に腰が痛いからなのか、それとも嫉妬深い若妻を刺激したくないからなのかはよく分からなかった。

丸山少年は順調に勝ち星を重ねたが、警戒感を高めるおじさんたちが容易には勝たせまいと躍起になって包囲網を敷いた結果、老練な打ち回しを見せた埜口と矢萩の前にあえなく屈して早くも二敗となっていた。

練習対局で丸山少年に不覚を取った矢萩が、本番では最後まで慎重に打って雪辱を果たしたが、勝敗の結果はともかく、矢萩は練習対局の時より相手が強くなっていることを実感して警戒を強めた。

丸山少年は二敗となり今期リーグ戦で名人となる可能性は絶たれたので、ビジネススクール元学長の堀井や政治家を辞めた細名などのおじさん連中は一様に安堵した。

それでも丸山少年が対局を重ねて経験を積むごとにスポンジが水を吸い込むように急成長していることは誰の目にも明らかだったので、近いうちに誰も敵わなくなるのではないかという恐怖に似た感情がおじさん連中の間で渦巻いていた。

特に矢萩は自分の年齢を考えて、「奥の院」を目指す真剣勝負はあと一年だけと区切りをつけたので、最後の大勝負に向けて後悔のない時間を過ごしたいと思った。

そうなると、ここまで全勝で残っていたのはライバル商社の若き精鋭星飼と、政治家秘書を辞めて参戦してきた賜の二人だけとなり、今期リーグ戦の優勝争いはこの二人に絞られた感があった。

上司の埜口の嫌がらせで残業を強いられて、前回のリーグ戦では対局数が足りなかった星飼だが、丸山少年の加入によって警戒感を高めた埜口が方針を転換して星飼を残業から解放したため、また十分な時間を囲碁に振り向けられるようになった。

社内の人間関係に嫌気が差してきた星飼は、囲碁の魅力を再認識し始めたところなので、ようやく本気で「奥の院」を目指す気になっていた。

一方の賜は個性的な手が多くていかにも筋が悪そうだが、いざ闘いになると前から読み切っていたのか偶然かは分からないが、何故かいつも絶妙なところに石が配置されており、一見無駄に思えた着手が俄然光を放ちだすという不思議な強さを持っていた。

ここまで前回リーグ戦で優勝争いを演じた埜口と矢萩を撃破して全勝を保っていたので、すっかりリーグ戦の主役へと躍り出た感があり、早くも星飼との全勝対決に注目が集まるようになっていた。

ライバル商社との対抗戦に備えて、六段の手合いで練習碁を打ってくれる相手を探していた井山は、これまで親切に教えてくれた藤浦が最近サロンに顔を出さなくなったので残念に思った。

そうかといって藤浦以外となると、皆、ピリピリと張りつめた緊張感の中でストイックに取り組んでいるので、練習碁を頼みづらい雰囲気があった。

そもそも藤浦がリーグ戦の優勝にそれほどのこだわりを見せていないのは、もしかしたら嫉妬深い奥さんの手前、優勝に興味がないように装っているだけなのかもしれないが、いずれにせよ対局数が少ない藤浦には練習対局を頼みやすかった。


対局場は熱気に包まれて、誰もが黙々と碁盤に向かっていたが、そんな中で一人腕組みをしながら、丸山少年と元政治家秘書の賜の対局を、後ろからジッと見守っている者がいた。

ライバル商社の星飼だった。

星飼はこの二人とまだ対局したことがないので、来るべき対戦に備えて観戦しているようだった。

この二人の対局には井山も興味があるので、何気なく近づいて行くと、星飼と目が合った。

年が離れている矢萩や埜口には気軽に対局を頼みづらい雰囲気があるが、年も近い星飼には井山は以前から親しみを覚えていた。

口数も少なくてどこか斜に構えている星飼は、一見すると取っつきにくいところもあるが、根は素直で優しい性格だと井山は感じていた。

熾烈な優勝争いの最前線に立つ星飼が来るべき決戦に備えてライバルの様子を探っている最中に、練習対局を申し込むなどという無神経な申し出は、さすがに普段から図々しくて鈍感な井山にもできなかったが、目が合った瞬間に軽く会釈すると、意外にも星飼のほうから「対局しますか？」と声をかけてくれた。

井山としてはライバル商社との対抗戦で当たるかどうかはともかくとして、このレベルの相手に今の自分がどこまで通用するのか試してみたい気持ちが強かった。

「練習碁でも宜しいですか？」

井山が申し訳なさそうに訊くと、星飼はさほど表情を変えることなく飄々と頷いた。

「練習碁ですか？　いいですよ」

星飼の無表情な顔からは、折角の観戦を邪魔されて迷惑なのか、そもそも練習碁など打ちたくないのか、はたまた以前から井山と打ちたいと思っていたのか、さっぱり分からなかった。

埜口から麗子に連絡があったということなので、星飼も対抗戦のことを知っている可能性が高いが、目の前の星飼を見ていても、実際のところその話が伝わっているのか、そして対抗戦に参加するのか、全く窺い知ることができなかった。

対局机に着くと、井山も対抗戦のことなどおくびにも出さずにただ礼を言った。

「優勝争いの大事な時に練習対局につき合っていただきありがとうございます。この囲碁サロンでも最高レベルの打ち手である星飼さんとは一度打ってみたいと思っていたので、こういう機会を得て嬉しく思います」

するとと星飼は少しはにかんだ様子で答えた。

「ここで打つ目的は人それぞれですからね。リーグ戦だけが全てではないので、別に構いませんよ。囲碁を始めてまだ一年も経たないのに五段になった井山さんの噂はかねがね伺っていたので、私も以前から打ってみたいと思っていたんですよ。まさに隠し球ですよね。私と打つことで井山さんの碁にますます磨きがかかるなら、私としても本望ですよ」

微妙な言い回しだが、井山は星飼も対抗戦のことを知っていると確信した。

星飼が参加するか否かは依然として判然としないが、いずれにせよここで井山を指導すれば敵に塩を送る行為となるが、星飼は気にしていないのだろうか？

それとも社内で上司の出世のライバルである土屋本部長の足を引っ張るために、井山を少しでも強くしたいと思っているのだろうか？

星飼の真意は読み取れないが、一旦碁盤に向かったからには、余計な雑念に惑わされずに目の前の勝負に専念するだけだ。

井山は対局前に、観戦を中断させたことを一言詫びた。

「あ、それから、星飼さん。これからリーグ戦で当たるライバルの対局を観戦しているところを、邪魔してしまって申し訳なかったです」

すると星飼はチラリと井山に目をやり、照れ隠しのように淡々と答えた。

「二人の対局はあそこまで見ればもう十分なので気にしないでいいですよ。それにもうほとんど勝負はついてましたからね」

「え、どちらが勝ちそうですか？」

「賜さんの勝ちですね。もう動かないと思いますよ」

「そうですか。すると賜さんも全勝が続くんですね。そうなるといよいよ星飼さんとの全勝対決ですね。どうですか、星飼さん、勝てそうですか？」

井山は相変わらず無神経に、相手が一番ナーバスになるところにズバリと切り込んだが、星飼は涼しい顔で他人事のように言葉を返した。

「見た感じでは二人とも強いですね。大変強いと思います。特に賜さんは一見すると不思議な手を打つけど、それが後で活きてくるんで、一体何手先まで読んでいるのか見当もつかないですね。でも勝つか負けるかは、やってみなければ分からないですね」

素直な感想を正直に吐露しただけか、それとも本音では大したことないと思っているのか、星飼の無表情の顔からはそのどちらなのか、よく分からなかった。


八段の星飼との二子局は、井山にとっては散々の結果となった。

星飼は教科書的な本手を悠長に打つようなことはなく、真剣勝負のような厳しい手を容赦なく連発してきたので、井山は序盤から激しく攻め立てられる展開となった。

どうやら星飼との間にはまだまだ圧倒的な実力差があり、今の井山では全く歯が立たないようだった。井山にとっては星飼との力量差を痛感させられたことが最大の収穫といえたが、惨敗して意気消沈する井山に対して、星飼は丁寧に局後の検討をしてくれた。

井山の二手目、四手目は何の問題もなかったが、六手目で早くも星飼から厳しい指摘がなされた。

「こんな中途半端なところに打っていては駄目ですね。これでは石が張っていないですよ。相手の石に迫るなら、目一杯迫っていかないと。この手は堅いけど、少し重複気味で効率が悪いですね」

井山にとっては六手目の着手などどう打っても一局の碁だと思っていたが、星飼に言わせると、序盤早々からこんな緩い手を打っているようでは、その後相手にどう打たれても、ここでついた差は容易には取り戻せないということだった。

井山はこれまでも随分と強い人と打ってもらって、その度に時間をかけて検討してもらって色々なことを教わってきたが、こんな早い段階からここまで厳しい指摘を受けたことは今までなかったので、寧ろ感動すら覚えた。

その後の着手に対しても、どこが悪かったのか、そして本来ならどう打つべきだったのか、星飼は懇切丁寧に解説してくれた。

星飼の説明はいちいちもっともで、指摘の厳しさは、常に最高、最善の一手を求めてとことん自分を追い詰めてきた者だからこそ言えるものばかりだった。

そんな境地まで分け入った自らの経験を惜しげもなく分け与えようとしてくれる星飼の態度に、井山は好感を覚えた。

星飼の頭の中には、これから対抗戦で当たる相手を強くしたらまずいなどというケチな考えはこれっぽっちもないようだった。

とことん囲碁を極めたいと努力してきた星飼にとっては、とことん囲碁にのめり込んで驚異の進化を遂げる井山もまた、囲碁をこよなく愛する同志と映っているに違いなかった。

鍛えがいのある相手だから、とことん鍛えて強くしたい。

それは囲碁が好きだからこそ自然にほとばしり出る素直な感情なのかもしれなかった。

この日、星飼から実に多くのことを学んで、井山は一晩で一子は強くなった気がした。


井山は次に七段の和多田と対局してもらうことにした。

銀行を定年退職して現在六十代後半の和多田は、子供も巣立ち、あとは妻と仲良く平穏無事に余生を暮らすことを最大の喜びと感じているようだった。明るくてきさくな和多田は、井山からの練習碁の申し出も快く受け入れてくれた。

井山が礼を言うと、福を呼びそうな丸顔をワインで真っ赤に染めながら和多田は人の良さそうな相好を崩した。

「いやいや、いいんですよ、井山さん。私なんて別に優勝を目指しているわけではないから、こうやって楽しく飲んで打って、たまに妻と旅行にでも行ければ、人生それで十分なんですよ」

「でも和多田さんも『奥の院』に行きたいと思っているんじゃないんですか?」

「私ですか。とんでもない、そんなおこがましいこと考えたことないですよ。私はね、今の生活で十分満足しているので、そんな大それたことは考えないですよ。大体ね、私が囲碁を始めたのは四十くらいですからね。そこから一生懸命毎日コツコツと勉強してここまできたので、それだけでもう十分満足しているんですよ。勿論八段には憧れるけど、そんなこと土台無理な相談なので、夢みたいな話に無駄な時間を費やしたくないんですよ。私は現実主義者なんですよね」

「でも七段まできたら、八段まであともう一歩じゃないですか」

「いやいや、井山さん。この差は物凄く大きいんですよ。私は七段になるためにこれまでも人生のかなりの時間を使って努力に努力を重ねてきたけど、恐らく囲碁を始めてから七段になるまでに費やした全ての時間と同じくらいのエネルギーを使わないと、八段にはなれないと思うんですよ。いや、もしかしたらそれだけではなくて、努力プラス才能がないと駄目かもしれないですね。七段と八段の間にには本当にそれくらいのもの凄い違いがあるんですよ。だって考えてみてくださいよ。ここにいる八段の人も、皆、子供の頃からプロを目指して毎日囲碁漬けの生活を送ってきた人ばかりじゃないですか。子供の吸収力は凄いですからね、私のようなおじさんがこの年になって毎日二十四時間勉強したって、もう追い着けないですよ。私としては四十で始めた人が到達できる最高峰まで来られたと思って、もう十分満足なんですよ」

和多田の話を聞いているうちに、真剣に「奥の院」を目指している井山は憂鬱な気分になってきた。

囲碁を始めた年齢が、和多田の四十に比べたら、二十代半ばというのはまだ早いほうかもしれないが、それでも子供の頃から死ぬほど勉強してきた者にはもう一生追い着けないのだろうか？

「でも医者の奥井さんや財務官僚の羽田さんは、あの年で八段になりましたよね」

「それはそうなんだけど、あの二人も実は子供の頃から囲碁をやっていますからね。それでもあの二人は例外的に凄いと思いますよ。仕事も辞めて囲碁だけに専念しているからまるで院生ですよ。おじさん院生ですね。いや、寧ろ修行僧と言ってもいいかもしれないですね。私もね、こう見えても今でも毎日五、六時間は囲碁の勉強に費やしているんだけど、あの二人はもしかしたら、本当に毎日二十四時間囲碁ばかりしているのかもしれないですね」

そう言って和多田はまた人の良さそうな相好を思い切り崩した。

七段の和多田とは定先で打つことになった。

定先といえば、コミはないがもう置石がない対局なので、井山の緊張感はいやがうえにも高まった。井山は先程星飼から教えてもらった考え方に基づいて、碁盤の上で自分の石を目一杯効率的に踊らせることを意識しながら打った。

しかし石が目一杯張っている分、相手の厳しい打ち込みをくらうこととなり、そこから引くに引けない闘いが始まった。

和多田も普段の穏やかな人柄とは裏腹に、碁に関しては果敢に石を切り結んで激しく闘う武闘派だった。

人は案外見かけによらないものである。

「いやー、井山さんもなかなかお強いですね。噂には聞いていたけど、こんなに強いとは思わなかったなあ。これじゃあ負けそうだなあ」

和多田は対局中に盛んにぼやいたが、それが必ずしも本音とは限らなかった。赤ら顔で賑やかに打ち進める和多田の着手は相変わらず厳しく攻撃的だった。

激しい闘いの末に大きな振り替わりが生じたが、最後は白番和多田の五目勝ちで終わった。

負けはしたが、星飼から授かった教えを早速自分の着手に活かすことができたので、井山はまた少し強くなったことを実感した。

第三章

翌日会社に顔を出した井山は、福田から聞いたライバル商社の情報を早速皆に伝えた。

「どこも似たような社内派閥の仁義なき戦いで、最強メンバーを揃えることもままならないということのようですな」

社内ポリティクスが三度の飯より好きという髭ゴジラは、口を歪めて思わず笑みをこぼした。

「でもライバル会社のことを嘲ってばかりはいられないですよ。うちも似たような状況ですからね」

ニヤつきながらも渋い表情で話す髭ゴジラに対して、パンダ眼鏡は怪訝な表情を浮かべた。

「それは一体どういうことかね榊君。人事部に行って何か分かったのかね?」

すると髭ゴジラはおもむろに手帳を開くともったいぶって説明を始めた。

「うちの会社も以前は囲碁部があって商社対抗戦などでは結構強かったそうなんですが、今ではすっかり囲碁をやる人が減ってしまったので、囲碁部の活動も開店休業の状態になっているそうです」

「そりゃそうだろうな。私だって囲碁部があれば顔くらい出してみたいと思うけど、今までそんな話は聞いたことないからね」

「そこで囲碁部は諦めて、人事調書の趣味欄に囲碁と書いてある人を片っ端から検索してみることにしたんですよ。そうすれば強い奴を見つけ出すことができるかもしれないと思ったんです」

「そうか。でも人事調書なんて、人事部はそう簡単に見せてくれないだろ」

「勿論そんなことは普通では許されないことだけど、人事部にいる同期の奴にねじ込んで、なんとかデータを見せてくれるように頼んでみたんですよ。そいつも最初は渋っていたけど、会社の存亡が懸かった大事な案件だから、見せなきゃ後々お前の責任問題になるぞって脅かして、最後にようやく趣味の欄だけ見せてもらうことができたんですよ」

鼻を膨らませてドヤ顔で力説する髭ゴジラを、相変わらず自慢話が大袈裟で鼻につく奴だと、井山は冷ややかに見ていたが、髭ゴジラの芝居がかった我れ誉めにまんまとはまったパンダ眼鏡は、しきりに感心しながら大きく頷いた。

「それはよくやったな榊君。趣味欄に囲碁と書いてある社員の人数は凄い数だったんじゃないのかね。それで、全部調べることはできたのかね?」

「それがですね部長、うちの会社は四万人もいるというのに、趣味欄に囲碁って書いてある者は、信じ難いことに二百人ほどしかいなかったんですよ。僅か〇・五パーセントですよ」

それを聞いてパンダ眼鏡は思わずのけぞった。

「それだけしかいないのか。そう言われてみれば、私も人事調書の趣味欄に囲碁と書いたかどうかよく覚えていないけど、よく考えてみると囲碁をやる人が必ずしも書くとは限らないな」

確かに井山も初音も当然そんなことは書いていなかった。

「その中から、海外とか地方勤務の者を除いて、首都圏近辺にいる者だけに絞ったら、僅か二十名ほどしか残らなかったんですよ」

「そんなに少ないのか」

パンダ眼鏡は絞り出すように落胆の声をあげた。

「漏れている者もいるかもしれないけど、今となっては探しようがないので取り敢えずこの中で当たってみることにして、片っ端から連絡して棋力を確認してみたんですよ。すると大抵が初段とかたしなむ程度という奴ばかりで、中には五段という者もいたけど、対抗戦の話をした途端にすっかり怖気づいて、全然戦力になりそうもない、いわゆる『自称五段』だと言い出す始末でね」

「私の同期の竹内君や石垣君もまさにその口だよ。それにしても、うちの会社も囲碁に関してはその程度なのか」

パンダ眼鏡の落ち込みようは、傍から見ても明らかなほど激しかった。

「但し一人だけ凄い奴がいたんですよ」

すっかり意気消沈していたパンダ眼鏡が、一転して期待に目を輝かせて顔を上げた。

「どんな者なんだね?」

「元院生、東大囲碁部、学生本因坊の八段ですよ」

それを聞いたパンダ眼鏡の表情は、一瞬で明るくなった。

「そんな凄い者がいたのか。なんでそれを早く言わないんだ。それでいくつくらいなのかね」

「年齢は五十代前半ですから、鈴井部長と近いですね。松澤部長という方ですけどご存じですか？」

「さあ、分からないな。部署はどこなんだね？」

「ＩＣＴ事業本部です」

するとそれを聞いたパンダ眼鏡は思わず顔を曇らせて、「ＩＣＴ事業本部か」と絞り出すように繰り返した。

「そうなんですよ。それを聞いて私もまずいと思ったんですよ。昨日早速会ってきたけど、案の定、今凄く忙しいので申し訳ないけど囲碁を打っている暇はないと断られました。言葉は丁寧でしたが、なんで食料本部のいざこざに自分が手を貸さなければいけないのかと冷ややかな態度でしたね」

「本当に忙しいのかな？　それとも籾井ＩＣＴ事業本部長への忖度もあるのかな？」

「その両方じゃないですかね。恐らく籾井常務と小池常務のことは、社内では知らない人がいないくらい有名な話なので、当然松澤部長も意識していると思うけど、ただ、それだけじゃないように見受けられましたね。確かに彼にとっては自分の仕事に関係ない面倒臭い話だし、万一負けたりしたら何を言われるか分からないから、下手に関わらないほうがいいという、サラリーマンらしい防衛本能が働いたんだと思いますよ」

渋い顔で頷き合っているパンダ眼鏡と髭ゴジラの顔を覗き込みながら、井山が無邪気に口をはさんできた。

「誰もが知っている籾井常務と小池常務の話って一体何ですか？」

それを聞いた髭ゴジラが、呆れたような表情で思わず首を振った。

「誰でも知っている話ではなかったですね。ここに一人だけ知らないボケがいましたよ」

相変わらず相手の神経を逆なでする髭ゴジラの物言いを、井山は不愉快に感じた。

「お前な、同じ事業本部の親分に関わる問題で、ことと場合によっては自分たちの処遇や出世具合にも影響してくる話なんだから、普段からもっとアンテナ張って意識するようにしろよ」

そう言われても、井山にとってはあまり興味がそそられる話ではなかった。

「我々がいる食料本部の本部長である小池常務と、ＩＣＴ事業本部長の籾井常務は若い頃から出世競争を繰り広げてきた同期で、まさにここでどちらか片方だけが専務になって、専務になれなかったほうはいよいよアガリという重大な局面を迎えているんだよ。だから事業本部を挙げて親分を盛り立てようとお互いに張り合ってピリピリしているところなんだよ。籾井常務なんか小池常務のことを、無類のラーメン好きが高じて食料本部長になれただけの『ラーメン本部長』なんて揶揄しているらしいからな」

なるほど最初に髭ゴジラが事情はどの会社も似たようなものだと言っていた意味が、井山にもようやく理解できた。

福田からライバル会社の事情を聞いた時は、お互いに足を引っ張り合って醜い出世競争に血道を挙げている姿は実にみっともないものだと思ったが、これまで井山がよく知らなかっただけで、自分の会社でもまさに同じようなことが水面下で繰り広げられているのだ。

「それにしても惜しいな。松澤部長くらい強い打ち手がいるなら、是非とも対抗戦に出てほしいな。それで他にはもういないのかね」

「はい。私が調べた限りでは戦力になりそうなのは松澤部長だけですね。限られた時間の中でしたから、全員調べきれたわけではないですけど」

「そうだな。さすがに一日で四万人を全て精査するのは無理だろうからな。それにしてもまだあと一人足りないのか。松澤部長がそんなに強いのなら、囲碁部の後輩とか子供の頃からのライバルとか、知り合いがいるんじゃないかな。彼の人脈で社内に他にも囲碁の強い者がいないか探ってみてくれないか？」

「そうですね。強い人同士は意外なところで繋がっていることがあるので、もう一度聞いてみることにします」

「私も社内の囲碁仲間に当たってみることにするよ。同期の竹内、石垣両部長はあくまでも自称五段で対抗戦の戦力になりそうもないからね。まずは皆でなんとしてももう一人、正真正銘の五段以上を探し出すべく全力で当たってみてくれ。強い者を見つけ出しさえすれば、あとは松澤部長ともども私がなんとか説得するから」

パンダ眼鏡は相変わらず渋い表情を見せながらも決意のほどを口にした。

するとその時突然、井山が手を挙げた。

「あの部長、ちょっと宜しいですか？　私は社内にそれほど知り合いがいるわけでもないので、探すほうはあまりお役に立てないと思うんですよ。ですから自分自身がもっと強くなるために、また昼間から囲碁サロンに通いたいと思いますが宜しいでしょうか？」

案外井山はこういう時に抜け目なく、多少無理筋の要求もさらりと言ってのけるだけの図太さを持っているが、パンダ眼鏡も現実的にはそのほうが得策だと判断して、今回も井山の図々しいとも思える要求を認めることにした。

「しょうがないな。それじゃ、それでいいから、是非とも『強い六段』になってくれよ」

「六段といわず、私は七段になるつもりでいるんですけどね」

胸を張ってきっぱりと言い切る井山に、パンダ眼鏡と髭ゴジラは思わず苦笑した。

「それから初音さんも一緒に連れて行って鍛えたいと思いますが、宜しいでしょうか？」

これまた図々しさついでに、井山は無理筋の要求を上乗せしてきたが、パンダ眼鏡としては、この要求も現実問題として理にかなっているように思えた。

「それじゃあ、彼女のことも一刻も早く七段にしてくれたまえ」

「私は頑張っても、『弱い六段』が精一杯だと思います」

初音は緊張した面持ちで慌てて訂正したが、思いがけず無事了承を得ることができたので、パンダ眼鏡の気が変わらぬうちにと、井山はさっさと初音を連れ出すと一緒に「らんか」へと向かった。

井山と一緒に神楽坂の駅で地下鉄を降りた初音は、初めて訪れる神楽坂の本通りの景観や街の雰囲気にすっかり魅了されて、最初は終始落ち着きなく辺りを見回していたが、井山が初音に構うことなく本通り沿いに先を急ぐので、初音も井山に離されないように必死にその背中を追った。

しばらく行くと、初音の目の前で井山が突如として身体を横にしたかと思ったら、そのまま細い裏路地へと身体を忍び込ませた。驚いた初音は思わずその怪しげな隘路の前で尻込みしたが、井山の姿が薄暗い隙間の先へとどんどん遠ざかって行くのを見て、初音も意を決すると、もう二度とこちら側には戻って来られない覚悟を持って、その細い路地へと足を踏み入れた。

細い路地の上には両側から大きな木の枝がせり出して陽の光を遮っていたので、昼間だというのに薄暗くて深い森の中に迷い込んだかのようだった。

そこは東京の真ん中にいながら都会の喧騒から切り離された、時間の感覚も自らの場所さえも忘れさせてしまうほどの別世界で、初音は夢の中を漂っているような錯覚に陥ったが、同時にどこか懐かしさも感じた。

いよいよ小さな門をくぐって「らんか」の中へと入って行くと、初音はそこに満ちている異様な空気感を全身で受け止めて緊張の度を高めた。

昼間だというのに、大の大人が眼光鋭く碁盤を睨みつけて、周りの物音も全く耳に入らぬほどの集中力で真剣に対局者だけの世界に没入していた。

こんなにピリピリとした緊迫感は久し振りで、前回の対抗戦の経験がなければ直ぐにでも逃げ出したくなるほどだったが、初音はそこに踏みとどまって、再びこの激しい闘いの世界に身を投じる覚悟を固めた。

井山が知り合いに初音を紹介しながら、井山同様六段の手合いで練習対局をしてくれそうな人を探していると、薄暗いサロンの中でサングラスをかけて顔全体を覆う白髪交じりの髭でダンディに決めている藤浦の姿が目に入ってきた。

久し振りに藤浦の姿を目にした井山は、絶好の練習対局の相手を見つけて喜んだが、肝心の藤浦はカウンターでしきりに麗子を食事に誘っている最中だった。

井山は藤浦のそばに初音を連れて行ったが、一通り口説きが終わるまで待つことにした。

初音はこの囲碁サロンの中に満ち溢れている自由でオープンな雰囲気に改めて感じ入っているようだった。

会社でも盛んに食事に誘ってくるおじさんがいるにはいるが、通常はもう少し控えめで周りの目を気にするものである。ところが、麗子が築きあげた自由空間たるこのサロンには、一種独特な奔放さで人間の欲望をストレートに表現することを許容する何物かがあった。

それは勝利に対するむき出しの貪欲さであったり、周囲の視線など気にかけない大胆な口説きの仕方などに顕著に見てとれた。

麗子は相変わらず思わせぶりな態度で、きっぱりと断って以後口説きづらい雰囲気を作ることなく、かといって簡単に誘いに応じるでもなく、巧みに男心を操りながら、最後の最後には致し方ない理由により今回もお断りというつものパターンを繰り返していた。

「藤浦さん、甥ごさんが直ぐ近くで打っているというのに随分と大胆ですよね。そのうち奥様の耳に入って、また大騒ぎになりますよ」

「大丈夫だよ。敬吾は囲碁にしか興味がないから、そういうことには疎いからね」

「そんなことないですよ。あれで結構大人の会話とかしっかり聞いていて、案外よく分かっているんですよ。こういう大人の世界に交じっていると子供は急にませてきますからね」

「それも敬吾にとっては良い社会勉強だよ。学校に通っていないから、囲碁以外の広い世界にももっと触れてほしいと思っているんだよ」

「女性を口説くことも社会勉強だって仰るんですか？　それは少し自分の行動を都合良く正当化し過ぎじゃないかしら。敬吾君が女性の魅力に目覚めて囲碁が疎かになったらどうなさるおつもりですか？」

「長い目で見たら、案外そのほうが強くなるかもしれないよ」

「まあ、なんて無責任な」

麗子は明るく笑うと、これで藤浦のあしらいは終了とばかりに、ワイングラスを片手に席を立って、そこでぼんやりと二人のやり取りを眺めていた井山と初音のほうに顔を向けた。

「あら井山さん、お友達ですか？　それとも彼女かしら？」

そんなことはあるはずがないという絶対的な自信を胸に秘めながらも、井山が動揺して激しく否定する様を期待して麗子はいたずらっぽく微笑んだ。

麗子の言葉を聞いて、井山も初音も即座に否定しようとしたが、それより速く藤浦が反応した。

「え、井山さん、彼女がいたの？　そりゃ酷いな。麗子さんと二股だったの？」

これにはさすがの井山も顔を赤らめて必死に否定した。

「藤浦さん、なんてことを言うんですか。こちらは会社の同僚の星野初音で彼女ではないですよ。それに麗子さんだってまだ彼女ではないです」

「まだ残念ながら、ということだね。もっと強くなって早くものにしなきゃ駄目だよ」

「そ、そうですよね。ですから藤浦さん、また練習対局をお願いします。私も星野も六段の手合いで打ってほしいんですよ」

井山が麗子を狙っていることを隠しもしないことに、初音は驚きを隠せなかったが、同時に少し寂しい思いもした。

一方の麗子は、初音が井山の同僚と知って興味を示した。

「初音さんは、今は六段くらいということですか？」

「いえ、本当は五段くらいなんですけど、もう少し強くなりたいと思っているんです」

勘の鋭い麗子は、直ぐに事情が呑み込めたようだった。

「初音さんも、ライバル商社との対抗戦に出るんですね」

するとと今度は、藤浦がその対抗戦の話に興味を示した。

「前回はお客さんとの対抗戦で、今度はライバル商社とかね。あんたんとこは随分と楽しそうでいいね。仕事っていったって、別に首を取られるわけじゃないから、それくらいの遊び心があってもいいよね」

「藤浦さんの人生は万事浮世離れのお気楽だから、こんな囲碁対決も洒落の一つくらいにしか感じてないんでしょうけど、私たちにとっては一大事なんですよ。確かに首は取られないかもしれないけど、負ければ会社をクビになるかもしれないし、そうなったらもう囲碁どころではないですからね」

これを聞いて冗談交じりの笑みが消えた麗子は、至って真剣な表情へと変わった。

「井山さん、それは本当ですか？　対抗戦というのは、そんなに重要な対局なんですか？」

「それはもう、うちの部の存亡が懸かった重要な一戦ですよ。下手をしたら部がなくなってしまうかもしれないですからね」

「それで埜口さんや星飼さんが参加するか気にされてたんですね」

「そうなんですよ。もしかしたらその二人は参加しないかもしれないので、そうなると私たち二人が六段になれば、グッと勝つ確率が上がりそうなんですよ」

「そういうことならよく分かったよ。それじゃあ二人とも徹底的に特訓するよ。六段と言わず、七段目指して頑張ってよ」

「藤浦さん、ありがとうございます。宜しくお願いします」

藤浦は井山と初音を相手に、二面打ちで指導してくれた。

井山も初音も六段の手合いで、藤浦に二子置かせてもらった。

藤浦は疲れた様子も見せずに二面打ちを三回繰り返して合計六局を打ち、そのことごとくに勝利を収めたうえに、局後に丁寧な検討もしてくれた。

「二人とも局を重ねるごとに確実に強くなっているね。特に三局目は途中までは凄く良かったけど、どうしても中盤で一手パスのような緩い手が出てしまうね。その辺の考え方をしっかり勉強して、最後まで緩まず打てるようになれば、かなりいい線いくと思うよ。あと一息というところかな」

藤浦に励まされて二人は大いに勇気づけられた。確かに井山自身も、徐々に強くなっている感触をつかみつつあった。

「これを継続することが大事だから、他の人とも積極的に六段の手合いで打ってもらったらいいよ。俺もこれからなるべくこちらに顔を出すから、毎日三局ずつ対局しようよ」

藤浦の温かい言葉に二人が感激していると、その様子を腕組みしながら眺めていた男が近づいてきた。

ライバル商社の埜口だった。

井山が気づいて顔を上げると、埜口が顔をニヤつかせながら目の前に立っていた。

「随分と熱が入ってますね、井山さん。お隣のレディは？」

「あ、埜口さん、お久し振りです。こちらは同僚の星野初音です」

「ほー。同僚の女性も井山さん同様、五、六段というところですか？　そうなると、もうどちらに転ぶか分からない好勝負が期待できそうですね」

埜口は単なる興味本位で全くの他人事という口振りだったが、それを聞いた井山は勢い込んで、思わず訊かずにはいられなかった。

「埜口さんは対抗戦には出ないんですか？」

「私ですか。そうですね。今のところ出る予定はないですね」

「どうしてですか？　上司の水野本部長から出るなと言われたからですか？」

井山のあまりにも明け透けな質問に、全く予想していなかった埜口は、それまでのニヤついた余裕の表情が一変して、不愉快そうな顔つきに変わった。

「こんな細かいことで、本部長ともあろう者がいちいち指示してくるわけがないでしょう。所詮、食品流通本部の問題なんだから、私には関係ないことですよ」

「でも土屋本部長は会社の囲碁仲間ですよね。それを見捨てても、やっぱり水野本部長への忖度のほうが大事ということですか？」

他人の会社の人事事情にズケズケと土足で踏み込んできて、うっとうしい奴だと思いながら、埜口は井山を睨みつけた。

「そんなことは忖度するまでもない話でね、井山さん。他の部署のゴタゴタに巻き込まれるのが面倒なだけですよ。おたくの会社でもそうでしょ。松澤さんは東大囲碁部で私の三つ上の先輩でよく知っているけど、昨日彼から連絡がありましてね。やっぱり彼も出ないと言ってましたよ。まあ、お互いにそうだよなって納得し合いましたけどね。私も彼とは打ちたくないですからね」

松澤とはお互いに部外者ということで、勝手に休戦協定を結んだということなのか？

そうすることで、暗黙のうちに上司に対しても、忖度をアピールできるという計算も働いているのだろう。

井山としては松澤の件は残念だが、少なくとも埜口が対抗戦に参加する意思がないことを、本人の口から直接確認できたことは収穫といえた。

藤浦から熱血指導を受けた井山が、初音を伴って次の対戦相手を探していると、丁度その時、高段者リーグ唯一の女性で、コンサルタントをやっている七段の村松真美子が入ってきたので、女性同士なら初音も気を遣わずにすむのではないかと考えた井山は、対局をお願いすることにした。

「村松さん、こちら会社の同僚の星野初音です」

「あら、井山さんが女性を連れて来るなんて珍しいわね」

「え、そうですか？」

「ええ。だって井山さんはいつも囲碁にしか興味がないように見えるから」

そう言うと、村松は大きな声で豪快に笑ったが、井山は彼女のそんな男前のところが気に入っていた。

「実を言うと今度ライバル商社と囲碁対抗戦を行うことになったので、練習対局をお願いしたいんですよ」

「あらそうなの。それは大変ね。ライバル商社というと、埜口さんのところかしら?」

「ええ、そうなんですよ。でも埜口さんは出ないそうです。相手の参加者を見ると、六段あればなんとか対抗できそうなので、星野は現在五段なんですけど、恐れ入りますが六段の手合いで鍛えてほしいんですよ」

するとそれを聞いた村松が、初音に興味を示した。

「ええいいわよ。でも女性で五、六段というのも珍しいわね」

初音はやや照れながらも、誇らしげに顔を上げた。

「はい。高校時代に囲碁部で主将をしていたんです。全国大会にも二回出たことがあります」

「あら、どちらの高校なの?」

「北海道です」

「北海道も囲碁が盛んなところですものね。私は東京の高校だけど、実は団体戦で全国優勝したことがあるのよ」

それを聞いた初音は、全国大会出場を自慢気に発言したことを激しく後悔すると同時に、村松を前にすっかり萎縮してしまった。

井山は井山で、全国優勝と聞いて、最近どこかで同じような話が出たことを思い出した。

そういえば、福田から聞いた話では、ライバル商社にも四十代の山本という一般職の女性がいて、高校時代に団体戦で全国優勝した経験があるとのことだった。年齢的には村松に近いので、井山はもしかしたら知り合いではないかと思った。

「実はライバル商社にも、高校時代に団体戦で全国優勝した山本さんという方がいると聞いたんですけど、ひょっとしたら、お知り合いですか？」

「ああ、真央ね。彼女とは同級生で、全国優勝した時の仲間よ」

井山は全くの偶然に驚いたが、この際だから、何か有効な情報が聞き出せないかと考えた。

「山本真央さんは、囲碁は村松さんと同じくらい強いんですか」

「最近は会ってないからよく分からないけど、高校の時は私が副将で真央が三将だったの」

ということは、同じ七段でも村松より劣ると考えてよさそうだ。

「あ、そうそう。すっかり忘れていたけど、その時主将を務めていたのは、白井公子といって、あの有名なプロ棋士の娘さんで、彼女が一番強かったのよ。彼女は真央と違って総合職を選択したんだけど、井山さんと同じ会社に勤めているのよ」

それを聞いて、井山は腰を抜かすほど驚いた。

髭ゴジラが四万人に上る人事データを入念に調べても見つからなかった囲碁強豪の情報が、全く予想もしていない方向から突然湧き出てきたので、井山にとってはまさに天の恵みといえた。

井山が髭ゴジラへの優越感に浸ってニヤついていると、村松が何気なく初音に声をかけた。

「星野さんは、一般職ですか？」

「はい、そうです」

「商社の一般職というのはどうなんですか？　真央からさんざん愚痴を聞かされているけど、随分とセクハラ、パワハラが酷いみたいね」

初音は一瞬戸惑いの表情を見せたが、直ぐに笑顔で答えた。

「いえ、私はそんなに嫌な思いをしたことはないです。人間関係も良好ですし、周りからも可愛がってもらってます」

するとと村松は溜息をついた。

「同僚の前で、あまりズケズケと本音も言えないかもしれないわね」

初音は困惑の表情で一瞬井山のほうに顔を向けたが、そのままの表情で村松に向き直った。

「いえ、本当にそんな嫌なことはないです。毎日楽しくやっているんですよ」

「あなたのように最初から仕事は男性の補助でいいって割り切っている女性のほうが、皆から可愛がられてうまくやっていけるのかもしれないわね」

村松の発言は、聞きようによっては初音に対する強烈な皮肉のようにも、あるいは一般職の仕事振りを侮辱しているようにも取れるもので、井山も初音も完全に言葉を失った。

そんな二人の戸惑いの様子を見て、村松は明るく取り繕った。

「あら、変な風に取ったらごめんなさいね。いつも真央から一般職の愚痴をいっぱい聞かされているものだから、皆そういう風に感じているのかと思っちゃったのよ」

村松は交互に二人の顔を見渡したが、険悪な雰囲気を払拭しようと思ったのか突然語り始めた。

「実を言うと私は大学を出て最初に銀行に入って、総合職になったんだけど、男女差別があまりにも酷いから、アホらしくなって三年で辞めちゃったのよ。実力的には同期の男性にも負けていないつもりだったけど、どうしても皆、色眼鏡で見るのよね。それにこちらは実力で認められたいと思っているのに、上司なんかは『女であることを最大の武器にして、接待攻勢をかけて預金を獲得してこい』なんて無神経なことを平気で言うのよ。信じられないでしょ。今だったら大問題になりそうだけど、当時はそんな発想は当たり前で、誰も問題発言だという認識がなかったのよ。それで私も耐えられなくなって辞めちゃったの」

初音は神妙な面持ちで頷いた。

「村松さんも銀行では苦労されたんですね。同じ総合職でも、女性には目に見えない差別、いわゆるグラス・シーリングがあるって聞いたことがあります」

「ガラスの天井どころか、鋼鉄の天井だったわ。だって誰の目にも明らかなんだから」

村松の怒気を帯びた言葉に、井山は思わず身をすくめたが、何を思ったのか、次の瞬間あっけらかんと言葉を返した。

「でもそれに比べると、白井さんのような女性総合職が辞めることなくバリバリと働いて活躍しているうちの会社は、案外捨てたもんじゃないですね」

相変わらずの、井山のこのノー天気振りに、村松はすっかり呆れてしまった。

「それはあなたが、公子がこれまでどれだけ苦労してきたか知らないから、そんな呑気なことを言っていられるのよ」

井山は叱られた子供のように、しょげ返った。

「彼女は我慢強いからあまり愚痴は言わないけど、でも物凄く我慢して耐え忍んでいることは伝わってくるわ。働く女性の地位向上のために、自分がこんなに嫌なことにも耐えて頑張っているというのに、一般職の女性の軟弱な姿勢がいつも男に誤解を与えることになって台無しだって嘆いていたわ」

初音は段々いたたまれない気持ちになってきた。女性の敵は男性である前に、まずは女性ということなのかもしれなかった。

個人的に初音に恨みがあるわけではないが、総合職として苦労した経験がある村松には、一般論として働く女性の立場を向上させたいという思いが人一倍強いようだった。全国大会で優勝を成し遂げた成功体験を持つこの三人組には、特にその思いを共有する同志としての絆が強いように感じられた。

それでも村松は、親切に初音との練習対局につき合ってくれた。

思わず不快な思いをさせられた初音には、なんとか見返してやりたいという気持ちが高まっていた。

初音にとって、怒りは力の源泉であった。

村松に囲碁で負けたくないという思いが強くなると、初音は自分でも驚くほど大胆な手を繰り出すようになり、相手の石を果敢に攻めにいった。

予想以上の初音の頑張りに村松も防戦一方になったが、それをなんとか凌ぐと、最後は地力の差が出て、僅かに村松が逃げ切った。

「初音さん、非常に厳しい手が随所に出て凄く良かったですよ。その調子で闘っていけば、きっともっと強くなりますよ。それからお仕事のほうも頑張ってくださいね」

初対面で少し言い過ぎたと思ったのか、村松も最後は初音に励ましのエールを送ってくれた。

翌日オフィスに顔を出した井山は、前日村松から聞いた白井のことをパンダ眼鏡と髭ゴジラに伝えた。

「我が社にも、まだそんな強い打ち手が埋もれていたのか。恐らく趣味欄に囲碁って書いてなかったから気づかなかったんだな。高校時代は主将だったということは、ライバル商社の三将より強いということだから、実に頼もしいじゃないですか。直ぐに人事部に確認してみます」

髭ゴジラはその場で直ぐに人事部の同期に電話をして、電話口で渋る相手を半ば脅迫するように恫喝すると、満足気に形ばかりの謝意を述べたが、先方の返答を聞いて、また途端に表情を曇らせた。

「どうだったのかね、榊君」

「今、人事部の同期に確認しようとしたんですが、彼も最初は渋っていたんですが……」

「もう、前置きはいいから。結論だけ教えてよ」

「はい。趣味欄には一応囲碁と書いてあったようですが、棋力が書いてなかったし、女性ということもあって、どうも漏れてしまったようです」

「今聞きたいのは、彼女が漏れてしまった君の言い訳じゃないんだよ。彼女は今どこにいるのかね？」

「はい、実はそれが問題でして。やはりＩＣＴ事業本部だそうです」

パンダ眼鏡は思わず頭を抱えこんだ。

「松澤部長と同じくＩＣＴ事業本部か」

「はい。でも彼女は現在、課長です」

「課長か。それなら松澤部長と違って、籾井本部長への忖度はあまりないかもしれないな。彼女が純粋に囲碁を愛していて、囲碁勝負で自分の会社が負けることを耐え難いと思ってくれたら、松澤部長より説得に応じる可能性は高いかもしれないな」

一縷の望みにすがる思いで、パンダ眼鏡は一人盛んに頷いた。

第四章

丸の内の大手商社オフィスで、食品流通本部長の土屋執行役員は、怒りに身体を震わせていた。

いかにも人の良さそうな丸みを帯びた童顔からは、とてもやり手の商社マンには見えないが、八万人もの社員を擁する大手商社でたった二十四人しかいない執行役員まで上ったのだから、実はなかなかのやり手であることは確かだった。

見た目ばかりでなく、土屋は商社マンには珍しく酒が飲めないし、ゴルフもやらないので、そういった意味では商社マンらしくないが、それでも昔ながらの泥臭い接待を得意としていた。

しかしそれだけではなく、外見からは想像もつかないバイタリティ溢れる行動力と創造性豊かな提案力こそが熾烈な出世競争を勝ち抜いてきた土屋の原動力といえた。

土屋の怒りの原因は複雑だった。

重要な取引先である大手外食チェーンの田中社長とは、囲碁接待を通じて良好な関係を築いていたが、その勢いに乗じて、新規仕入ルートの開拓を任され、その期待に見事に応えて海外事業者との安値大量仕入をまとめ上げたまでは良かったのだが、その成果として当然ライバル商社のシェアを大幅に奪い取れると思っていた矢先に、優柔不断な田中社長からこれを覆されてしまったのだ。

怒りの矛先は第一に田中社長に向けられた。

今回の大型商談は純粋にビジネスの話なのに、何故そこに囲碁対抗戦などという、ビジネスとは何の関係もないふざけた話が突然降って湧いたのか、土屋には全く理解できなかった。

理路整然とした理屈が通じない相手との交渉は、往々にして合理性を欠いたバナナの叩き売りのような押し問答に陥りがちだが、今回はその典型といえた。やる、やらないの不毛な水掛け論に終始した挙句に、ライバル商社との囲碁対決で決着をつけるなどというおよそ良識あるビジネス慣行から逸脱した愚策が飛び出してきた時は我が耳を疑ったが、最強メンバーを揃えれば負けるわけないとの慢心から、ついこの話を受けてしまったのだった。

冷静に思い返してみると、社内で釈明をするのも恥ずかしい最悪の選択をしてしまったとはらわたが煮えくり返る思いだった。

こうして怒りの第二は安易に囲碁対決の話に乗ってしまった自分自身に向けられた。

このような話は恰好のお笑いネタとして噂になりやすいものである。常務を目指すギリギリの闘いの中で、このような噂が不利に働かないわけがないので、たとえ対抗戦に勝ったとしても競争相手の「氷の女王」にどう悪用されるか知れたものではなかった。

それでも普段から共に切磋琢磨している囲碁仲間が協力してくれるならまだ気持ちも収まったが、どいつもこいつもあやふやな返事ばかりで対抗戦への参加を明確に表明しようとしないので、このままでは会社が誇る最強メンバーが集まるかどうか全く予断を許さない状況だった。

なんとも腰が定まらない、サラリーマン根性丸出しの囲碁仲間への怒りが第三であった。

そうなると直属の部下を引き連れて対抗戦に臨まなければならないが、七段の土屋以外は大抵五段、よくて六段あるかないかというレベルで、相手の棋力次第では必ずしも勝てる保証はなかった。

ただでさえ今回の囲碁対抗戦はスキャンダラスだというのに、もし負けるようなことになったら、土屋の商社マン人生はもう終わりである。

これまでは田中社長の仕入シェアを一気に引き上げ、その実績を引っ提げて晴れて常務へと昇格する姿を思い描いていたが、その目論見が脆くも崩れそうになってきたので土屋は焦りの色を濃くしていた。

土屋にはどうしても常務にならなければならない事情があった。

その個人的な特殊事情こそが、心の奥底に無意識のうちに溜まり、土屋を常に怒りの衝動へと駆り立ててきた根本原因だった。

それは妻だった。

美人で仕事もできる妻は、土屋にとっては自慢の伴侶であると同時に、ビジネスパーソンとして片時も弱みを見せることができない最大のライバルでもあった。

外資系の金融機関でバリバリのキャリアウーマンである妻とは、家計は独立採算なのでお互いの給料はよく知らないが、土屋より高給取りであることは間違いなかった。

しかも問題は収入の話だけに留まらなかった。

酒も強くてゴルフもシングルの妻が、土屋とは真逆の華麗なビジネススタイルであることが、大いに気に入らなかった。

妻のスタイルは、酒といってもハイボールや日本酒を振舞い料亭で芸者をあげてドンチャン騒ぎをする商社風ではなく、ミシュランの三つ星フレンチで高級ワインの蘊蓄を傾けるものだし、贔屓のゴルフ場は極めて限定的な会員の社交場というセレブ感溢れるもので、接待のことごとくが心憎いばかりに洗練されたものだった。

妻の仕事振りは自分が決して真似できないものだけに、ビジネスパーソンとしてははっきりと優劣をつけられているようで、土屋はいたたまれない気持ちだった。

そんな土屋にとって貴重なプライベートな時間といえば、それは家族と過ごすことではなく、妻がいない家で唯一の趣味である囲碁を楽しむことだった。

仕事に疲れて帰宅した後、妻が接待から帰ってくるまでの僅かな間、うどんをすすりながら囲碁番組を観ることが土屋にとってはこの上ない安らぎの時間だった。

またのどかな休日の昼下がり、妻がゴルフから帰ってくるまでの束の間、誰にも邪魔されずに囲碁番組に没頭できる平穏なひとときが極上の喜びとなっていた。

そんなささやかな土屋の愉しみも、妻が帰宅すればたちまち奪われるのが常だった。チャンネル権を握っている妻が、リビングに入ってくるなり挨拶もそこそこに、有無をいわせずゴルフ番組に切り替えてしまうので、土屋はそのことを苦々しく思いながらもいつも無言で耐えるしかなかった。

外資系金融機関と給料で張り合うことなど土台無理な話だとしても、せめて日本を代表する大手商社で常務まで昇進すれば、さすがに妻も少しは囲碁番組のチャンネル権を譲ってくれるのではないかと、土屋は密かに期待していた。

常務ともなれば全社で僅か十二人しかいない狭き門で、あとは上に社長と会長しかいないわけだし、それに何よりも一つの社内カンパニーを任されるのだから、結構な規模の会社の社長になることと変わらなかった。

そういった意味でも土屋は必死だった。


丸の内オフィスの自分の席で長い電話を終えた埜口は、目の前にいる星飼に顔を向けた。埜口の電話口での話し振りから、それが土屋からの囲碁の誘いであることは直ぐに分かったが、敢えて気づかない振りをしていた。

土屋に対して埜口の言葉遣いは丁寧だったが、あまりのしつこさに辟易していることは手に取るようによく分かった。

「それにしても土屋さんも粘るよな。これじゃあ営業妨害もいいとこだよ」

埜口は独り言のように声を上げたが、星飼に語り掛けていることは明らかだった。

マイペースでクールな星飼はそのことがよく分かっていたが、埜口を無視して、ただ黙々と自分の仕事に取り組んでいた。

星飼が気づいて自分に話しかけてくれれば、それをきっかけに相談をしたいと思っていた埜口は、なかなか思い通りに反応してくれないので段々苛ついてきたが、最後は仕方なく自分のほうから声をかけた。

「おい星飼。お前のところにも土屋さんから囲碁対抗戦のお誘いが来ただろ」

仕事を中断された星飼は面倒くさそうに答えた。

「はい、来ましたよ」

「それでお前、なんて答えたんだ」

「今は忙しいから出られませんと答えました。でも土屋本部長しつこくて、毎日のように説得してくるんで疲れますよ」

埜口は思わずニヤッと笑った。

「お前にもそんなにしつこいのか。それにしてもお前は社内ポリティクスには興味なさそうなのに、やっぱり水野本部長への忖度は忘れてないんだな。お前くらいの年だと本部長と直接話をすることもないから、そこまで気を遣うこともないのにな」

「私は別に水野本部長に忖度しているわけではないですよ。本当に忙しいし、はっきり言って他の部署の問題は関係ないですからね」

「おお、相変わらずクールだねえ」

「でもどこかでライバル会社になんか負けたくないと思ったら、出るかもしれないですけどね」

「クールでニヒルなお前に、そんな愛社精神なんてあるのかね」

「愛社精神というよりは、囲碁愛ですかね。なんであれ囲碁で負けることは私にとっては耐え難い屈辱なので、そういう気持ちが高まれば出るかもしれないですよ」

「本当か？　なんだか嘘っぽい話だな」

「嘘じゃないですよ。水野本部長への忖度なんて私とは無縁の話ですからね。私が出ても直接お咎めはないでしょうけど、そうなったら寧ろ埜口部長がお叱りを受けるかもしれないですね」

　これは面白いことを思いついたといわんばかりの表情で、星飼は薄笑いを浮かべた。

「なんだ、お前。俺を脅す気か」

「脅す気はないけど、埜口部長も一流の打ち手として、うちがライバル会社に囲碁で負けるなんて屈辱だと思いませんか。我々が出れば勝てるのに、そうせずに相手を喜ばせてもいいんですか」

「俺たちが出なくてもうちが勝つよ。大学の三つ上の先輩がライバル会社にいるんだけど、彼が出てきたら厄介だと思っていたけど、彼ははっきりと出ないと言ってたからね。あちらにはあちらの事情があって、どこも似たような大人の事情ってやつかな」

　埜口は愉快そうに笑った。

「彼の話だとあと社内には大した実力の者はいないそうだから、土屋本部長の取り巻き連中だけでなんとかなると思うよ」

「そうですかね。あまり相手を甘く見ないほうがいいと思いますよ。井山さんは随分と強くなってますよ」

「あの『らんか』に来てる奴か」

「ええ。最近何回か練習碁を打ったけど、打つたびに強くなってますよ。残り一か月でどこまで強くなるか楽しみですね。それと一般職の女性もなかなか良い碁を打ちますよ。うかうかしてたら山本さんも敵わなくなるかもしれないですよ」

「まさか！　山本は七段だけど星野さんはまだ五段だろ」

「まあ、そうですけど、山本さんの碁はムラがあって対局中に心が揺れますからね。星野さんは、今は五段だけど、井山さん同様日々強くなっているから、対抗戦までに強い六段くらいになっている可能性はありますよ。そうなるといざとなったらどう転ぶか分かりませんよ」

星飼は他人事のように楽しそうに予想した。

星飼はともかく囲碁が好きで、囲碁に夢中になってその結果強くなる人も大好きだといわんばかりだった。

「ところで、山本は出るのかな?」

「私にはどうでもいい話だから訊いてないけど、水野本部長への忖度で出ないんじゃないですか」

二人は顔を見合わせて頷いた。

丸の内のオフィスで一般職の山本は囲碁対抗戦に出るか悩んでいた。

土屋本部長から囲碁対抗戦への参加依頼の連絡が来た時は、素直に喜んだが、山本は山本なりの悩みを抱えていたので、参加するかどうかの判断は、山本にとっては他人が思うほどそう簡単ではなかった。

実はこれまでの山本の人生は、コンプレックスとの闘いの連続だと言っても過言ではなかった。

高校時代に囲碁団体戦で全国優勝を果たしたが、それは七段だった主将の白井と副将の村松の二人が負けなかったからで、実は五段の実力もなかった三将の山本は負け続けだったのだ。

その事実を山本は一時も忘れたことはなかった。

高校を卒業した後も、山本は囲碁で負ける夢をよく見た。負けても負けても最後は優勝というハッピーエンドの悪夢だった。

全国優勝の肩書は、山本にとっては寧ろ重い十字架となった。

幼少の頃に囲碁と出会ってすっかりその魅力にとり憑かれた山本は、「左右同型中央に手あり」という格言に初めて触れた時に、漢字でもローマ字でも左右対称の山本真央という名前は、囲碁をやることを運命づけられているのだと強く感じた。

そんな自分が誰よりも強くなるのは当たり前だと無邪気に信じて疑わなかったのだが、同じ高校で遥かに強い打ち手と出会ってショックを受けたのだった。

白井も村松も囲碁を通じて心通わせる良き仲間ではあったが、同時に山本にとっては永遠に越えられぬライバルでもあった。山本はそんな二人に密かに激しい嫉妬を覚えたが、友情に厚い二人が山本のそんな気持ちに気づくことはついぞなかった。

白井と村松が優しく接してくれればくれるほど、山本の心は傷つき、ますますコンプレックスを増大させていった。

山本にとって二人は、共に戦う一番の親友であると同時に、一向に自分のことを理解してくれない一番身近な異邦人でもあった。

就職も二人は総合職だったが、山本だけ一般職だった。

一般職の仕事に甘んじて男性に媚びる同僚が許せず、なんとか二人に追い着きたいと気張ってはみたものの、総合職と同じ目線で仕事に取り組もうと思えば思うほど、山本のほうが空回りして孤立してしまうだけだった。

そもそも会社組織そのものが硬直的で、入社時の序列を覆す仕組みなどなかったし、そんな面倒なことを考える人もいなかった。

一般職は永遠に一般職で、それ以上期待する者は誰もいないし、それ以上のものを求めてはいけないのだ。

そんな虚しい思いに苛まれた山本にとって、最大のアピールの機会は囲碁しかなかった。

「なんだかんだいっても、自分にはもうこれしかないのだ。なんといっても名前が山本真央で囲碁をやることを運命づけられているのだから」

開き直った山本は、囲碁に命を懸ける決意を固め、その後どれほど努力を重ねたか知れなかった。そして到達した七段の高み。

二十年かかったけど、ようやくあの二人に追い着けた気がした。

囲碁を自己表現の手段に選んで真剣に取り組んできた山本には、婚活に時間を割く余裕などなかったので、四十代に入って結婚がますます遠のいても全く後悔することはなかった。

山本はよく「左右同型の名前が結婚で崩れるのが嫌なの」と口にした。結婚しない口実としてこれほど都合の良いものはなかったが、同時にある程度本音でもあった。

土屋から誘いを受けた当初は、山本も囲碁で評価されていることを素直に喜んだが、結果次第では土屋と水野の常務昇格争いに影響が出るかもしれないことを知って心が揺れた。

これまで命を懸けてきた囲碁で頼りにされているのだから仲間を助けるのは当然と思う一方で、男社会で苦労しながらようやく役員まで上り詰めた尊敬する水野には、是非とも女性初の常務になってほしい気持ちも強かった。

迷う山本の心の内を見透かした土屋は、山本の攻めどころもよく心得ていた。

土屋は自分が常務になれば、一般職から総合職への職制転換制度を新設して山本を総合職にすると言って、懐柔に努めた。

山本は動揺した。

職場にあっては常に孤立無援で、理解者は一人もいなかったし、悩みを相談する相手もいなかった。

山本は迷ったまま、明確な返事をすることができずに悩み続けた。

山本の様子を見て、あと一押しで落とせると踏んだ土屋は、八段の奈尾を説得するために急遽中東へと飛ぶことにした。

奈尾は土屋と事業分野が離れている分、却ってつき合いやすく、囲碁会にも盛んに参加して可愛がられていた。そういった意味で、土屋の奈尾との距離感には、埜口や星飼とは少し違うものがあった。はるばる中東まで出かけて行って直接窮状を訴えれば、奈尾なら必ず協力してくれるに違いないという信頼感があった。また幸運なことに奈尾の上司は土屋と大変親しい友人だったので、会社にとって負けられない大勝負だと訴えれば、上司の理解も得ることができると読んでいた。

土屋はなりふり構わず根回しを続け、とにかく必死だった。


一方大手町では、ＩＣＴ事業本部にパンダ眼鏡が乗り込んで行って、松澤と白井の説得にかかっていた。

丸の内の土屋同様、パンダ眼鏡も必死だったが、二人とも簡単に承諾しそうもなかった。

松澤は立場が立場だけに、明らかにＩＣＴ事業本部長である籾井常務の顔色を窺っていたが、白井は少々事情が違っていた。

高校時代に主将として団体戦で全国優勝を成し遂げたことは、白井の囲碁人生において最も輝やかしい実績となったが、白井の生来の夢は実はプロ棋士になることだった。

小さい頃からプロ棋士である父親から半ば強制的に囲碁を教わって打ち続けてきた白井は、本心では囲碁が嫌で仕方なかった。

反発心から囲碁の勉強が疎かになった時期もあったが、高校の時に囲碁部で打つようになって、白井はようやく囲碁の本当の楽しさに目覚めた。

しかし目覚めるのが少し遅かった。

高校の団体戦で全国優勝した七段と、プロを目指す院生の間に横たわる溝が、とてつもなく大きいことを、白井は誰よりもよく分かっていた。

その溝をいつかは飛び越えたいと思いつつも、結局はその溝を果敢に飛び越える勇気が持てぬまま、結局プロになる夢を諦めざるを得なくなった自分を、白井は不甲斐なく思っていた。

そして同時に、誰にも言うことはなかったが、親にも申し訳ないことをしたという後ろめたい気持ちが、心の内にこびりついていた。

何故あの時、もうひと踏ん張りできなかったのだろうか？

表向きはなに不自由なく人も羨むような人生を明るく歩んできたように見えるが、白井の心の奥底には、囲碁に対する悔恨の念が積もっていた。

そのため白井は、就職してからは囲碁を打つこともなくなった。囲碁に対する複雑な想いを忘れるためにも、囲碁と関わることはもう止めにして、永遠に自分の胸の内にしまい込んでおくことにした。

囲碁をきっぱりと止めたので、白井が職場で囲碁を武器にすることは一切なかった。白井は職場では純粋に仕事の実力で勝負したいと思ったのだ。

そういった意味で白井は、囲碁を武器に自己表現を試みた山本とは真逆の選択をしたことになる。ところが白井も女性総合職として男性に負けまいと頑張ってみたが、見えないところで男女差別の壁にぶち当たり、何度も挫けそうになった。

それでも白井は、今度こそ絶対に妥協しないと誓って、歯を食いしばって耐えた。そうすることが、父親に対する罪滅ぼしだと思えたのだ。

こうして女性初のハーバード大学留学の栄誉に浴することとなった白井は、喜ぶ父親の姿を見てようやく重い荷物を降ろすことができた。

パンダ眼鏡が囲碁の誘いに訪れた時に、白井の頭に真っ先に浮かんだのは、何故この人は自分が囲碁を打つことを知っているのかという、単純な疑問だったが、いずれにせよ、白井はすでに囲碁を断っていたので打つ気は全くなかった。

二人の頑なな反応を見てパンダ眼鏡は落胆したが、ライバル商社の土屋同様、パンダ眼鏡も粘り強かった。

こうなれば二人の上司である籾井常務を動かすしかないが、そのためには誰かが彼を説得に行く必要があった。

上司である食料本部のラーメン本部長こと小池常務に頼んでも、死んでも動かないだろうから、パンダ眼鏡はもっと上から籾井常務にプレッシャーをかけるしかないと考えた。

常に全社的視点で物事を判断する立場にある社長なら、各事業部の事情に関係なく、両事業部が協力して対抗戦に勝ってくれればそれで良いと考えるはずである。

そこでパンダ眼鏡は、籾井常務にプレッシャーをかけるように、社長に働きかけてほしいと、小池常務に頼んでみたが、それさえも小池常務の返事はノーだった。小池常務としては、社長まで巻き込んだ大事にしたくなかったのだ。それにここで籾井常務に借りを作ったら、たとえ対抗戦で勝利しても籾井常務の手柄となってしまうことを恐れた。

つまりどちらに転んでも、小池常務にとっては昇格レースで不利になるということなのだ。

まさかの小池常務の拒絶にパンダ眼鏡は絶望しか感じなかった。

相変わらず自らの保身のことしか考えていないラーメン本部長にすっかり愛想を尽かしたパンダ眼鏡は、仕方なく腹をくくって自分でリスクを取ることにした。

パンダ眼鏡は再度、松澤を訪ねて行くと、今度は脅かすように、極めて単刀直入に松澤に翻意を迫った。

「松澤部長、もういい加減に上司の顔色ばかり見て、忖度するのは止めてくださいよ」

それまでの懇願調から一転して、急に開き直ってストレートな物言いをしてくるパンダ眼鏡に対して、松澤は色をなして反論した。

「あなたね、何を失礼なことを言うんですか。私は別に上司に忖度しているわけじゃないですよ」

「そうなんですか。それじゃあ今回の対抗戦に出ないというのは、あなたの判断で、籾井常務の指示ではないということですね」

「勿論ですよ。こんな囲碁対抗戦の話までいちいち常務に相談するわけがないでしょう」

そう言ってすっとぼける松澤に、パンダ眼鏡は凄んでみせた。

「まだよくご理解いただけてないようですが、今回の件は、ＩＣＴ事業本部とか食料本部とかそれぞれの事業本部の事情に関係なく、巨額の売上が吹っ飛ぶかどうかという、全社的に極めて重要な問題なので、もしどうしてもご協力いただけないというなら、社長から直接籾井常務に本件協力するようにと、指示がいくことになると思いますよ」

パンダ眼鏡の脅しが効いて、恐れをなした松澤は直ぐに籾井のところに相談に行った。

籾井は社長まで巻き込んだ大きな話になると、協力しないこちらが悪者にされることを恐れた。それに社長も巻き込んだ全社的な問題に発展した後に助っ人を出したのに負けたりしたら、責任問題に巻き込まれてしまうリスクもあった。

そこで籾井は社長を巻き込んだ大問題に発展する前に密かに助っ人を出すことにして、穏便にことを済ませることにした。そうすれば小池に恩を売ることにもなるとの計算も働いていた。

こうして図らずも、社内で表沙汰にしたくないという小池と籾井両常務の思惑が一致して、松澤と白井に対抗戦に出るようにとの厳命が下された。

理由はそれぞれ違ったが、対抗戦に出ることを拒み続けていた松澤も白井もこれで表向きは対抗戦に出られるようになった。

特に松澤は籾井に気を遣って参加を拒否していただけに、その籾井から出るようにと言われたのだから、これで誰に気兼ねすることなく大手を振って出られるようになったわけである。

そうなると松澤は、逆に出るからには負けたくないという気持ちが高まってきた。松澤も一流の打ち手として、囲碁勝負で負けることには抵抗感があった。

なんだかんだと社内事情に振り回されたが、実際のところ囲碁に対する熱い思いは大手町も丸の内も変わりはなかった。

皆、囲碁が大好きだし、囲碁で負けることは耐え難い屈辱なのだ。

それでも松澤と違って、白井の心情はもう少し複雑だった。

たとえ上司の命令であっても、これまでの自分の信念に忠実であるなら打ちたくないと思った。

そもそも仕事に自分の囲碁力を利用することが嫌で今まで断ってきたというのに、多額の商談を左右する大勝負にいきなり引きずりだされることに大きな抵抗感があった。

対抗戦への参加を断ろうと思いつつも、本当にそれでよいのかと自問自答して、白井は迷い続けた。

大手町の松澤からやっぱり対抗戦に参加することになったとの報を受けて、丸の内の埜口は激しく動揺した。

おまけに七段の女性も加わることになったと聞いて、ここまで他人事と割り切ってなるべく関わらないようにしてきた埜口も、このままではこちらが負けてしまうのではないかと真剣に危惧するようになった。

埜口にとっては、自分の会社が囲碁で負けることはやはり屈辱だったが、冷静な星飼ならどう判断するのか訊いてみたいと思った。

「先輩の松澤さんから連絡があって、オール大手町として見逃せないということで彼も参加することになったそうだよ」

埜口の話を聞いて驚いた星飼は、思わず悪態をついた。

「今まで出ないと言っていたのに急に参加だなんて松澤さんも酷いですね。それじゃあ全然話が違うじゃないですか。最初からこちらを油断させる作戦だったんじゃないんですか」

「いやいや、松澤さんはそんな駆け引きをするタイプじゃないし、今の段階で教えてくれたんだから全然騙す気なんかなかったと思うよ。上司から突然出ろって言われたんだってさ」

「うちと似た状況で、直属の上司は食料本部が負ければ良いって思っているんじゃないんですか？」

「もっと上が絡んで、全社的な問題になってきたようだな。それで七段の女性も参加することになったそうだよ」

「他にもそんな強い人がいたんですか？　松澤さんは他にはもう強い人はいないって言ってたじゃないですか」

「それも意外だったって」

「松澤さんは本当に知らなかったのかな？　やはり最初から我々を騙すつもりだったんじゃないんですか」

「でかい会社だから、本当に知らなかったんだと思うよ」

するとそれまで興味なさそうに構えていた星飼が、一転して両社の戦力分析を始めた。

「土屋本部長が中東に飛んで奈尾さんを説得に行ったそうですが、奈尾さんは義理堅いから日帰りでも参加する可能性が高いですね。するとうちは七段の土屋さん、八段の奈尾さん、それに七段の山本さんが五分五分で、あとは五段から六段ですか。対する大手町は八段の松澤さん、七段の女性、それに井山さんと星野さんですね。彼等は対抗戦までに七段くらいになっている可能性が高いから勝負はどちらに転んでもおかしくない状況になってきましたね」

「なんだお前、えらく楽しそうじゃないか。囲碁の話になると、急に熱くなるな」

「そりゃそうですよ。だってこのままじゃ下手したらうちは負けてしまいますよ。埜口部長、うちももう忖度だの気遣いだのと言ってないで、オール丸の内で真剣に勝ちに行ったほうが良いんじゃないですかね」

「おい、おい、ちょっと待ってくれよ。お前はまだ若いからそんな気楽なことを言ってられるけど、俺の立場も考えてくれよ。こんなおふざけの囲碁対局より社内の気配りのほうがよっぽど重要だからな。特に今後の人事のことを考えると今は大事な時期なんでね」

「埜口部長、囲碁におふざけの対局なんてないですよ。打つ時はいつだって真剣ですからね。それに今回の対抗戦は巨額の商談が絡んだ重要な勝負じゃないですか。私は正直言って、この勝負でうちが負けることは耐えられないですよ」

若い星飼に真っすぐな感情をぶつけられて埜口は焦った。

星飼にはまだ青臭いところがあり、そこが以前から懸念材料と感じていたが、よりによって埜口にとって今後の人事に関わる極めて重要な局面でその悪癖が顔を出したことを、埜口は苦々しく感じた。

しかし埜口も星飼が頑固なことはよく知っているので、参加を止めさせることは難しいと感じた。

「最後は個人の選択だからお前の冷静な判断を期待しているけど、最後の最後まで俺が強く反対したことだけは忘れないでおけよ」

まるで後々責任問題が持ち上がった時のアリバイ作りでもするかのように、埜口は念押しした。

対抗戦に出るのかそれとも出ないのか、散々悩んでいた大手町の白井は久し振りにライバル商社に行った高校時代の囲碁仲間である山本に電話をかけてみることにした。

山本が対抗戦に出るのか気になったこともあるが、それ以上に何故か山本なら白井の悩みに的確な答えを与えてくれそうな気がしたのだった。

「真央、久し振り。元気だった？」

「え、公子？　一体どうしたの？」

山本はコンプレックスからどこか気後れして、自分のほうから白井に連絡することはなかったし、白井も山本のことはついつい忘れがちで、連絡することは稀だったので、山本は白井からの突然の電話に驚いた。

それでも山本は、その電話が対抗戦の件だと直ぐに察した。

散々悩んだ末に電話をかけた白井は勢い込んでいきなり本題に入った。

「ねえ、真央、うちとおたくの会社で囲碁対抗戦をやることになったそうなんだけど、何か聞いてる?」

「ええ、私は囲碁部に入っているから一応声がかかったわ」

「それで、真央は出るの?」

「まだ迷ってるから、分からないわ。公子は?」

「私は断ったんだけど、上から出ろって言われて、どうしたら良いか分からなくて悩んでいるの」

山本は、上から出るようにと指示された白井を羨ましいと思った。

自分は参加を渇望しているというのに、会社の中に転がっている人間関係やら気遣いといった、囲碁とは無関係な厄介な問題に翻弄されて、決断できずにいたからだ。

自分の生きる道はこれしかないと思って、必死に頑張って強くなったというのに、肝心な時にその闘いに参加できないもどかしさに山本は苛まれていた。

「公子、なんで悩むのよ。上が出ろと言うなら悩む必要なんてないじゃない。大手を振って出れば良いのよ」

「それがそう単純な話じゃないのよ」

「どう単純じゃないというの？　どうせ会社内のくだらない気配りだとか忖度の問題でしょ。でも上司が出ろと言うなら、誰に気兼ねすることもなく出れば良いじゃない」

「そんな単純な問題だったら私だって悩んだりしないわよ。あなたのような一般職はせいぜいその程度のことがお悩みなんで羨ましいわ。私の気持ちなんか、しょせん真央には分からないのよ」

白井のこの言い方は、さすがの山本も聞き捨てならなかった。

「何よ、その言い方。自分一人だけ悩んで辛そうにするのは止めてくれる。私なんて、あなたや真美子が想像できないくらい悩んで、辛い思いをしてきたんだから」

山本は図らずも、積年の思いの丈をぶつけたが、それは逆に白井にとっては大きな衝撃だった。

「あなたたちが羨ましかったわ。全国大会優勝といっても、私なんか負け続けだったんだから。あなたはそのことをよく知っているくせに、いつも気づいてない振りをしていたわ。でも私はそのことを一時だって忘れたことがないのよ」

「真央……」

「あなたたちのように囲碁が強くなりたかった。本当に嫉妬するほど強かったわ。それに二人とも総合職で羨ましかった。何もかも持っているくせに、悩むなんて贅沢よ」

山本の言葉に白井は愕然としたが、同時にこの時になって、何故自分が山本に相談しようと思ったか理解できた。

白井は山本のこの率直な言葉を待っていたのだ。

「ちょっと待って真央。私はね、小さい頃から私なりの悩みを抱えてコンプレックスと闘いながら生きてきたの。それはあなたから見れば贅沢な悩みかもしれないけど、親の期待に応えられなくてプロになれなかったことが、ずっとトラウマだったの」

初めて聞く白井の告白に、山本は思わず息を呑んだ。

「だから私はもう囲碁で勝負することは止めて、仕事で頑張っていこうって決めたの。それでそれ以来、囲碁は断つことにしたのよ。本当は囲碁が大好きなんだけど、もうこれを武器に勝負するのは止めようって思ったの」

「でもね、公子。仕事で闘ってきて、あなたそれで満足したことってあるの？　いくら総合職だからといっても女性というだけで差別されたりしなかった？」

白井には大いに心当たりのあることだった。

接待でもセクハラまがいの言動に耐え難いものがあったが、文句を言えば、これだから女は使えないとレッテルを貼られるのがおちだった。

「公子、あなたはあんなに囲碁が強いのに止めたりしたら勿体ないよ。プロになるという夢は大き過ぎて手が届かなかったかもしれないけど、会社の対抗戦なら十分活躍できるじゃない。ただでさえ女は不利なんだから、自分が使える武器は何でも利用したほうがいいよ。私はずっとそう思って頑張ってきた。だから今でも囲碁では誰にも負けたくないと思っているの。勿論、あなたにもよ」

山本の言葉を、白井は目から鱗が落ちる思いで聞いていた。

自分はなんでそんなに恰好つけて、こだわっていたんだろう。

男社会の中で揉まれるうちに、山本がいつの間にか野性味を増してたくましくなったと感じた。

「それにね、公子。何より私、囲碁が大好きだから」

「分かったわ、真央。ありがとう。上司に断ろうかと思ったけど、私は出ることにするわ。それと私もあなたを見習って、もう少しワイルドになるように頑張るわ」

それを聞いて山本は思わず苦笑したが、白井はようやく長年抱えていたわだかまりを吹っ切るきっかけを得て、山本に感謝した。

山本は、白井が出るなら自分も出たいと思った。

白井と真剣勝負を闘い、今度こそ何をやっても敵わなかった憧れの主将を破って自分の中で決着をつけたかった。

そうなれば長年にわたって歩んできた自分の生き様が、正しかったと証明されることになるだろう。


大手町では松澤と白井が加わってようやく対抗戦に向けた陣容が整ったので、参加メンバーで強化トレーニングを行うことにした。就業時間が終わってから、パンダ眼鏡や髭ゴジラも加わって碁盤のある会議室で練習対局を行うことになった。

松澤は元学生本因坊だけあって、埜口や星飼と同レベルといえたが、最近は仕事が忙しくてそれほど真剣に囲碁に取り組んでいたわけではないので、「らんか」のリーグ戦で毎日もまれてＡＩ流の勉強もしている井山から見ると定石や布石が少し古いと感じた。

これでは埜口や星飼と対局することになったら少々分が悪そうだが、幸いその二人が出てくることはなさそうなので、六段や七段の相手なら特に問題はなさそうだった。

白井もしばらく囲碁を打っていなかったので勘が鈍っているところもあったが、それでもさすがに若い頃に徹底的に鍛えた死活や手筋は衰えを感じさせなかった。

白井も松澤同様、最近はやりのＡＩ流の打ち方にはまだ慣れていないので、井山が教え役に回ることもあった。

それでも中盤以降の未知の世界に入ってからの闘いになると、松澤も白井も強かった。なんといっても読みが速いうえに形勢判断も正確なので、井山との地力の差は歴然としていた。

こうして松澤や白井が加わり、パンダ眼鏡や井山、初音と練習対局を重ねる中で、囲碁が好きな者同士の強い連帯感が生まれ、お互いに敬意を抱く雰囲気が自然に醸成されていった。

パンダ眼鏡も、今回の対抗戦に向けて強い相手と対局を重ねることで六段の実力へと近づいていた。

髭ゴジラも、対抗戦に出る予定はなかったが、一緒になって真剣に囲碁に取り組んできたので、いつの間にか三段の実力を身につけていた。

こうして髭ゴジラも加えた六人で、毎日練習に精を出すことで、まとまりのあるワンチームになっていき、上司への忖度から腰が引けていた松澤も、囲碁はもう打ちたくないと悩んでいた白井も、このメンバーでなんとしても勝ちたいという気持ちが次第に高まっていった。

第五章

七月七日のライバル商社との囲碁対抗戦に向けたこれまでの井山と初音の強化策は、神楽坂の囲碁サロン「らんか」で六段の手合いで練習碁を打つことと、八段の藤浦から熱血指導を受けることの二本柱であったが、ここにきて社内の助っ人としてＩＣＴ事業本部から加わった八段の松澤と七段の白井とも対局を重ねることになったので、実力者と濃厚な時間を共有することで二人はさらに実力を上げていった。

こうして井山と初音は就業時間が終わってから松澤や白井と練習対局を行うようになったので、「らんか」へはそれが終わってから行くようになった。

そして二人はそこで夜通し打ち続けて、もう起きていられないほど疲れてくると雑魚寝部屋で仮眠して、翌日の午前中もまたそこで打ち続け、適当な時間に一旦家に戻ってから、また就業時間が終わる頃に出社するという生活パターンにシフトしていた。

囲碁サロン「らんか」では、井山の当面のライバルである元政治家の細名とビジネススクール元学長の堀井が、井山より一足先に六段に昇格して憧れの高段者リーグに在籍していたが、二人の毎日の努力には凄まじいものがあったので、もう五段に降格する心配はなかったが、それでも実力者揃いの高段者リーグで連勝することもまた至難の業で、七段に昇格することも当面なさそうだった。

井山と初音はこの二人とは六段の手合い、つまり互先で練習碁を打っていたが、お互いに勝ったり負けたりの良い勝負が続いていた。

ところが六月も半ばを過ぎた頃になると、藤浦の熱血指導や松澤や白井との切磋琢磨の効果がジワジワと現れて、井山も初音もこの二人には容易に負けなくなっていた。

そこで今度は、藤浦の勧めもあって二人とも七段の手合いで打つことにした。

七段の手合いということは、藤浦を始めとした八段に対していよいよ定先である。

そうなると布石はもう完全に互先の感覚である。

井山は遂にここまで来たか、という思いで深い感慨に浸ると同時に、囲碁を打ち始めた頃のことを懐かしく思い出していた。

あの頃は四天王と呼ばれていた八段の猛者を、永遠に到達することが叶わぬ遥か彼方で眩く光る星のごとく眺めるだけだったが、彼等に対して遂に置石がないところまできたのである。

まだ一年も経たないうちにここまできたことは確かに驚異的なことかもしれないが、この一年足らずの間に井山がしてきたことを改めて振り返ってみると、もう何年も囲碁に向き合ってきたような気がした。井山はこの一年の間は、食べる時と寝る時以外は囲碁しかしてこなかったし、実際のところ、食べる時間や寝る時間も削れるだけ削ってきたのである。そのことを考えると井山の驚異的な上達も、ある程度納得できるものがあった。

こうして井山もいよいよ藤浦から定先で指導を受けることになったが、その矢先にちょっとした騒動が巻き起こって、井山は完全に出鼻を挫かれてしまった。

藤浦の若妻の由美がまた「らんか」に怒鳴り込んできたのである。

この日の由美は思い切り胸元が開いたイブニングドレスのような勝負服に身を包んでいたので、井山は思わず見惚れてしまって、由美が興奮して怒鳴り散らす言葉が全く頭に入ってこなかったが、どうやら藤浦が麗子を口説いていることが由美の耳に入ったようだった。

甥っ子の丸山少年がつい口を滑らせてしまったのか、あるいは子供らしい正義感からあからさまに言いつけたのか、そのいずれなのか判然としないが、いずれにせよ由美の剣幕は凄まじかったので、その場にいる者は誰もが縮み上がった。

その直後から藤浦はまたサロンに顔を出さなくなったので、折角いい形で上達を実感し始めていた井山は残念でならなかった。


丁度その頃、大詰めを迎えつつある「らんか」の高段者リーグでは、優勝を争う星飼と賜が相変わらず全勝を続けており、二人になんとか黒星をつけようと挑んでくる対戦者をことごとく返り討ちにしていた。

二人とも全勝を意識してお互いの対局を先延ばしにしていたので、このままいけばリーグ戦最終盤の六月末近くにこの二人の間で全勝優勝をかけた大一番が行われることはほぼ確実な情勢となっていた。

もし二人のうちのどちらかが全勝優勝を成し遂げたら、名人の資格を得る可能性は十分にあった。ようやく七段の手合いで練習碁を打つようになった井山にとっては、もしここで名人が誕生して麗子と「奥の院」に行くようなことになったら、これまでの努力が全て水泡に帰してしまう由々しき事態といえた。

折角ここまで努力に努力を重ねて、あともう一歩で手が届くところまできたというのに、僅かに時間が足りずに悔しい思いをすることになるのだろうか？

実を言うとこの時の井山の正式なリーグ戦での段位はまだ五段なので、二人の全勝を阻止するためにこの手合いで対局するという必殺の方法が残されていた。

八段の相手なら三子なので、藤浦にいよいよ七段と認められた井山が勝つ可能性は確かにあるかもしれないが、これまで自分の都合で六段の手合いで練習対局を頼んできた井山としては、親切につき合ってくれた人たち、とりわけ熱心に指導してくれた星飼に対して、いきなり五段の手合いで勝ちにいくことは完全に恩を仇で返す行為に映った。いくら全勝優勝を阻止するためとはいえ、さすがに井山にはそこまでやる気はなかった。そうなると井山としてもあとは他力本願で、誰かが二人の全勝を阻止してくれることを祈るしかなかった。

井山は高段者リーグの優勝の行方も気になったが、それ以前に目の前に迫るライバル商社との対抗戦に備えて、まずは自分の実力を上げることが最も重要な課題だと考えていた。

並みいる高段者相手に、井山はいよいよ七段の手合いで練習碁を打つようになったが、当然最初からそう簡単に勝てるわけはなかった。

それでも井山は毎日負けながら徐々に力をつけていった。


六月も半ばを過ぎて、会社から「らんか」に向かう途中で井山は久し振りにさゆりが籠る洞窟に寄ってみることにした。神楽坂の駅で初音と別れると、井山は一人で真っ暗な狭い路地裏を辿って置屋があった焼け跡へと向かった。

井山が焼け跡の近くまで歩いて行くと、近くの民家から漏れる微かな明かりに照らされて、若い男の姿が目に入ってきた。Tシャツにジーンズの痩身な姿から、井山にはそれが美容師の西山だと直ぐに分かった。落ち着きなく歩きまわる西山は、井山にはまだ気づいていなかったので、井山は素早く電信柱の陰に身を隠した。

井山は電信柱に寄りかかると、目を閉じて頭の中で詰碁の問題を解き始めた。隅の基本死活を思い描いて数問解いてから、電信柱の陰から覗いてみたが、西山はまだその辺をうろついていたので、井山は再び電信柱に身をもたれて目をつむって詰碁を続けた。

そんなことをしばらく続けているうちにいつの間にか西山の姿が見えなくなったので、井山は電信柱をなぞるように身体を回転させると音をたてずに壁伝いにゆっくりと歩を進めていった。

焼け跡の直ぐ近くで周りを見回して西山がいないことを確認すると、井山は敷地の奥まで入り込んで行って、秘密のふたを持ち上げて素早く身体を滑り込ませた。

井山は目を凝らしながらゆっくりと狭くて急な石段を降りて行ったが、そこは洞窟から漏れるろうそくの灯りが微かに届くだけでほとんど真っ暗闇に近かった。背筋に寒気を覚える不気味な妖気に引きずられるようにして井山が洞窟の中へと降り立つと、揺れるろうそくの灯の中で、さゆりと福田の二人が碁盤をはさんで対局している姿が目に入ってきた。

最初に井山に気がついたのはさゆりだった。

「あら、井山さんお元気ですか？　いつもありがとうございます」

井山はさゆりが以前より溌剌と明るくなったように感じたが、それに比べて福田がやつれてどこか元気がないことが気になった。

「福田さん、元気がないようですけどどうかされたんですか？」

「実は会社を休み過ぎたために、遂に解雇されてしまったんですよ」

「え、会社をクビになったんですか？」

福田は力なく頷いた。

「それもこれも全て私のせいなんです。福田さんにはこんなによくしてもらってきたのに、本当に申し訳ないことをしたと思っています」

福田は全てを犠牲にしてでもさゆりをここから救い出すつもりでいたので、ある程度の覚悟はしていただろうが、実際にクビになってみるとやはりショックは隠せないようだった。

「でもこれで、さゆりさんがここから出られるようになるまで、余計な心配をする必要がなくなったので、寧ろ清々しているんですよ」

福田は心配をかけまいと努めて明るく振舞った。

井山はなんとか福田を励ましたいと思ったが、それでもこの洞窟に満ちている薄気味悪い「気」のことが気になって、ここにあまり長くいたいと思わなかった。

「いつ来てもここは心がざわついて落ち着かないので、私はどうも苦手なんですよ。ところで例の亀裂はもう大丈夫なんですか？」

「今は毛布で塞いであるからもう大丈夫です。それに最近ではさゆりさんもそちらの奥のほうには行かなくなったので、少し安心しているんですよ」

「そうでしたか。それは良かったです。さゆりさんも大分良くなってきたようだから、そろそろここから出たらどうですか？」

井山がそう言うと、それを聞いたさゆりが真顔で井山に訴えかけた。

「私もそろそろそうしたいと思っているけど、まだ放火犯が捕まっていないので、心配でなかなかここから離れられないんです」

「でも、もうここには特に守るものはないんじゃないですか？」

何気ない井山の問いかけに、さゆりは猛然と反論した。

「ここを守ることに私もそれほどこだわっているわけではないんだけど、私としては放火犯をしっかりと見極めるまでは、なかなか踏ん切りがつかないんですよ」

さゆりの話し方も話す内容も実に明快で病的な感じはもう一切しなかったので、井山はさゆりの意識が相当しっかりしてきたことを嬉しく思った。たださゆりの「放火犯を見極める」という表現に引っ掛かりを感じた。

それはまた父親に会えるかもしれないという期待なのか、あるいは放火犯が父親でない確証を得たいという願望なのかよく分からないが、いずれにせよ、さゆりは漠とした思いに囚われているだけで、具体的に何を期待しているのか自分でもよく分かっていないのかもしれなかった。

放火犯の話題が出て西山のことを思い出した井山は、さゆりも大分平常心を取り戻してきたのでそろそろはっきりと伝えておこうと思った。

「さゆりさん、実は西山さんのことなんですけど…」

「はい、美容師の直樹君ですね」

「彼は今でもさゆりさんに会いたがっていて、毎日この辺をうろついているので十分注意してくださいね」

「何を注意するんですか?」

井山はさゆりが全く西山を警戒していないことに驚いた。あまりさゆりを刺激したくないとも思ったが、それでも井山は注意を促すことにした。

「何をって……、彼はもしかしたら、放火犯かもしれないですからね」

それを聞いたさゆりは、朗らかに笑うと井山の注意喚起を一蹴した。

「直樹君は一途なところがあるけど、決して人に害を及ぼすようなことをする方ではないですよ」

「え、でも」

「今度直樹君に会ったら、ここに来るように伝えてください」

井山は完全に言葉を失った。

さゆりの真っすぐな気持ちは尊重したいが、その結果彼女を傷つけるような事態だけは招きたくなかった。

井山は明確な返答を避けて曖昧に頷くと、そのまま洞窟を出て「らんか」へと向かった。

第六章

丸の内のオフィスで、埜口は中東出張から戻ってきた土屋本部長から呼び出しをくらった。

これまで埜口は対抗戦への参加をしつこく迫られても、上司の水野本部長への忖度からのらりくらりとかわしてきていたが、電話口の土屋の口調が予想以上に厳しいものだったので、さしもの埜口も土屋の元に急行せざるを得なかった。

「土屋本部長、中東に行かれてたそうですね。お疲れではないですか？」

「全然問題ないよ。奈尾君が対抗戦への参加を快諾してくれたから疲れも吹っ飛んだよ。わざわざ中東からこの一局のためだけに駆けつけてくれるっていうんだから、どこかの誰かさんと違って、彼は本当に義理堅くて良い男だよ」

埜口を睨みつけながら土屋が皮肉たっぷりにそう言うと、埜口はおどけてみせた。

「それは素晴らしいですね。これで我が社も安泰ですね」

「星飼君も山本君も参加すると連絡があったよ」

土屋はまた埜口を睨みつけた。

「それではますます盤石ですね。これでもう勝利は間違いないですね」

「それが星飼君の情報によると、向こうもなかなかの陣容のようでね。想像以上で驚いているんだよ」

「はー、そうなんですか」

梺口はとぼけたが、星飼に対して余計なことを言ってくれたと腹を立てていた。

「なんでも、君の三つ先輩の松澤部長が出てくるそうじゃないか」

土屋は梺口のサボタージュを責めるように問い詰めた。

「それに女ながらに七段という隠し玉もいるそうだね。そしてそこに加わる食料本部の三人も、皆、立派に六段はあるそうじゃないか」

「それでもうちには星飼と奈尾という八段が二人もいるし、土屋さんと山本も七段ですから楽勝じゃないですか」

「あと一人足りないんだよ」

「土屋さんのところにも六段の方がいるじゃないですか」

「あんなポンコツじゃ駄目なんだよ。そいつが負けて、組み合わせ次第で向こうの八段、七段にも負けるようなことになったら、うちは二勝三敗で敗れることになるからね」

「でも確率的にはうちのほうが断然有利ですよ。八段と七段が二人ずついるんですからね」

「そこを完璧にするためにどうしても君が必要なんだよ。君がいてくれれば最悪でも三勝二敗にもっていけるからね」

「そこまで心配しなくてもいいんじゃないですか」

煮え切らない埜口に業を煮やした土屋は、単刀直入に切り出した。

「お前、そんなに水野本部長が怖いのか？　え、どうなんだ。『氷の女王』が怖いんだろ」

いきなり虚を突かれて激しく動揺した埜口は、うろたえながらも必死に言い繕った。

「あの、いや、そ、そんな、全然そんなことないですよ」

するとうろたえる埜口に、土屋はさらに追い打ちをかけた。

「大体なんであんな無能な女が執行役員になったのか、俺には全く理解できないよ。『大手商社も女性役員を誕生させて男女平等に一生懸命取り組んでます』ってアピールしたいがための単なるアリバイ作りじゃねえか。そのために本来役員になるべき優秀な男が一人犠牲になったんだから、逆差別もいいとこだよ。こんなことは世間の目を誤魔化すための完全な欺瞞だよ」

そこで一呼吸おくと、土屋は鋭い眼光で埜口を睨みつけた。

「それが何を勘違いしたのかあの女、自分にしかできない役割を果たして会社の古い体質を改善したいとかほざきやがって、思い上がるのもいい加減にしろってんだよ。セクハラをなくすとか、接待の仕方を変えるとか、ふざけんじゃねえよ。営業なんてものはな、飲ませてなんぼ、抱かせてなんぼの世界なんだから、そんな綺麗ごとが通用するわけないんだよ。あんな女をのさばらせておいたら、うちの古き良き伝統が破壊されて、営業力もガタ落ちになるぞ。そんなことになったら完全にライバル会社においていかれるからな。だからうちの会社を守るためにも、絶対にあの女をこれ以上、上にいかせちゃ駄目なんだよ」

そこまで一気にまくしたてると、土屋は興奮冷めやらぬ険しい表情のまま肩で息をした。本音をぶちまけているうちに、それまで内にたまっていた怒りが心の深奥から溢れ出て、自分でも信じられないほど抑えが利かなくなっていた。

この時初めて、土屋は自分がどれだけ妻を憎んでいるのか思い知った。

埜口は土屋の言い分も理解できたが、下手に言質を与えると後々どういう形で跳ね返ってくるか分からないので、ただ黙って聞いていた。

「あの女にうんざりしている同志は他にも社内にいっぱいいるんだぞ。だからお前ももう少し賢くなって、ここで俺に協力しておいたほうが良いと思うぞ。そうすれば俺が常務に昇格したらこの恩を忘れずにちゃんとお前の面倒を見てやるから。水野の後釜で本部長になるというのも悪くないだろ」

埜口はゴクリと唾を呑んだ。

「アパレル流通本部長、埜口執行役員様だ。どうだ、いい響きじゃないか」

サラリーマンにとって最大の関心事である人事の話が突然飛び出したので、埜口は緊張のあまり完全にフリーズしてしまったが、この時心の中では対抗戦に参加する腹を固めていた。

丸の内では対抗戦に向けて埜口も含めた最強の陣容が整いつつあったまさにその頃、大手町では衝撃の出来事が起こっていた。

六月二十日の株主総会に合わせて行われる、いわゆる総会人事で、松澤と白井のアメリカへの異動が発表されたのである。

ライバル商社との七夕決戦まであと僅か二週間という直前の出来事で、関係者にとっては青天の霹靂以外の何ものでもなかった。

てんやわんやの大混乱に陥った食料本部に、これまで共に切磋琢磨してきた同志として今や固い絆で結ばれた松澤と白井も動揺を隠し切れない様子で駆けつけてきた。

「突然の異動で、私自身とても驚いているんですよ」

「事前に打診はなかったのかね?」

「ええ、今回は全くなかったですね。本当に突然言い渡されたので信じられないですよ。海外赴任の時は通常はもっと前に本人に伝えるものですけど、今回は異常ですよ」

これで籾井常務が社長まで話をもっていくことを避けた理由がはっきりした。社長も巻き込んだ大事にせずに水面下でこの話を進めておいて、直前になって二人を海外に飛ばすとその時から決めていたに違いなかった。

「突然の発令なんだから、実際にアメリカに行くのを七月七日以降にずらすことはできないのかね」

「私もそれを考えていたんですよ。実は籾井常務からは、現在アメリカで進行中のトラブル案件へのてこ入れが待ったなしなので、一刻も早く飛んでほしいと言われたんですけど、いくらなんでも海外赴任にはそれなりの準備期間が必要ですからね。今、人事部といつ頃アメリカに行くかで調整しているところです」

それを聞いたパンダ眼鏡は、一縷の望みにすがる思いで声を絞り出した。

「なんとしても七月七日以降になるように頑張ってくれたまえ。海外赴任ともなれば一か月くらいの猶予が与えられるのが普通だから、二週間くらい時間をかけても全然不思議ではないからね」

「そうですよね。そのように掛け合ってみます」

松澤は同志たるパンダ眼鏡に力強くそう宣言したが、果たして籾井常務から厳しいプレッシャーを受ける中で、白井はともかく、少なくとも松澤が本当にそれを跳ね除けるだけの根性を見せてくれるのか定かではなかった。

松澤と白井が対抗戦の日まで日本に残ってくれることを祈りつつも、万が一出られなくなった時のことも考慮して、急遽バックアップメンバーを探す必要が出てきた。

こうしてパンダ眼鏡と髭ゴジラはまた囲碁人材を求めて社内を駆け回ることになった。


松澤と白井の二人は約束通りアメリカへ赴任する時期を七月七日以降にずらすべく必死に人事部に掛け合ってくれた。すると人事部も理解を示してくれて赴任日は七月の中頃と決まった。

その連絡を受けたパンダ眼鏡は電話口で小躍りして喜んだ。

ところがそんな喜びも束の間、籾井常務から、正式な赴任前にプロジェクトがどうなっているのか至急現地に飛んで調査し、七月八日までに報告するようにとの厳しい指令が飛んできたので、七月に入って直ぐに松澤と白井の二人は短期出張という形でアメリカに行くことになった。

その連絡を松澤から受けたパンダ眼鏡は、今度は一転、奈落の底へと突き落とされてしまった。

またまた天国から地獄へと一転して、これで万事休すである。

囲碁を打てる者は現時点で、パンダ眼鏡、井山、初音に髭ゴジラを加えても四名しかいなかったので、これでまた振り出しに戻ったことになる。

残り二週間で社内で囲碁が強い人を探し出せるか分からないが、この期に及んでそう贅沢も言っていられないので、こうなればともかく囲碁が打てる人間を至急揃えるしかなかった。

「こうなったら俺の同期の竹内部長と石垣部長に個人的に頼むしかないな」

パンダ眼鏡は元気なくうなだれた。

「自称五段の方ですよね」

「ああ、でもあくまでも自称だからね。実際は二段か三段くらいだと思うんだよね」

「それでも本当に出てくれますかね？　最後はビビッて断ってくるんじゃないんですか」

「単なる数合わせだから負けても構わないと伝えて、なんとか出てもらうしかないな」

パンダ眼鏡としてはなんとしても最低限の人数を確保して、棄権だけは避けたかった。

それでも対抗戦直前まで、社内で強い人を探すことは続けるつもりだったし、松澤と白井が早めに出張から帰ってきてくれることも最後まで諦めないつもりだった。

松澤と白井が急遽アメリカへと旅立つことになったと知った丸の内サイドは狂喜乱舞した。

翌日「らんか」の麗子のもとに、頼んでもいないのに丸の内から対抗戦のメンバー表が届いた。

麗子は囲碁サロンで夢中になって対局していた井山に早速それを渡し、井山は直ぐにそのメンバー表をパンダ眼鏡のもとに届けた。

そこにはこう書かれていた。

主将　土屋本部長
副将　埜口部長
三将　奈尾課長
四将　星飼慎吾
五将　山本真央

このメンバー表は、誰でも好きな対戦相手を選んでくれて構わないという、いわば丸の内サイドからの余裕の勝利宣言だった。

第七章

六月の最終週に入り、「らんか」の高段者リーグの優勝争いもいよいよ佳境を迎えていた。

遂にサロンの誰もが気をもみながら待ちわびていた星飼と賜の全勝同士が直接相まみえる秋がやってきた。

勝ったほうが全勝優勝となり、いよいよ名人が誕生するかもしれないとあって、多くの観戦者が詰めかける中、対局に臨む二人は緊張した面持ちで対座した。

握って星飼の黒番となった。

二人とも最新のＡＩをよく研究しているとみえて、序盤はＡＩ流で進んでいった。

星飼は五手目で小目を二間に高くシマリ、それを見た賜は次の手で早くも相手の星の三々に入っていった。

星飼はシマリのある方向を抑えたが、賜が三線を這うと、星飼はさほど時間を使うことなく、三線のケイマに外してきた。

賜は少し考えてからその石の下に付けていった。

こうなるともうお互いに引くに引けなくなり、そこからプロの間でもまだ正解が定まっていない難解な新定石へと突入していった。

星飼も読みには絶対の自信を持っているので、妥協することなく複雑な闘いを厭わない打ち方を選んだが、賜も複雑な闘いを避けることなく、敢えて星飼が選んだ定石を気合いよく受けて立つこととなったので、お互いに引くに引けない難しい闘いへとなだれ込んでいった。

さすがに勝負どころではお互いに時間を使って慎重に読んだが、色々なところが切り結ばれて石が絡み合う訳の分からない変化の連続の中で、少しでも読みを間違えたらその場で勝負が終わってしまうような緊迫した状況が続いた。

周りで観戦している者は、他人の対局ながら、こんな大事な一戦でよりによってこんな難解な手を選ぶ必要などなかったのにと、余計な心配をしながら見守っていた。

難しい競り合いが続く中、誰もが当然守ると思ったところで、賜は突然手を抜いて全くの新天地に先行した。

しかしその手は、どうにも中途半端でさほど価値が大きいように見えなかった。

賜が手を抜いたので、それを咎めて十子ほどの石を取ろうと思えば取れたが、星飼には賜が何故そんな中途半端なところに打ったのかよく理解できなかった。

星飼はその後起こり得るあらゆる展開を真剣に読み始めたが、深く考えれば考えるほど、どう局面が動いてもその一手がとても重要な役割を果たすような気がしてきて、金縛りに遭ったように次の手が打てなくなってしまった。

額に皺を寄せて長考に沈む星飼を尻目に、賜は微動だにせずに鼈甲柄の眼鏡越しにジッと碁盤を凝視していた。

星飼は賜の放った謎の一手に完全に幻惑されてしまった。

自分の理解を超える「謎」が盤上に存在することで、星飼は軽いパニックを起こした。

それまでは難解な新定石を自信たっぷりに打ち続けていたのに、一転して、そこから星飼の着手が乱れ始めた。

相手は自分より遥か先まで読んでいるのかもしれないという激しい恐怖感に襲われて、星飼の手は委縮しそうになったが、それでは勝てないと自らを鼓舞すると、恐怖心に抗うように果敢に賜の石を攻めにいった。

すると賜はそこからまた彼独特の不思議な打ち回しをしてきた。

闘うところは激しく闘ったが、捨てるところは案外あっさりと捨て、賜の碁はアメーバのようでつかみどころがなかった。そのうえ、激しい闘いの中でいつの間にか先程打った謎の手が俄然輝きを放つこととなり、どう打っても賜が有利な分かれにしかならなかった。

しかも賜は魔法のように意外なところに地を作るのが巧みなので、気がついた時にはいつの間にかコミがかりで、僅かに白が良くなっていた。

目数にするとたった二、三目でしかなかったが、星飼にはどう打っても追い着ける気がしない大差だった。

つかみどころのない賜の不思議な強さにすっかり打ちのめされた星飼は、それでも絶望的な思いの中で最後まで打ち進めたが、数えて白番賜の二目半勝ちに終わった。


この対局を見守っていた多くの観戦者は真っ青になった。

このままでは賜が名人となり、憧れの麗子と共に「奥の院」へと入って行くことになってしまう。観戦者のざわめきは次第に大きくなり「賜は今期から入ってきたばかりだから、もう一期様子を見たほうがいいんじゃないか」という批判めいた意見から「名人になったとしても麗子相手の定先にはさすがに勝てないだろう」という希望的観測まで、それぞれが言いたいことを囁き合っていた。

するとその時、ビジネススクール元学長の堀井が突然大きな声で叫んだ。

「まだ井山さんと打っていないから、他と隔絶した強さとは認められないんじゃないか？」

確かに最近井山は対抗戦に備えて七段の手合いで練習碁を打つようになっていたが、正式なリーグ戦段位はまだ五段だった。堀井の一声でそのことを他の者も思い出して、一斉に井山との対局を待ち望む声が出始めた。

これには当の井山のほうが戸惑ってしまった。井山としてはそんな不意打ちのような真似はしたくなかったし、そもそも星飼との対局を見ても、自分が五段の手合いでも賜に勝てそうな気がしなかった。

賜と打つ決心がつかずに井山が戸惑った顔で突っ立っていると、井山の近くに続々と人が集まってきて、あちこちから、「是非打つべきだ」、「打ってほしい」などと声をかけてきた。

声をかけられた井山はキョロキョロと素早く左右に首を振りながら、声の主に苦笑交じりに応対し続けた。

多くの視線を一身に集めて、対局を促す声をシャワーのように浴びながらも、井山は決心がつかずにいた。

するとどこからともなく手拍子が始まり、同時に「い、や、ま」、「い、や、ま」の掛け声が澎湃と湧き起こった。

やがてその声はサロン中を揺るがすほどの大音声となって響き渡り、そうなると井山としても覚悟を決めざるを得なくなった。

井山が渋々ながら賜の前に進み出ると、サロン内に歓声が湧き起こり、大きな拍手が鳴り響いた。

とんだ敵役を演じる羽目になった賜は、不愉快そうに仏頂面で腕組みをしていたが、賜もまた覚悟を決めると目の前に立っている井山に向かって小さく頷いた。


井山が五段で賜は八段なので、三子の置き碁である。

一礼すると賜は空き隅の高目に一手目を打ってきた。

井山がそれほど高目の定石に詳しくないと思ってけん制してきたのだろうが、確かに井山は高目の基本定石はいくつか知っていたが、星や小目ほど詳しくはなかった。

高目だと大きく構えているので、そのまま隅を地にされたら大きいが、そうかといって三々に入ったりすると、上から圧迫されて外側に厚みを築かれるので、それはそれで嫌だった。

それならある程度隅の地を譲っても、目はずし辺りで受けたほうが無難な感じもしたが、そもそも井山は高目に慣れていないので、賜から予想もしていない反撃をくらったらお手上げだった。

賜を破る最終兵器として皆の期待を一身に背負っている井山としては、この対局が極めて重要な大一番であることを肝に銘じて、自分がよく知らない難解な手は避けることにした。

局面が難しくなると相手がどう出てくるか分からないので、それならひと隅くらいは相手に譲って、三目も置いてあるハンディを活かしてあくまでも手堅く打つほうが得策だった。

井山は二手目で高目に挨拶しないことにしたが、それでも高目を意識して向かい側の星をケイマでシマった。

すると賜は、それとは反対側の星にカカって、高目と連動して大きな構えを見せてきた。

井山はあくまでも堅く打つことを心掛けて、相手に大きく構えられても中に割って入ったりせずに、マイペースで隅の地を確保して、それから辺へと展開していった。

序盤早々から少々甘い打ち方かもしれないが、それだけ賜の攻撃力を警戒して、慎重に打とうと心掛けた結果であった。

お互いに我が道を行く布石となったが、中盤に入ってから賜が早速仕掛けてきた。

賜は井山が手堅く囲ったところはある程度気前よく地を与えたが、その代わりに外側に強大な厚みを築くと、井山の構えの中で唯一薄く見えた三子の石を攻撃目標としてきた。

この三子を丸呑みされたら相手に大きな地模様ができてしまうので、井山は直ぐに逃げ出そうと思ったが、よく見るとその弱い石が無事逃げられるか定かではなかったし、たとえ逃げおおせたとしても、周りの黒地に悪影響を及ぼしそうだったので、どうしようか迷った。

三つも石を置いたうえに、これだけ慎重に打ち進めているというのに、いつの間にか自分の石が攻撃目標になっていることで、井山は改めて賜の強さに恐懼した。

長時間考え込んだ井山は、もう一度冷静に状況判断をしてみた。

互先感覚だとこの弱石を逃げないという選択肢はなさそうだが、三子のハンディは絶大なので、逃げなくても必ずしも形勢が悪いわけではなかった。

幸いなことに相手が厚みを形成する過程で、井山にはある程度の確定地ができていたので、弱い石を丸ごと捨てても相手の模様を制限できれば、地合いでは負けていなかった。

そうなると、中央の相手の地模様をどこまで制限すればよいかの判断が極めて重要になってくる。

しかしそれ以上に重要なのは、ここで先手を取って、高目の隅に打ち込んで、相手の一等地を根こそぎ荒らしてしまうことだった。

その両方を着実にこなせば、多少は残りそうだというのが井山の見立てだった。

そうなると、周辺に相手の厚みがある中で、高目の内側に打ち込んでいって、本気で取りにこられても本当に生きることができるかどうかが大きな問題だった。

井山は相手が繰り出してきそうな強手をあれこれと予想しながら、その隅の死活を長時間読み耽った。

死活の勉強は、井山が一番力を入れてきたところであった。

たったひと隅での生きるか死ぬかの問題が、この大一番全体の勝敗、ひいては「奥の院」への権利という大問題を左右する重要な要素となって浮かび上がってきたのである。

これまで膨大な時間をかけてコツコツと積み重ねてきた死活の勉強も、まさにこの一瞬のためであったと言っても過言ではなかった。

時間をかけて死活を読み切った井山は、勇躍して次の一手を盤上に打ちつけた。

井山は構想通りに、弱石を逃げずに捨てると、相手の地模様を巧みに制限してから、先手を取って高目の隅に打ち込んでいった。

攻撃目標とした弱石をあっさりと捨てられた賜は、全く予想していなかった展開に明らかに動揺を見せた。

これまで「らんか」において、あくまでも冷静に淡々と打ち続け、常に圧倒的な強さを見せつけてきた賜が初めて見せた心の揺れであった。

賜はもう一度全体を見渡して形勢判断をしてみたが、このままでは容易でないことを悟って、眉間に皺を寄せたまま、延々と隅の死活を読み続けた。

読みに絶対の自信を持っている賜は、恐らく正確に打たれたらもう殺せないことは分かっただろうが、それでも最後まで諦めずに、鋭い手を連発してその石を殺しにいった。

周りの観戦者は、思わず両こぶしを握りしめて、果たしてその隅の石が無事生きるのか、それともあえなく殺されてしまうのか、固唾を呑んで見守った。

声には出さないが、当然のことながら、誰もが心の中では井山を応援していた。

井山は一手一手時間をかけて慎重に打ち進めたが、生きが確実になると、ようやくホッと一息つき、同時に会場全体にも大きなため息が漏れた。

その後賜もヨセで猛然と追い上げたが、このまま最後まで打ち続けて、結果は数えて井山の三目勝ちに終わった。

どちらに転ぶか分からない熱戦であったが、高目の隅に打ち込んだ井山の石が生きてからは、もう勝敗がひっくり返ることはなかった。

井山の勝ちを確認すると、悔しさをかみ殺してジッと座ったまま動かなくなった賜とは対照的に、周りの者は大はしゃぎして喜びを爆発させた。そこにいる誰もが囲碁勝負で賜に敵わなかったので、賜が初めて敗北する姿を目にして留飲を下げたのだ。

一方の井山は、賜との激戦を制してなんとか名人阻止の重責を果たしたが、あまり良い心地はしなかった。なんといっても対抗戦に備えて七段で打っていた井山が、三目置いてかろうじて勝ったのだから、賜の実力は単純計算で九段か十段ということになり、そうなると賜が名人並みに強いことを認めざるを得なかった。

次の瞬間、激しく落ち込んでいた賜がようやく重い腰を上げると、周りではしゃぎ回っているおじさん連中を一喝した。

「そんなに私の負けが嬉しいんですか?」

賜の迫力ある怒声にその場は一瞬で凍りつき、一転、水を打ったように静まり返った。

「こんな不公正があっていいんですか? それを指摘する者が誰もいないなんて酷過ぎる。このサロンは間違っている」

すると麗子が歩み寄って行って、賜をなだめようとした。

「賜さん、そんなに怒らないでください。井山さんは何も不正を働いたわけではないんですよ。このリーグ戦の正式な段位で打ったんですから」

「いえいえ、手合い違いもいいとこですよ。これを不正と言わずして、何が不正ですか」

元政治家秘書らしいクレームの仕方であったが、麗子もなんとか賜の怒りを鎮めようと必死に応じた。

「賜さんはこんなにお強いんですから、次のリーグ戦でもチャンスがありますよ。次回も賜さんが断トツの優勝候補筆頭ですからね」

その麗子の言葉に、周りではしゃいでいたおじさん連中も一瞬で現実に引き戻された。

今回はたまたま手合い違いの井山が残っていたから良かったが、来期はもう賜の快進撃を止める術はないかもしれなかった。改めてそのことに思い至ったおじさん連中は、揃って顔を引きつらせた。

麗子の慰めに答えることなく、賜は怒った表情のまま、荒々しく襖を開けると、そのまま部屋から出て行ってしまった。

賜の名人を阻止して重圧から解放された井山は、すっかり疲れ果ててしまったので、もう帰ろうと思って麗子の脇を素通りして出口に向かった。

賜との激戦が終わったので、次に待っているのはいよいよ部の存亡を懸けたライバル会社との対抗戦であるが、途端にそのことが気になり出して意気消沈した井山は、目の前にいる麗子には見向きもせずに、ただ下を向いてトボトボと歩いて行った。

大事な一番に勝ったというのに、肩を落として元気なく目の前を通り過ぎて行く井山に、麗子は歩み寄って行ってそっと耳元で囁いた。

「井山さん、おめでとうございます」

本来の井山なら、そんな麗子の言葉に喜びを爆発させるところだが、この時はただぼんやりと浮かぬ顔をしていた。

「井山さん、どうかされたんですか？」

いかにも奔放そうに見える麗子は心の機微に鈍感と思われがちだが、実は常時目配りを怠っておらず、今回も井山の心の揺れを敏感に感じ取っていた。

麗子の気遣いを嬉しく感じた井山は、次週に迫った対抗戦への不安を正直に口にした。

「ライバル商社は埜口さんや星飼さんなど最強メンバーで臨んでくることになったけど、こちらはベストメンバーが揃わず困っているんですよ」

「それって凄く大事な対局なんですよね」

「そりゃもう大事なんてもんじゃないですよ。もし負けたらうちの部の最大顧客を失うことになるので、下手をしたら部は取り潰し、関わった人間は全て島流しで、もうここにも来られなくなるかもしれないですからね」

麗子は驚いて思わず手を口に当てた。

「まあ、それは大変ですね」

心配そうに目を潤ませながら、麗子は井山をジッと見つめた。

井山も顔を上げると、麗子の顔を見つめ返した。

麗子は井山を見続けながらも、どうしようかと迷っていたが、やがて何かを決心したとみえて、しっかりとした口調で井山に語りかけた。

「井山さん、対抗戦は確か来週の日曜日でしたよね」

「はい、そうです」

「それではまだ時間があるので間に合うと思います。一週前の土曜日にここに来てください」

「つまり三日後ですね。お休みではないんですか」

「お休みですけど、井山さんにだけ特別の『秘儀』を伝授したいと思います」

麗子が口にした「秘儀」という怪しい言葉の響きに、井山は素早く反応した。

「え、『秘儀』ですか？　思わず期待が膨らんじゃうけど、それって囲碁の話ですか？」

「勿論囲碁の話ですよ。何を勝手に想像して鼻の下を長くしているんですか。実を言うと、父から教わった門外不出の凄業があるんですよ。完璧にマスターするのは大変だけど、今の井山さんなら使いこなせるようになると思います。私もここ一番という重要な対局でしか使ってはいけないと言われたものです」

井山は半信半疑だった。

「世の中の人が知らない必殺の手がまだ残っているというんですか？　そんな手があるなら、もうとっくにＡＩが見つけていても良さそうですよね」

「ＡＩだって全てが分かっているわけではないですからね。この手をＡＩにかけても、評価値は三十パーセントくらいになるかもしれないけど、それはＡＩがまだよく分かっていないからですよ」

「そうなんですか。囲碁は本当に奥が深いですね。それではどんな凄業なのか楽しみにしていますね。しかも休みの日も麗子さんに会えるなんて夢みたいだな」

井山は少し元気を取り戻した様子で「らんか」を後にした。

七夕に行われるライバル商社との対抗戦を一週間後に控えた土曜日の昼下がりに、井山は麗子に誘われるままに「らんか」を訪れた。

もともと旅館だったこの古い木造の建物は休日ともなると昼間でも全く人気がなく、廃屋のようにただひっそりと静けさの中に佇んでいるだけだった。

入口の扉が開かないので、井山が辺りを見回していると、脇門から麗子がひょっこりと顔を出して笑顔で手招きしてくれた。

秘密の逢引きのようで、井山の心は思いがけず浮き立った。

脇門から入って、ぐるりと建物の外側を回って反対側に抜けると、裏口があったので、そこから二人で雑魚寝部屋に入って行った。

陽の光を遮ぎられた部屋の中は真っ暗で、微かな明かりでかろうじて麗子の姿がおぼろげに認められるだけだった。部屋の中で電気も点けずに黙って振り返った麗子が、井山の直ぐ目の前まで近づいてきた。

真っ暗な部屋の中で間近に迫る麗子の姿は、微かに輪郭が浮き上がるだけで幻のようだった。

麗子がさらに一歩近づいて両手を掴むと、井山はいつものことながら身体中に電流が走るような衝撃を感じた。すっかり興奮した井山は、思わず麗子に抱きついてしまった。

「ちょっと井山さん、何してるんですか?」

麗子は驚いて大きな声をあげたが、暗闇の中で麗子の身体を全身で感じた井山は、さらに身体を引き寄せて強く抱きしめようとした。

「だって麗子さん、もう我慢できないですよ」

思わず井山は大きな声をあげたが、あくまでも冷静な麗子は黙って井山を押し返した。

「麗子さんも僕のことが好きじゃないんですか？　いつも応援してくれているじゃないですか」

井山は不服そうに口を尖らせたが、暗闇の中で麗子の表情は全く読み取れなかった。

「まだ早いですよ井山さん。井山さんが名人になった暁には、その時は……」

井山は思わず唾を呑み込んだ。

「それまで我慢してください」

これではまるで、求婚者に気を持たせ続けながら無理難題を吹っかけてくるかぐや姫のようだった。

おあずけをくった井山は、エサを取り上げられた犬のようにしょげ返った。

「それよりも私と手をつなぎながら全神経を集中してください」

井山は気を取り直すと、真っ暗な部屋の中で麗子の両手をしっかりと握りしめて、今はただそれだけで満足することにした。

「まだ邪念が入り込んでますね、井山さん。もっと無心になって、囲碁のことだけに神経を集中してください」

井山は麗子の手を握りながら、瞑想するように目をつむると、無心になろうと努めた。

麗子に対する邪な思いを払いのけると、井山はただ集中して囲碁のことだけを夢中になって考えようとした。すると麗子のことは次第に井山の頭から離れていき、囲碁への強い思いが湧き起こってきた。

早く強くなりたい。

どうしたら強くなれるのか？

あの碁はどこが悪かったのか？

ああ打てばよかった。

こうすればよかった。

勝ちたい、勝ちたい。

誰にも負けたくない。


井山は囲碁だけに集中したが、心の中は乱れに乱れ、とても無心の境地とはいえなかった。

するとどこからともなく井山を呼ぶ声が聞こえてきた。

「井山さん、井山さん。さあ、こちらにいらっしゃい。こちらに来れば強くなれますよ」

それは耳ではなく、心に直接語りかけてくるような声だった。

麗子の手を放した井山はフラフラと暗闇の中を歩いて行った。小さな木の開き戸を開けると、真っ暗な玄室の中へと入って行き、吸い寄せられるように黒い扉へと近づいて行った。

強くなれる、この先に行くと強くなれるんだ。

井山は目をむき出しにして、黒い扉に両手をついた。

ひんやりとした石板特有の感触が伝わってきて心地良かった。

するとその瞬間、井山は強い力で引っ張られて、扉の中へと引きずり込まれそうになった。

すかさず麗子が後ろから井山の身体を抱えて引き戻した。

現実世界に引き戻された井山は、激しく肩で息をしていた。

「井山さん、あまりにも強く勝ちたいと思っては駄目ですよ」

真っ暗闇の中で、井山は声のほうに顔を向けた。

「己のやるべきことをひたすら耐え忍んでやり遂げ、ただ極めることだけを考えるようにしてください。そういう境地に達しなければ、つけ込まれるだけですから却って危ないです」

「つけ込まれるって、一体何のことですか？」

「囲碁の世界にも、善きものと善からぬものが存在していて、常にせめぎ合っているんです」

井山には麗子の言っている意味がよく理解できなかった。

「私と手をつなぎながら神経を最大限に研ぎ澄ますことで、感じたものがあると思います。このサロンにも、善きものと善からぬものが満ちています。ですから善きものの霊気を最大限取り入れるようにして、囲碁に集中してください」

そう言うと、麗子は燭台にろうそくを灯してから、玄室の中に碁盤と碁石を持ち込んだ。

二人はろうそくの微かな灯りに照らされながら碁盤を挟んで対座した。

玄室の中には厳かな「気」が満ちていた。

「ここが一番『気』を感じることができる場所なんです。とにかく無心になって、私の言うことをよく聞いてください」

そう言うと、麗子は碁盤の上に父親から教わった門外不出の「秘儀」を並べ始めた。

井山が今まで見たこともない手が碁盤の上に展開していった。石を並べながら、麗子はその意味するところを懇切丁寧に説明してくれた。

現実世界から切り離されたこの薄暗い小部屋の中で、ろうそくの灯に照らされながら、井山は極端に研ぎ澄まされた神経を全て碁盤に集中させて身体全体で麗子の指南を受け入れていた。

それは耳で聞いているのでも、頭で考えているのでもない、不思議な感覚だった。

麗子が父親から伝授されたという門外不出の「秘儀」を、井山はその後も懇切丁寧に説明してもらったが、あまりにも変化が多いうえに、覚えなければならないことも多岐にわたるので、なかなかその全てを習得し尽すことは難しかった。

それでも麗子が一生懸命に説明してくれる教えを少しでも理解しようと、井山はひたすら集中力を高めたが、極度に集中力を高めたその刹那に、自分が現実世界から遠く離れたところにいるような錯覚に襲われた。

実際に俗世間から完全に隔離されたこの小部屋の中は、時間の流れが全く止まっているかのようで、どれだけ時間が経ったのかなどと気にすること自体が無意味に思えた。

井山が麗子と共に黒い扉のある玄室に籠ってから、一体どれくらい時間が経ったであろうか。

僅か数時間のことなのか、それとも何日も経ったのか、そして今は昼なのか夜なのか、この閉ざされた小部屋の中で窺い知ることはできなかったが、集中して麗子の話を聞いている井山は、全く気にする素振りを見せなかった。

するとその時、それまで全神経を集中させて麗子の教えに耳を傾けていた井山は、パチパチという物が弾ける音が聞こえたように感じて、フッと気が削がれた。

集中力が途切れた井山は、今の音はろうそくから聞こえたのではないかと思って、思わずろうそくのほうに目を向けた。

あまりにも麗子の教えに熱中していたので、一体どれくらい時間が経ったのか全く見当がつかず、これでまた一か月も時間が経っていたらどうしようという思いが一瞬頭をよぎったが、次の瞬間、余計な邪念を振り払うと、井山はまた麗子の言葉に神経を集中しようとした。

すると麗子も石を置く手を止めて、井山のほうに顔を向けた。

「井山さん、今、何か聞こえませんでしたか？」

「何か火が弾けるような音でしたけど、ろうそくですかね？」

麗子は眉間に皺を寄せたまま、黙って首を傾げた。

二人でジッと耳を澄ませていると、パチパチという音が次第に大きくなり、同時に焦げ臭い匂いが漂ってきた。

「誰かが、何か燃やしている」

麗子は顔を引きつらせて、小さいながらも鋭い声を発した。

井山は慌てて立ち上がると、玄室の開き戸の傍に寄って小さく開けてみた。

すると目の前には祭壇のようなものがしつらえられており、そこで護摩を焚くように火が付けられていた。

祭壇の前には一人の男があぐらをかきながら、両手を重ね合わせて盛んに祈祷のポーズを取っていた。

燃え上がる火に照らし出された男の顔を見て、井山は思わず大きな声をあげた。

チリチリにカールした黒髪に鼈甲柄の眼鏡をかけている男、それは紛れもなく賜だった。

井山は勢いよく部屋から飛び出すと賜に飛び掛かっていった。

思いもよらぬ方向から人が飛び出してきたので賜は防御が整わず、あっけなく井山に組み伏せられてしまった。

麗子も井山に続いて部屋から飛び出すと、素早く祭壇を蹴散らして、近くにあった座布団を使って飛び散った火を消して回った。

幸いなことに火はまだ燃え始めたばかりだったので、直ぐに消し止めることができた。

井山に馬乗りになって押さえつけられた賜は、必死に抵抗して身体をばたつかせると、井山を跳ね飛ばして素早く立ち上がった。

井山と麗子が賜を挟む形で立ち塞がった。

「賜さん、なんで火なんか付けたんですか。酷いじゃないですか」

賜は腰を落として身構えると、ぎらついた目をむいて大きな声で叫んだ。

「囲碁を守るために仕方ないことなんですよ。囲碁をこよなく愛する者として当然のことですよ」

その賜の言い方に、井山は無性に腹が立った。

「あなた何言ってるんですか。放火のために人も死んでいるっていうのに」

「多少の犠牲はやむをえないですよ。でもいずれ理解される時がくると信じています」

そう言い残すと、賜はすかさず二人の間をすり抜けて、玄室の中へと飛び込んで行った。

井山が後を追おうとしたが、賜は素早く開き戸を閉めてしまった。

中で火を付けられたら大変だと思った井山は、考える暇もなく開き戸を蹴破って、急いで中に入って行った。

碁盤がひっくり返って、碁石が方々に散らばったが、賜の姿はどこにもなかった。

ろうそくが倒れて火が燃え移りそうになったので、井山が直ぐに消し止めると、部屋の中はまた漆黒の闇に包まれた。

麗子は手探りで雑魚寝部屋の電気を点けると、慌てて玄室に入って行ったが、そこには井山しかいなかった。

キョロキョロと部屋の中を見回す麗子に、呆然と立ち尽くす井山が思わず声をかけた。

「賜さんが見当たらないけど、この部屋には秘密の出入口とかあるんですか?」

「そんなものはないけど、唯一あるとしたら、その黒い扉ですよ」

「賜さんは、この扉を通って向こう側に行ったということですか?」

「恐らくそうだと思います。普通の人は抜けられないし、たとえ抜けたとしても非常に危険ですけど、中には抜けられる人がいるんです。実を言うと父も抜けられました」

井山は真っ青になってその扉を見つめた。

その無機質な真っ黒な石板からは、人の温もりは感じられなかった。大きくて重量感のあるその扉は、井山にただ無言の圧力を加えるだけだった。

「それよりも井山さん、怪我はなかったですか?」

「私は大丈夫ですけど、麗子さんこそ大丈夫ですか?」

「私は少し火傷したみたいだけど、大したことないから心配いらないです」

麗子は紫色に焼きただれた腕を痛そうにさすった。

二人は急いで対局部屋へと移動すると、カウンターの内側に備蓄してある医療用品で井山が麗子の火傷の応急処置を施した。

自分の火傷した腕を見つめる麗子の目にはみるみるうちに涙がたまり、やがてポロポロと涙を流し始めた。

井山は気丈な麗子が涙を流す姿に胸を締め付けられる思いがした。火傷はそれほどでもないので、麗子の涙は心が傷ついたせいであることは明らかだった。

実はこの時麗子は、十二年前のあの忌まわしい事件以来、信じたくないと思ってずっと封印してきた過去の記憶が、今日の出来事をきっかけに鮮明に呼び覚まされてしまったのだった。

心の傷がうずきだして、辛そうにポロポロと涙を流す麗子に、井山が優しく声をかけた。

「麗子さん大丈夫ですか？　私で何かお役に立てることがあれば、何でも言ってください」

「いや、大丈夫です。これは私自身が自分で乗り越えなくてはならない問題ですから」

心配そうに麗子の顔を覗き込む井山に、麗子は力なく答えた。

「でもこれで犯人は賜さんだとはっきり分かりましたね」

「ええ、そうですね」

麗子は小さく頷いたが、意識は井山のほうには向いていなかった。

「いつまた彼が火を付けに来るか分からないから、注意は怠らないほうがいいですね」

「恐らく、賜さんはもう来ることはないと思います」

「何故ですか？」

「あの扉の向こう側からこちらに戻るのは、結構大変なんですよ」

「そうなんですか？　でもそれはどうしてですか？」

「私もよく分からないけど、そのようです」

井山は言葉を失った。

一度入ったら、もう二度と出て来られないかもしれない扉。

麗子はそんな危ない扉の向こうに井山を連れて行こうとしているのだろうか？

「麗子さん、あの黒い扉は一体何なんですか？」

「私もよく分かりません。父がはっきりと教えてくれなかったんです。ただ囲碁を守るためにこの扉を守れって言われたんです」

「囲碁を守るためですか？」

井山は釈然としない表情のまま、小さな声で同じ言葉を繰り返したが、気を取り直すと麗子を励ますように言葉をかけた。

「いずれにせよ、取り敢えずはこれで安心ですね」

「そうですね。当面は大丈夫だと思うけど、いつまた他の者に狙われるか分からないので、引き続き注意は怠らないようにします」

麗子の言葉を聞いて、井山はまだ自分が知らない事情が何かあるに違いないと感じた。

サロンの窓から明るい陽射しが差し込んでくるのを見て、井山は日曜の朝を迎えたことを知った。

火傷の応急処置は済ませたが、麗子がまだ怯えているようだったので、彼女を一人だけそこに残すわけにはいかなかった。

交代で梅崎が来るまでの間、井山は麗子と世間話をして過ごしたが、お互いにこの日起こったことが頭から離れなかったので、話はそれほど弾まなかった。

梅崎がやってくると、そこに麗子と一緒に井山がいることに驚いたが、事情を説明すると、それ以上に賜のことに驚いたようだった。

「私も十分警戒して、このサロンの中に放火犯がいないか注意していたんですけど、気がつかなくてすみませんでした」

「誰も気がつかなかったから仕方ないわ」

「それにしても、賜さんだったとは」

梅崎は信じられないという顔で絶句したが、井山は梅崎に後を託すと一旦家に帰ることにした。

井山は家に戻ると直ぐにベッドで横になったが、徹夜をしたというのに、興奮状態のまま目が冴えて直ぐに寝つけなかった。

井山はベッドから起き出すと、麗子から教わった門外不出の「秘儀」をもう一度おさらいしようと思って、碁盤の前に座った。

その「秘儀」も、途中で様々な変化が生じ、井山も全てをマスターしたわけではなかったが、基本的な思考法と具体的な実践法は、多岐にわたる変化図と共に麗子から一通り教わったので、しっかりと自分のものにしようと努めた。

こうして井山が夢中になって石を並べていると、いつの間にか陽も暮れて夕闇迫る時間になっていた。頭に痺れるような疲れを感じた井山は、その場で深い眠りに落ちていった。

第八章

丸の内のライバル商社との囲碁対抗戦を六日後に控えた月曜日に、井山が大手町のオフィスに顔を出すと、パンダ眼鏡の同期で自称五段の竹内部長と石垣部長が助っ人としてやってきたので、早速井山と初音が練習対局を行ったが、二人の実力は三段の髭ゴジラと大して変わらなかった。

パンダ眼鏡、井山、初音にこの両部長を加えれば、なんとか五人揃えることができるので、最悪の棄権は免れるかもしれないが、どう転んでも勝ち目はなさそうだった。

いずれにせよ、そろそろ大手町サイドでも最終メンバーを決める必要があった。

七段の土屋と山本に対して、六段の井山と初音を当てれば、もしかしたら勝てるかもしれないが、仮にこの二人が勝利を収めたとしても、どんな間違いが起こっても、八段の埜口、星飼、奈尾に、残りの三人が勝てる見込みは皆無といってよかった。

どういう組み合わせでも、運が良くて二勝、最悪の場合は全敗も十分あり得るという話なので、パンダ眼鏡としてはどっちみち勝ち目がないなら会社の年功序列で行きたいと考えていた。

たとえ負けるにしても、主将は若い井山に任せたりせずに、責任者である自分が堂々と務めて、潔く散りたいという美学がパンダ眼鏡にはあった。

それに対して、髭ゴジラや井山は少しでも多く勝てそうな組み合わせとして、土屋に井山、山本に初音を当てるべきだと考えていた。

そこで二勝できれば、たとえ対抗戦に負けたとしても一矢報いることになるので、主将は井山にすべきというのが二人の意見だった。

メンバー表の議論は堂々巡りが続き容易に結論が出なかった。

するとそこに、思いがけぬ吉報が飛び込んできた。

松澤と白井が上司の籾井常務への報告を行うために、急遽対抗戦の前日に帰国することになったというのである。

その連絡を受けて、食料本部ではパンダ眼鏡も髭ゴジラも、また井山も初音も皆で小躍りして喜んだ。

但しこれまでも朗報がひっくり返される苦い経験が何度かあったので、今回は皆、慎重な構えを崩すことなく、あくまでも喜び方も控えめだった。

すると案の定、松澤は籾井常務への報告の責任者として、直前まで資料作成などの準備で忙しいので、さすがに対抗戦に参加するのは難しいという第二報が入ってきた。

食料本部ではまたまた大きな失望が広がったが、それでも白井だけでも参加してくれるのではないかと一縷の望みにすがって、皆で気をもみながら第三報を待った。

すると翌日になって、白井は対抗戦への参加が可能という第三報が入ってきて食料本部はまたいくらか活気づいた。

松澤の参加はかなわぬとも、白井が加わってくれれば、なんとか勝てるのではないかという楽観的な雰囲気が広がって、大手町のオフィスはいくらか元気を取り戻した。

そこで白井も含めて改めてメンバー表を決める議論を再開したが、いざ議論が始まると、誰もが重大なことに気がついた。

よく考えてみたら、いくら白井が加わっても、八段の三人に勝てないことに変わりはないということだった。

こちらが勝つには、この三人の牙城を一つでも崩す必要があるが、そのためにはこちらにも八段がどうしても必要だった。

「鈴井部長、なんとか松澤部長も参加するように部長からもう一度お願いしてみてください」

井山は今にも泣き出さんばかりの顔でパンダ眼鏡に懇願した。

「そうだな。うちの部を守るためにもここはもうひと踏ん張り粘ってみるか」

パンダ眼鏡は再度アメリカに国際電話をかけると、延々と松澤の説得を試みたが、ただでさえ上司の籾井常務への説明資料の作成が間に合いそうもない状況なので、松澤の参加は全くもって無理とのことだった。

そのような厳しい状況の中でも、本当は白井にも最後まで手伝ってほしいところを、松澤の独断で白井だけは対抗戦に参加させるようにしてくれたということなので、連帯感を高めた囲碁仲間として、松澤も最大限の協力はしてくれていたのだ。

そのことが分かると、パンダ眼鏡としても寧ろ松澤には感謝しなければならないと思って、もうそれ以上の無理強いをすることを止めた。

「なんとかあと一人、八段がいてくれたらなあ」

電話を切ると、パンダ眼鏡は悔しそうに歯ぎしりしながら、かろうじて声を絞り出した。

するとその時突然、井山に良い考えが浮かんだ。

「そういえば、福田室長が随分と長いこと出社していなかったので、会社をクビになったそうなんですよ。彼を急いでうちに入社させて、うちの社員として対抗戦に参加させることはできませんかね？」

パンダ眼鏡と髭ゴジラは思わず顔を見合わせた。

「通常は一週間で入社を正式に決めるなんてことは、あり得ないですよね」

「普通は無理だけど、今回は緊急事態だから、人事部に掛け合ってなんとかねじ込むしかないな」

パンダ眼鏡は厳しい表情を崩すことなく井山に言葉をかけた。

「それじゃあ井山君、こちらは直ぐに人事部に掛け合ってみるから、君は至急福田さんのところに行って、説得してみてくれないか？」

大手町のオフィスを飛び出した井山は急いで神楽坂へと向かった。

井山が慌てて洞窟の中へと入って行くと、福田とさゆりがろうそくの灯に照らされながら、碁盤を挟んで対座しているところだった。

「あ、どうも井山さん、いらっしゃい」

井山に気がついた福田がいつものようにきさくに挨拶してきたが、井山は挨拶をすることもなく、厳しい表情のまま勢い込んで福田に近づいて行った。

「福田さん、折り入ってお願いしたいことがあるんですけど……」

福田は怪訝な表情で井山を見つめた。

「井山さん、そんなに急にかしこまってどうしたんですか？　井山さんにはさゆりさんのことで借りがあるので、何でも仰ってください」

「ありがとうございます。実はライバル商社との対抗戦が六日後に迫っているんですよ」

「はいはい、対抗戦ですね。もういよいよなんですね」

「はい。そこで、福田さんにうちの社員として、その対抗戦に出てほしいんです」

予想もしていなかった井山の申し出に、心の準備ができていない福田はすっかり面食らってしまった。

「ちょっと待ってくださいよ井山さん。そんなこと急に言われてもあれなんで、ちょっと落ち着いてくださいよ」

「落ち着いてなんかいられませんよ、福田さん。対抗戦の結果次第では、うちの部はもうなくなってしまうかもしれないんですよ」

「でも、おたくの会社にも強い方がいるでしょう」

「八段の人がいるんだけど、仕事で参加できなくなったんですよ」

「そうなんですか」

「向こうは八段が三人もいるので、こちらも一人くらい八段がいないと、全く勝ち目がないんですよ」

福田は驚いた表情を見せた。

「丸の内側は結局八段を三人とも揃えることになったんですか?」

「そうなんですよ。社内でどういう話になったのかよく分からないけど、中東にいるはずの奈尾さんも参加するようだし、上司に忖度していた埜口さんと星飼さんも、結局参戦することになったんですよ」

星飼の名前を聞いた途端に、福田は思わず険しい表情を見せたが、次の瞬間、井山をしっかりと見据えると大きな声で答えた。

「星飼が出るなら私も出たいです。彼をひねりつぶしてやりますよ」

「おお、なんと頼もしい」

福田はさゆりのほうに顔を向けた。

「一日だけ、対抗戦に出るためにここを抜け出してもいいかな?」

さゆりは怯えた表情で黙っていたが、福田を見つめる瞳は行かないでと語っていた。

そこで井山はさゆりのほうに向き直ると、今度は必死になってさゆりに語り掛けた。

「さゆりさん、放火犯が遂に分かったんですよ。神楽坂の囲碁サロン『らんか』に来ていたお客さんで、賜さんという方だったんですよ。どうやらさゆりさんのお父さんではなかったようですね」

さゆりは驚いた表情を見せたが、なおも顔を引きつらせたまま井山を見据えた。

「犯人は捕まったんですか?」

「逃げましたけど、もう戻ってくることはないと思います」

「でも、その人がここの放火犯と同じだとは限らないですよね」

井山は自分のポケットに手を突っ込むと、先日雑魚寝部屋で賜がしつらえた祭壇に祀られていたお札のような木片を取り出した。

「放火犯はこんなものを使って、祈祷しながら燃やそうとしていましたよ。恐らくそうしないと燃やすことができないんでしょうね」

さゆりは井山が取り出した木片を手に取ってしばらくジッと眺めていたが、やがて顔を上げると決然と言い放った。

「分かりました。それでは私も福田さんと一緒にその対抗戦に参加することにします」

井山が福田だけでなく、さゆりまで対抗戦要員として連れ出してきたのを見て、パンダ眼鏡も髭ゴジラも大喜びした。

これでようやく大手町サイドも丸の内サイドに匹敵するだけの戦力が整ってきたが、冷静に考えてみると、これでようやく互角というだけで、決して優位に立ったわけではなかった。

人事部を説得して、無理やり福田とさゆりの雇用契約を締結し、正式に採用の発令が出たのは対抗戦の僅か二日前だった。

六日の土曜日に急遽アメリカから帰国した白井も合流し、参加メンバーが全員揃ったのは対抗戦前日という際どさだった。

こうして前日になって、対抗戦の参加メンバー全員が初めて一堂に会すると、メンバー表をどうするかの議論が再び始まった。

問題は八段の福田とさゆりを先方の七段にぶつけて確実に二勝を狙うか、それともそれぞれ棋力の近い者同士を対戦させるかの選択だった。

もし福田とさゆりを七段の土屋と山本に当てれば二勝は確実かもしれないが、残りの三人の八段には勝てそうもないので二勝三敗となる可能性が高かった。

それよりは福田もさゆりも八段の相手と当てて、残りの七段に白井や初音を当てるほうが勝つ可能性が高まりそうだった。

福田は是非とも星飼と対局したいと主張した。

幼少の頃からのライバルでよく知った仲なので、実力伯仲の相手に負けるリスクもあるが、ここは福田の気概に懸けてみることになった。

白井は山本との対戦を望んだ。

こちらも高校の頃から勝手知ったる仲であるうえに、白井が主将、山本が三将だったので、この組み合わせには誰も異存がなかった。

次にさゆりを誰と当てるかが議論された。

七段の土屋と当てて確実に勝ちにいくか、八段と当てて先方が必勝と思っている一角を崩しにいくかだが、どちらにしてもリスクがあるので、ここは敢えて八段対決ということで、さゆりは埜口と当てることになった。

残りは七段の土屋と八段の奈尾に対して、こちらはパンダ眼鏡、井山、初音という三人の六段が残っていた。

白井が山本に勝つことは確実だし、福田やさゆりもきっと勝利を挙げるだろうから、たとえ自分が負けても対抗戦には勝利するだろうと楽観したパンダ眼鏡は、再び主将は自分がやりたいと言い出した。

パンダ眼鏡も現状では井山や初音のほうが強いことは自覚していたが、今回の対抗戦の責任者として、先方の責任者である土屋と主将同士で対峙すべきであるという強迫観念に囚われているようだった。

パンダ眼鏡としてはたとえ負けが確実だとしても、主将として自らが先頭に立って旗を振り、仲間を鼓舞しながら勇ましく散っていきたいという美意識があるようだったが、髭ゴジラや井山はそんな古臭い浪花節につき従う気はさらさらなかったので、パンダ眼鏡の提案に頑強に反対した。

髭ゴジラは三人の中で一番強い井山を土屋に当てて、少なくともここで勝利を目指すこととし、二番目に強い初音を奈尾に当てる案を提唱した。

するとパンダ眼鏡が今度は、どうせ初音は奈尾に勝てるわけがないのだから、それなら自分が対戦しても変わらないと言い出す始末だった。

パンダ眼鏡も、あまりにも周りが強く反対するのでさすがに主将は諦めたが、責任者として対抗戦に出なければならないという思いだけは強いようだった。

しかしパンダ眼鏡の最後のささやかな願いも、真剣勝負なので無駄玉を一発も出したくないという現実主義的な若者たちの意見によって、あえなく葬り去られた。

井山は、強い順に井山が奈尾、そして初音が土屋と当たるべきだと主張した。

この二人に関しては、結局どう組み合わせても、二敗もあれば一勝一敗もあり得るが、二勝を目指すならこの組み合わせしかないというのが井山の意見だった。

初音の今の実力なら七段に勝つ可能性は十分にあるし、自分も麗子から教わった「秘儀」を使えば八段に勝つ可能性があると信じていた。

すったもんだの議論が延々と続いたが、最終的には以下の通りの組み合わせで決着した。

主将土屋本部長対星野初音

副将梺口部長　対早乙女さゆり
三将奈尾課長　対井山聡太
四将星飼慎吾　対福田諒
五将山本真央　対白井課長

結局パンダ眼鏡は、何が何でも勝利が全てと皆に説得されて、泣く泣く補欠に回ることになった。

これでかなり互角に近いようだが、まだ予断を許さなかった。

八段のさゆりと福田が対局するのは同じ八段の梺口と星飼だし、白井と山本も七段同士なので、この三局は勝敗がどちらに転んでもおかしくなかった。

残りの二局は、六段の初音と井山に対して七段の土屋と八段の奈尾が立ち塞がっているのだから、まだこちら側が圧倒的に不利なことに変わりはなかった。

下手をしたら全敗もあり得る布陣だが、確実に二勝を狙って結局三敗を喫して負けるよりは、勝ちを狙って果敢な賭けに出た布陣ともいえた。

パンダ眼鏡はこのメンバー表を眺めながら、やはり確実に二勝を狙うほうが負けても面目が保てて良いのではないかと最後まで迷っていた。

そしてもう一度よく見てみると、こちらのメンバーは若手や女性ばかりであることが改めて気になった。主将は一般職の女性だし、肩書を持っているのは五将の白井だけである。

こんなメンバー表を出したら、先方に笑われるのではないかと、パンダ眼鏡は余計な心配ばかりしていた。

第九章

七月七日の日曜日。

いよいよ運命の七夕決戦の日を迎えた。

午後の対抗戦を前に大手町サイドのメンバーは神楽坂で待ち合わせをして皆で一緒にランチをすることにした。

対抗戦に臨む初音、さゆり、井山、福田、白井の五人に加えて、当然パンダ眼鏡と髭ゴジラも顔を出したが、成り行き上、パンダ眼鏡の同期で自称五段の竹内と石垣両部長も応援団という形で参加することになったので、総勢九人が神楽坂に集まった。

するとそこに、今や堅い絆で結ばれた松澤も忙しい中で時間を作って激励に駆けつけてくれた。

ランチの席で、対抗戦出場に未練が残るパンダ眼鏡がメンバー変更の話を持ち出す一幕があったが、必死に阻止しようとする若者たちの集中砲火を浴びてあえなく撃沈された。

それでもメンバー表を見た松澤から初音と井山を入れ替えたほうがいいのではないかとの提案がなされたが、麗子から門外不出の「秘儀」を伝授されて気持ちが大きくなっている井山は、八段が相手でも勝つ自信があると豪語した。

ランチが終わると松澤は大手町のオフィスに戻って行ったが、他の者は井山につき従って神楽坂の本通りを進んで行き、狭い隙間の前まで来ると、皆で身体を横にしながら、一列になってぞろぞろと狭い裏路地へと入って行った。

そのまま石畳の細道をゆっくりと進んで行った九人の男女は、ほどなくして「らんか」の前に到達した。

その古い怪しげな木造家屋を前にして、皆の緊張感は一気に高まった。

玄関へと入って行くと、麗子が明るく出迎えてくれたが、髭ゴジラは対抗戦のことなど忘れて、その美しさに思わず見惚れてしまった。

麗子に導かれて絨毯が敷き詰められた対局部屋に入って行くと、そこでは先方のメンバーがリラックスしながら談笑していた。

対抗戦に参加する五人の他に、土屋本部長の直属の部下や、重要顧客である田中社長や渡辺部長も応援団として駆けつけていたので、総勢十名ほどの陣容だった。こうなってくると、人数で圧倒されないためにも、自称五段の竹内、石垣両部長も少しは役に立っていた。

丸の内サイドのメンバーは余裕の笑みを浮かべながら、襖の向こうからぞろぞろと入って来る大手町サイドのメンバーを見ていたが、すると突如として、田中社長が驚きの声をあげながら人差し指を突き出した。

「ふ、福田君、こんなところで何をやっているんだね？　それになんと、さゆりさんまで」

福田は田中社長に向かって丁寧にお辞儀をすると、淡々と答えた。

「勿論、対抗戦に出るためですよ」

それまでリラックスして笑顔で談笑していた田中社長の顔からみるみるうちに血の気が引いていった。

「社内からメンバーを集めてもいいと言ったが、社外助っ人はなしだぞ」

「お蔭様で前の会社をクビになったので、こちらの会社に再就職しました」

そう言うと、福田は新しく発行してもらった社員証を目の前にかざした。

「な、なんと」

囲碁会で顔を合わせたことがある丸の内の面々は、福田の実力をよく知っているだけに一様にどよめいたが、その中にあって、遠巻きに眺めていた星飼だけは、これは面白くなってきたぞとワクワクする気持ちを抑えることができなかった。

以前三子も置いてさゆりに負かされたことをよく憶えていた田中社長は、今度は怯えた表情で震えながら、さゆりを指差した。

「さ、さゆりさんは、何故ここにいるのかね？　今日は福田君の応援かね？」

するとさゆりもおもむろに社員証を取り出して、目の前にかざした。

「私もこちらの会社に正式に採用されました」

丸の内サイドには他にさゆりのことを知っている者はいなかったが、激しい動揺を見せる田中社長の姿を見ているうちに、なんとも言えぬ不安感が広がっていった。

丸の内サイドが動揺する様子を見て気分を良くした髭ゴジラは、偉そうに胸を反らせて大股で麗子に向かって歩いて行くと、極度に緊張してこわばった顔で一礼してから、恭しくメンバー表を手渡した。

全く何をやるにも芝居がかっていて大袈裟な奴だと井山は冷淡に眺めていた。

麗子からメンバー表を渡された土屋は額に皺を寄せながら真剣に見入っていたが、自分が事前につかんでいた情報と大幅に異なっていたので、動揺を隠し切れなかった。

そもそも今回のゴタゴタの責任者である鈴井部長の名前がないことが気に入らなかったし、主将の自分に一般職の初音を当ててきたことも、何か小ばかにされたようで不愉快だった。

白井はアメリカにいて参加できないと聞いていたし、福田やさゆりに至っては、全くの想定外というしかなかった。

微動だにせずに、無言のまま渋い表情でメンバー表に見入っている土屋の姿を見て、丸の内の面々はさらに不安を掻き立てられていった。

「それでは、このメンバー表の順番に皆さん着席してください」

麗子の掛け声で我に返った土屋は、五つ並んだ対局机の一番手前の席に陣取ると、一人ずつ順番に席に着くように促した。

丸の内サイドのメンバーが席に着くと、その向かい側に大手町サイドのメンバーも着席した。

土屋は目の前に座る一般職の初音を苦々しく睨みつけた。

こんな小娘になんか負けるわけにはいかなかった。

これは土屋にとって商社マン人生における集大成たる常務昇格が、そして家庭における妻とのチャンネル権争いが懸かった重要な対局なのだ。

いや、それ以前に、こんな気の弱そうな顔の平べったい小娘に負けるようなことがあれば、自分のプライドはずたずたに切り裂かれ、常務昇格をうんぬんする前に、もう正気ではいられなくなりそうだった。

ともかく女になんか負けるわけにはいかないのだ。

会社でも、家でも、囲碁でも、もうこれ以上女に負けたくなかった。

これはどんなことがあっても絶対に負けられない闘いなのだ。

初音は緊張していた。

もともとこういう大事な勝負で極度に緊張するタイプなので、今回も心臓が口から飛び出しそうだが、前回の対抗戦の時ほど緊張していないのは自分でも驚きだった。

最後まで自分を信じて勝利をつかんだ成功体験によって、精神的に大きく成長したのかもしれなかった。

そして今回も、初音の最近の打ち振りから八段と当たる捨て駒ではなく七段にも勝てる隠し玉として推してくれた井山に感謝していた。

確かに最近では七段の村松や和多田に対しても、互先で良い碁が打てるようになっていたが、それでも井山が自分を信じてくれたことが何より嬉しかった。

こうして厳しい闘いに身を投じる中で、井山に対して尊敬の念と恋心が芽生えたことは自然な流れだった。

井山の期待に応えるためにも、そして何よりも会社で自分の居場所を守るためにも、最後まで落ち着いて打とうと初音は何度も自分に言い聞かせた。

埜口は目の前に座るさゆりをジッと見つめながら、その美しい顔立ちに思わず見惚れてしまった。

もともとこの対抗戦には力が入っていなかったが、こんな美人が相手なら少しやる気が出てきた。

ここは恰好良く勝って、負けて落ち込む相手を食事にでも誘って慰めてあげようと考えていた。

さゆりはここがただならぬ場所だと強く感じていた。

ゆり子として何度かここに通った記憶はもう大分薄れていたが、ここから発する妖気に触れているとなんとも言えぬ懐かしさを覚えた。

そして井山には色々と助けてもらったので、その恩返しを福田と共にしたいと思った。

ここに漂う霊気、井山のこと、洞窟での福田との対局、そんな諸々がフラッシュバックのように浮かぶさゆりの眼中に埜口の姿は全く入っていなかった。


奈尾はただ眠いと思っていた。

昨日中東から戻ってきたばかりだが、時差ボケに寝不足が加わって一向に疲れが取れなかった。

この対局が終わったら仕事の都合でまた今夜の便でとんぼ返りしなければならないので、そのことを考えると段々憂鬱になってきた。

直接中東まで誘いに来た土屋のしつこさに負けて参加することにしたが、こんなに仕事が忙しい時に受けるべきではなかったと後悔していた。


井山は対局に向けて集中力を高めていた。

黙って目をつむったまま麗子から教わった「秘儀」をもう一度反復した。

まだ八段の相手に互先で勝ったことはないが、この「秘儀」を使えば必ず勝てると信じていた。

こちら側で確実に勝てそうなのは白井だけなので、そうなると自分の勝敗が極めて重要な意味を持つことになる。

奈尾は確かに強いかもしれないが、自分とは背負っているものが違うのでこの対抗戦に懸ける覚悟も違うはずだ。

最終盤までぎりぎりの勝負に持ち込めば、最後はお互いの覚悟の差がきっと現れると井山は信じていた。


星飼はまた福田と打てる喜びに浸っていた。

幼少の頃から福田のような強い相手と打つことは無上の喜びだった。

福田とはいつも好勝負で、お互い勝ったり負けたりだったが、大事な対局になればなるほど、その痺れるような感覚が堪らなく好きだった。

福田にはプロになるチャンスがあったが、最後は自分とのあの痺れるような闘いを制してプロになってほしかった。

だから自分もいつも福田には全力で向かっていったし、それが実に刺激的で楽しかった。

今回もこの大事な局面でまた福田と真剣勝負を打てることは堪らない楽しみだった。


福田は今度こそリベンジの時だと意気込んでいた。

たった半目で自分の人生を狂わせた憎き相手、そしてなかなか囲碁の世界から抜け出せない自分を嘲る星飼を今度こそ叩きのめしてやりたかった。

こんな重要な局面で、しかもこんなに証人が大勢いる中で、自分のほうが強いことを見せつけることができれば少しは留飲を下げることになるだろう。

プロになれなくてもやはり自分には囲碁しかないのだ。

ここで星飼にその強い信念を思い知らせてやりたかった。


山本はもはや白井しか目に入っていなかった。

この対抗戦で勝利に貢献できれば、これまで会社の中でずっと追い求めてきた自分の存在感をしっかりとアピールできるだろうが、そんなことはもう大した問題ではなかった。

高校の頃から自分の前に立ち塞がる大きな壁だった白井と、遂に対等な立場で闘う時がきたのだ。

自分には囲碁しかアピールの術がないと考え、コンプレックスと闘いながら男性にも負けたくないと思って自己研鑽に励んできたが、その闘いの全ては今日この日のためにあったと言っても過言ではないのだ。

ここで白井に勝つことができれば、自分の生き様は決して間違っていなかったと納得できるだろう。


白井は山本に感謝していた。

これまで長い間、人知れず悩んでいたが誰にも相談できずにいた。

常に気を張って、男になんか負けずに純粋な仕事の能力で勝負したいと思って必死に頑張ってきたが、正直もう疲れて最近は虚しくなっていた。

自分には本当の理解者などいないとすねて孤独な闘いを続けてきたが、実はこんな身近に心強い味方がいることをようやく気づかせてくれた。

これからはゴチャゴチャ理屈を言わずに、囲碁だって何だってそれこそ女の武器を使ってでもなりふり構わず闘っていこう。

気持ちが吹っ切れたその手始めとしてこの囲碁勝負を楽しもう。


参加者が着席すると、梅崎が全員の対局時計をセットした。

今回は事前の打ち合わせで、持ち時間は一人四十五分ということで双方が合意していた。

通常のアマチュアの大会でよく使われる長さであるが、この持ち時間が自分たちにとって有利に働くと、どちらの陣営もそう考えていた。

対局時計のセッティングが終わると握りが行われ、それぞれ黒番と白番が決まった。

「それでは始めてください」

鈴の音のような麗子の涼やかな声が会場内に響くと、一斉に白番側が対局時計のボタンを押して、黒番側の針が動き始めた。

いよいよ対局開始である。

対局場の緊張感はいやがうえにも高まり、黒番の五人はそれほど時間をかけることなく、ほぼ同時に一手目を盤上に打ちつけた。

さゆりの打った一手目を見た埜口は驚いて思わず身体を碁盤の上に乗り出した。

井山の一手目を見た奈尾も驚いた表情を見せた後に、右手で顎をさすりながら思わず「うーん」と唸った。

驚いたことにさゆりと井山の一手目は全く同じで、十五の十、つまり右辺の星の一つ左寄りの場所だった。

埜口も奈尾も今までこんな手は見たことがなかった。

二人ともどう打っていいか分からずに二手目で早くも長考に入ったが、色々と読んだ末に二人とも同じ空き隅の星に二手目を打った。

するとすかさずさゆりと井山が三手目を打ったが、驚いたことに二人の手はまたまた全く同じで、五の十、つまり左辺の星の一つ右寄りの場所だった。

その手を見た埜口と奈尾はまた驚いて思わず身体をのけ反らせた。

さゆりと井山の対局を隣の席から何気なく眺めていた星飼と福田も、一手目と三手目を見て驚愕の表情に変わった。

こんな手は今まで見たことも聞いたこともないが、二人が同じところに打ったということは、一体どういうことなのだろうか？

それなりに研究された手なのか、それともまだ自分が知らないだけで、どこかのＡＩが打ち始めた手なのだろうか？

福田も星飼も自分の対局そっちのけで隣の碁盤に思わずジッと見入ってしまったが、特に福田は自分が知らないところで井山とさゆりがこっそり会って研究していたのではないかと疑って完全な思考停止状態に陥ってしまった。

さゆりと井山の着手には当の本人もお互いに驚いていた。

さゆりは自分が父親から教わった門外不出の「秘儀」と全く同じ手を井山が打ったのを見て激しく動揺した。

ひょっとすると井山とさゆりは血を分けた兄妹なのではないかという疑心まで生じて、さゆりは対局に集中できなくなってしまった。

そういえば父親は若い娘を追い回してはあちこちで子供をつくるような男で子供心に呆れた記憶があるので、井山が血を分けた兄だとしても少しも不思議ではなかった。

でもよく考えたら井山は一年ほど前から囲碁を始めたばかりなので、そんなことがあるはずはなかった。

それでは井山はどこでこの手を覚えたのだろうか？

どこかでさゆりの父親と会っていたのだろうか？

あれこれと考えを巡らせてはさゆりの心は乱れた。

一方の井山は井山で、麗子が父親から教わったという門外不出の「秘儀」を何故さゆりが知っているのか不思議に思った。

できれば対局を中断してでも直接さゆりに訊いてみたいくらいだった。


さゆりの着手を見てもう一人激しく動揺した者がいた。

麗子である。

最初は井山がこの対抗戦のためにこっそりとその「秘儀」をさゆりに教えたのではないかと疑ったが、その後の着手を見て、井山よりさゆりのほうが余程この「秘儀」に精通していることを見て取ると、この女は一体何者なのかと訝った。


一方土屋と初音の対局は、慎重な立ち上がりからお互いにマイペースで自分の模様を張り合う展開となったが、どちらも相手の模様に打ち込む気配はなかった。

そんな流れの中、黒番の土屋が三々に入って地を稼ぐと、先手を取って模様の接点に先行してさらに大きく模様を広げてきた。

このままでは模様のスケールで負けていると感じた初音は、いよいよ打ち込まざるを得なくなったが、いざとなるとどの辺に打ったら良いかよく分からなかった。

次の一手に相当時間をかけて読み続けた初音は、迷った末に最後は覚悟を決めて相手の模様深くに打ち込んでいった。

土屋は相手の打ち込みを待っていたが、想像していたよりも深い打ち込みに不快感を露わにした。こんなに深々と打ち込んでくるとは舐められているとしか思えなかった。

こんな手で挑発されたら土屋としても黙って見逃すわけにはいかなかった。

見た目と違って大胆な奴だと半ば呆れながらも、土屋はこの石を絶対に仕留める気になっていた。打ち込んできた石の一間上にボウシして逃げ道を塞ぐと、逃げまどう初音の石の根拠を奪って火を噴くような攻撃で猛然と襲い掛かっていった。

初音は打ち込みが深過ぎたことを後悔したが、この打ち込んだ石が丸取りされたら大損なので、ここで簡単に諦めるわけにはいかなかった。

初音はなんとか相手の弱点を見つけては、そこを突破口に逃げ出そうと必死にもがき続けた。初音の逃げまどう石に攻勢をかけて完全にペースをつかんだ土屋は、確かな手応えを感じ始めていた。

山本は白井との対局に気合いが入り過ぎて、ほとんど興奮状態になっていた。もはや平常心ではいられない山本の着手は自ずと肩に力が入ったものだった。

対する白番の白井は逆に自然体でゆっくりとした碁を目指したが、山本が必要以上に力んで勇み足とも思える攻撃的な手を連発するので、いやがうえにもお互いの石が切り結ぶ形となり、そこから引くに引けない闘いへとなだれ込んでいった。

白井は冷静に全体を見回して、全局的にどの場所が一番大きいのかを判断した。そして自分の弱いところは放置したまま、自分の石数が多いところで相手の石に襲い掛かって、まずはそこで闘いを起こすことにした。

山本は白井が弱い石を放置したことに驚いたが、よく見ると自分の攻められている石が全て取られたら自分の損害のほうが大きそうだった。

それでも山本は白井の攻めに挨拶せずに、相手が放置した弱い石を先に攻めてこれを取りきってしまった。

白井も山本が守らなかった石を攻めて逆に山本の石を取ってしまった。

ところが白井が一旦は大きく取り込んだと思った石から山本が動き出して少々アヤをつけてきた。

アレッと思った白井がよく見てみると、この石にはまだコウで粘る手が残っていることに気がついた。

振り替わりで自分のほうが大きく稼いだつもりでいた白井は、このことに気がついて愕然とした。当初白井はコウの手に気がつかなかったが、山本にはこの手が見えていたのだろう。

それでも山本はコウを直ぐに仕掛けずに他の大きなところに先行したが、これからはこのコウという爆弾を横目に見ながら打たざるを得なくなったので、必ずしも白井が優位に立ったとはいえなかった。

山本はコウの価値が最大限になるような展開に持っていこうと考えながら打ち進めていった。

星飼と福田はさゆりや井山の奇抜な布石に気を取られてしばらく集中力を欠いていたが、着手が進むにつれて次第に自分たちの対局に集中するようになった。

お互いに手の内を知り尽くした仲なので、黒番の福田は星飼の予想を外そうと、これまであまり打ったことのないタスキ型の布石を選んだ。

福田がタスキ型を打つのをほとんど見たことがなかった星飼は多少驚いたが、タスキ型は細かい碁になりやすいのでそれなら白番に有利だと思い直して自分が得意とする細かい碁形を目指すことにした。

福田も大事な一局であまり冒険をしたくなかったので、自然と手堅い手が多くなり早くもヨセ勝負を予感させる展開となっていった。

梺口は今まで見たことがないさゆりの布石にすっかり翻弄されていた。

最初は戸惑いながらも白番で三隅に先行できたので悪くないと思ったが、打ち進めていくにしたがって中央の地が思った以上に大きいうえに意外とまとまりそうなことが気になりだした。

梺口は中央を軽く消しにいったが、さゆりは待ってましたとばかりに愚形ながらもこの石を強引に切り離す強手を繰り出して埜口の石を攻め立ててきた。

こんな愚形を打ってくるとは埜口は全く想定していなかったのですっかり意表を突かれてしまった。

さすがにこの石を捨てると中央が大きくまとまってしまうので、埜口としても逃げるしかなかった。

さゆりは中央に築いた厚みを利用して、想定通り埜口の弱石を激しく攻める展開となったが、ここからのさゆりの攻めは実に巧みだった。

逃げる石を直接攻めるのではなく、あちこちで埜口の陣地に打ち込んで闘いを起こし、その闘いの中で弱い石をカラミ攻めに持っていった。

中央の石が逃げまどう中で、それまで確保した埜口の地がみるみるうちに荒らされていった。

埜口はなんとか中央の石を逃げてさゆりの中央の模様を消したが、同時に自分の地もあらかた荒らされてしまって、気がついた時にはさゆりの地に変わっていた。

埜口にとっては布石から中盤まで、これまで経験したことのないような不思議な碁だった。


さゆりと同じ布石で始まった井山の碁も白番の奈尾に三隅を先行されて地に甘いように見えたが、さゆり同様中央の厚みを攻撃に使って乱戦に持ち込もうとした。

奈尾は序盤で地を稼いだのでこのリードを保てばコミもあるので楽勝だと思った。

この「秘儀」に完全に精通しているわけではない井山はさゆりほどうまく打ちこなせなかったので、奈尾との地力の差がじわじわと出始めた。

それでもこの「秘儀」の侮れないところは、中央のラインが繋がってくると真ん中の模様の規模もばかにならないことだった。

奈尾も途中からそのことに気がついてそれではどれくらい中央を削れば逃げ切れるのかを慎重に読み始めた。

奈尾も埜口同様、これで十分と少し浅めに消しにいったが、井山は強引にこの石を切り離しにかかった。

井山はさゆりほどうまく切り離せなかったが、それでも激しく闘う中で奈尾の地になだれ込んでいった。

こうなると自分の地を荒らされた奈尾も再度中央の井山の地を削る必要が出てきた。

こうしてまた新たな闘いが勃発して奈尾は当初思ったほど簡単ではないことを改めて思い知った。

敵陣深くに打ち込んだ初音は土屋から予想以上に厳しく攻め立てられて窮地に陥っていた。

この石がうまく逃げ出せば相手の模様を荒らしたことになるので地合いでリードできるが、逆に打ち込んだ十数目の石が丸取りされては大損だった。

初音は囲みを突破しようと必死に相手の弱点を探したが、取り囲んでいる土屋の石も何か所かケイマの薄みはあるが、どう読んでもすっきりと石が逃げ出す手はなさそうだった。

これで万事休すか。

初音はまた胃がキリキリと痛みだしてきた。

このままでは井山の期待を裏切ってしまううえに、もし本当に部がなくなったら自分の生活もどうなってしまうか分からないので、初音としてもそう簡単に諦めるわけにはいかなかった。

何か良い手はないかと必死に読み続けたが、打ち込んだ石はもう逃げられそうもないので、初音は潔くこれを捨てる覚悟を固めた。

その代わり相手の囲んでいる石のケイマの薄みを衝いて、お互いに切れた形にすれば攻め合いに持っていけるのではないかと考えた。

恐らく相手の石を取ることはできないが、相手の石をうまく締めつけることができれば外側に厚みができるので序盤に築いた模様と連動させて大きな地ができそうだった。

初音の大石を取り切ったことを確認した土屋は勝利を確信して安堵の表情を見せた。

それでも初音がなおも粘って打ってくるので土屋は鼻で笑いながら余裕で相手をしていたが、自分の石も切れて攻め合いになっていることに気づくと途端に渋い表情に変わってまた真剣に読み始めた。

まだ形勢は悪いが初音もそう簡単に諦めるつもりはなかった。


山本と白井はコウを仕掛ける手を横目で睨みながら、水面下で心理戦を繰り広げていた。

山本は先に確定地を得たことを意識しながら、先手でどんどん大きなところに先行して、なかなか白井にコウを解消する余裕を与えなかった。

山本が少々無理気味の手を打ってきても、白井はコウを意識してどうしても手堅く受けざるを得ないので少しずつ損を重ねていった。

調子に乗った山本がさらに欲張って先手のつもりで利かしにきたが、しばし長考に入った白井は迷った末にそこに挨拶せずにコウを解消した。

まさか手を抜かれると思わなかった山本は驚いたが、確かにコウを解消してできた白井の地もばかにならなかった。

但し白井が挨拶しなかったところを連打した山本もかなりの戦果をあげることができた。

山本は気を取り直して、ヨセに入る段階で改めて地合いを計算してみたが相当細かそうだった。

恐らく白井もこれで打てると読んでコウを解消したのだろう。

確かに白井は昔からヨセを得意としており終盤に入ってからの計算は正確だったが、山本も苦手なヨセを必死に勉強してきたので、今ではヨセにかなり自信を持っていた。

お互いに負けられない勝負の中で一目の損が命取りになりそうな神経を使うヨセが始まった。

星飼と福田の碁は大きな闘いのないまま中盤の差し手争いが続いていた。

地味な囲い合いの碁に見えたが、お互いに相手の眼を脅かすような急所を巧みに衝く一手や、先手を取るための工夫の一手が飛び交い、玄人受けする見応えのある応酬が続いていた。

そんな中、福田の華麗な手筋が一発決まって明らかに地で得をしたので地合いで福田が僅かにリードしたまま終盤戦に入っていった。

埜口は中盤の闘いが一段落したところで改めて地合いの計算をしてみた。

中央のさゆりの模様はうまく消したが、中央の石が逃げる過程であちこちに確保していた自分の地もあらかた荒らされてしまっていた。

さゆりのカラミ攻めは実に見事で、最初から全てが計算し尽くされているかのようだった。

埜口の地はもう僅かしかなく盤面十目以上負けていた。

埜口としては狐につままれたような不思議な碁で、いまだに自分が打った実感が湧かなかったが、この美人さんに負けるのなら本望だと割り切って潔く投了することにした。

埜口の投了を見てパンダ眼鏡と髭ゴジラは無言でガッツポーズをした。

一方の丸の内サイドは埜口で確実に一勝と計算していただけにショックは大きかった。


井山は麗子から教わった「秘儀」をさゆりほどうまく使いこなせなかったが、それでも序盤から中央の厚みを利用して相手を闘いに引きずり込むことに成功したので、八段の奈尾を相手に十分健闘していた。

但し厚みを利用した攻めには相当な腕力が必要なので、中盤に入って二人の地力の差が現れてくると奈尾が徐々に優勢を築く展開となっていった。

奈尾は巧みに井山の中央の模様を荒らしたうえに、最初に確保した地もそれほど減らされずに残っていたので、このままでは盤面でも白番の奈尾が良さそうだった。

厚みを活かした仕掛けがもうひと工夫必要だと感じた井山は、外側の厚みを背景に奈尾の堅い地の中に強引に打ち込んでいった。

いきなり予想もしていないところに打ち込まれた奈尾は一瞬驚いたが、よく見たらそこで生きることはとても無理そうだった。

奈尾はその打ち込みに一応挨拶したが、すると井山は奈尾の中央の石を強引に切り離しにきた。

中央の奈尾の石はつながっているように見えたが、よく見るとコウの形でつながっていたので、井山はここでコウを仕掛けて先程打ち込んだ石をコウ立てに使ってきた。

井山も奈尾も残り時間がほとんどない中で難しいコウ争いが始まった。

井山はともかくなりふり構わず粘れるだけ粘って、簡単に諦めるつもりはなかった。

奈尾はこの時改めて時差ボケと寝不足で自分が相当疲れていることに気がついた。

土屋と初音もお互いにほとんど時間がない中で激しい読み合いが始まっていた。

土屋は初音の大石を召し取ったが、粘る初音から思わぬ反撃を受けて、取り囲んでいた石の一部が切り離されて攻め合いになっていた。

時間のない中で最後まで読み切る余裕がなかった土屋は、取り敢えず石の手数を伸ばすために攻め合いになっている石を逃げ出すことにした。

逃げ出した石の先には黒の厚みが待っていたので逃げ切ることはできなかったが、いくらか手数を伸ばすことができた。

取り込んだ初音の石の手数は七手なので、逃げて手数を伸ばした土屋は初音の石のダメを詰めていった。

初音は十数目の大石を取られたが、それを捨て石として土屋の石を締めつけることができたので、外側に広大な地模様が出現した。

こうして初音の捨て石作戦が見事に成功した。

たちまち形勢は不明となり、時間が残り少ない中で土屋も初音もゆっくり計算する余裕がなかったが、見た目では初音のほうが少し大きそうだった。

土屋としてもそう簡単に諦めるわけにはいかなかった。

今度は土屋が粘りを見せて、初音が小目からケイマにシマッた石に付けて隅を荒らしにきた。

ここで生きるか死ぬか、ほとんど時間がない中でまた厄介な読み合いが始まった。

山本と白井ももう時間がほとんどない中で最後のヨセに入っていた。

お互いに残り時間が僅かになる中でゆっくりと読んでいる余裕はなかったが、ヨセに絶対の自信を持っている白井はすでに最後まで正確に読み切って自分の計算が正しければ半目勝ちでおそらくこの差はもうひっくり返ることがないと確信していた。

それにしても真央は強くなったなあ。

昔は二子以上の差があったのに相当努力したんだろうなあ。

そんな感慨に耽る白井もアメリカから戻ってきたばかりで時差ボケと寝不足で疲れていた。これまでは気を張っていたが勝利が見えたところでフッと白井の気が緩んだ。

山本もこの時点で自分が半目負けと計算できていた。

山本は時間がなくてゆっくり考える余裕がない中で、何か良い手はないかと最後まで諦めずに集中して盤上の隅々までなめるように見続けていた。

この粘り、このしぶとさ、そしてこの泥臭さ。

これこそがエリートの白井にはない山本の強みといえた。

目をぎらつかせて盤上を凝視する山本にこの時突然、以前プロ棋士の棋譜を並べた時に見つけたヨセの妙手が舞い降りてきた。

幸運なことに丁度その形が目の前に現れているではないか。

残りあと数手という最後の最後に山本が放ったその手に白井は思わず目を見張った。

地味だが素晴らしい一手で白井は全く予想していなかった。

この妙手によって山本が一目得することになり、逆転で山本の半目勝ちへと変わった。

白井はこの現実を受け入れることができずに少しの間ジッと盤上を見つめていたが、おもむろに立ち上がると山本に歩み寄って行った。

白井が突然立ち上がって近寄って来るので、山本は何事かと驚いて思わず立ち上がった。

「おめでとう真央。それにしても強くなったね」

そう言いながら白井は山本を優しくハグした。

白井が投了したのだ。

憧れの主将に勝ったのだ。

いつも眩しい輝きを放っていた白井についに追い着いたのだ。

白井と熱い抱擁を交わしながら山本は涙が止まらなかった。

白井と山本の対局をかなり細かそうだと思って眺めていたパンダ眼鏡と髭ゴジラは、最初は何が起こったのか理解できなかったが、白井の投了を知って激しく落胆した。

さゆりが埜口に勝った時とは逆に、白井が当然勝つと思っていた大手町サイドに大きな衝撃が走った。

これで一勝一敗である。

福田は僅かなリードを保ったまま勝利に向かって淡々とヨセていた。

このような大事な真剣勝負で、因縁のライバルである星飼を相手にどちらが本当に強いのかを多くの証人の前で明らかにできることは、福田にとって無上の喜びといえた。

これでようやくプロ試験で星飼に半目負けを喫した悔しさを晴らすことができるし、囲碁にこだわってきた自分の生き様が正しかったことも証明できるのだ。

福田は心の中で密かにほくそ笑んだ。

ところが福田が両先手のヨセだと思って打ったところで星飼が考え込んだので、当然星飼が受けると思っていた福田は何か見落としがあるのではないかと不安になった。

すると星飼は福田のヨセに手を抜いて全く他のヨセを打ってきた。

劣勢を意識した星飼の勝負手だったが、ここをおとなしく受けて後手を引いたら完全な利かされである。

そうかといってここで手を抜くと自分の陣地を荒らされてしまう。

ここで珍しく迷いの魔宮に紛れ込んだ福田は、思わず顔を歪めて星飼を睨みつけた。

迷いながらももう一度盤上をよく見てみたが、福田の荒らしのほうが大きそうだった。

こんなところで星飼に利かされるのは死んでも嫌だと思った福田は、完全に魔宮の中で道を見誤ってしまった。

福田は星飼が手を抜いたところに続けて打って相手の地を荒らしにいった。

こうなると星飼も福田が手を抜いたところに入っていき、想定外の引くに引けない荒らし合いとなった。

荒らしの具合は確かに福田のほうが大きいと思われたが、結果的にはそうでもなく、福田は全体が薄くなったためにあちこちで死活がらみの悪影響が及んで、意地を張ったばかりに却って数目損をすることになってしまった。

こうして福田と星飼の対局は最終盤に信じ難い振り替わりが生じたが、そのままヨセて最後は白番星飼の半目勝ちに終わった。

結果論からいえば悔しくても冷静に受けていれば福田に僅かに残っていたが、感情的になって反発したために星飼の勝負手が奏功して大逆転となってしまったのだった。

この大事な一番で因縁のライバルにまたまた半目負けを喫した福田は、完全に打ちのめされてただ茫然とするしかなかった。

パンダ眼鏡も髭ゴジラもさすがに落胆の色を隠せなかったが、さゆりに至っては肝心なところで勝負弱さを露呈した福田にただ冷ややかな視線を送るだけだった。

これで一勝二敗である。

井山と奈尾の対局は奈尾がリードしたまま終盤に入っていたが、ここで井山が放った勝負手によって中央と奈尾の一等地の二か所でコウ争いが勃発して判断が難しい複雑な闘いに突入していた。

依然として奈尾が優勢とはいえ、これでコウの結果次第ではどちらに転ぶか分からなくなってきた。

時間も残り僅かになる中、お互いに素早くコウ立てを見つけては急いで打ち返すという緊迫した展開が続いた。

するとその時突然、羽衣をまとった天女が薄っすらと現れて一生懸命に扇をあおぎながら井山の応援を始めた。

その姿は今度も福田にはくっきりと見えた。

福田は大きく目を見開いてその姿を眺めていたが、不甲斐ない敗北を喫した直後だけに、妬み、悔しさ、惨めさがないまぜとなって、抑えきれない感情が滂沱のごとく溢れ出てきた。

その天女の姿は星飼にも見えた。

しかし福田と違って、星飼は雨上がりに虹を見つけて目を見張る子供のように、単に珍しいものを目にしてラッキーとばかりにクールに眺めているだけだった。

星飼はこれで井山が急激に強くなった理由にも合点がいき、本当に神様に愛されている人がいるのだと妙に納得した。そして今日も恐らく井山が勝つのだろうと淡々と予想した。

天女の姿はさゆりにも見えた。

さゆりも星飼と同じように驚くことなくその天女を冷静に見つめていた。

そしてさゆりは、最初に井山と出会った時から自分が何故彼に強く惹かれたのかその理由が分かったような気がした。

土屋との対局も大詰めを迎える中、大模様を築いた初音が小目からケイマにシマッているところに土屋が石を付けてきたので、ここから勝敗を決する新たな闘いが始まっていた。

二人とも残り時間はほとんどなかったのでゆっくり読んでいる余裕はなかった。

初音は土屋の石を隅で小さく生かすことも考えたが、もしそれで負けたら後悔すると思って、全て殺しにいくことにした。

お互いに急所に打ち合って、生きるか死ぬかの激しい攻防が繰り広げられていった。

周りの厚みが強大なためシチョウは全て初音に有利なうえに、上に逃げ出しても強大な厚みが控えているので、なかなか眼を作るのは難しそうだった。

最後まで緊迫の死活の攻防が続いたが、生きがないことが明白になるとさすがの土屋も投了した。

土屋にとってはまさに痛恨の敗北だった。

まさか初音に負けることなどあるはずがないと思っていただけに、土屋の落ち込みは大きかった。

ここで貴重な一勝を挙げることができたので、土屋に初音を当てた井山の作戦が結果的には大成功ということになった。

これで二勝二敗である。

いよいよ勝負の行方は井山と奈尾の対局に託されることになった。

もうすでに対局を終えた者や麗子も含めて、その会場にいる全員が固唾を呑んで最後の対局を見守った。

井山は複雑なコウ争いを仕掛ける中で、コウ立てとしてさらに奈尾の他の地を荒らす手を打って戦線を拡大していった。

するとそこにもコウの形が現れて、事態はますます複雑化していった。

周りで見ている人は、これはひょっとすると劣勢を意識した井山が三コウにして引き分けに持ち込もうとしているのではないかと考えた。

せっかく勝っているのだから三コウは回避したいと思った奈尾は、それではどの段階でどのコウを解消し、その代わりどのコウを譲れば勝てるのか、時間のない中で必死に読み続けた。

三つのコウが絡んだ複雑な局面で時間に追われた奈尾は、時差ボケで頭が働かなくなったのか、それとも単に魔が差したのか、井山が取ったばかりのコウをまた直ぐに取り返してしまった。

会場から大きな悲鳴と歓声が湧き起こり、その騒がしい怒声の中で、奈尾は自分が痛恨の反則を犯したことに気がついた。

こうして勝負は唐突にあっけなく幕を閉じた。

パンダ眼鏡と髭ゴジラは人目も憚らず大の大人が二人で抱き合って大はしゃぎして喜びを爆発させた。

土屋は両手で顔を覆うとそのまま背もたれに身体を預けてしばらく動けなくなった。

田中社長は憤然と立ち上がると、一言も発することなく大股で部屋から出て行ってしまった。

さゆりは隣に座る井山の顔を潤んだ瞳でジッと見つめながら手を取った。すると井山もさゆりの手を強く握り返して勝利の喜びを分かち合った。

その様子を険しい表情で見ていた麗子はこの女は一体何を考えているのかとこぶしを握り締めながら一人憤った。

同じくその様子を横目で見ていた福田はフラフラと立ち上がると、歓喜する大手町のメンバーの前を通り過ぎて、一人で部屋から出て行ってしまった。

福田の様子に気がついたさゆりは、井山の手を離すと直ぐに福田の後を追った。

すると井山も直ぐに立ち上がって、二人の後を追って部屋から飛び出していった。

慌てて部屋から出て行く井山の背中を麗子は苛立ちながら睨みつけていた。

終章

麗子はさゆりのことが気になって、夜、眠れなくなった。

あの女は一体何者なのだろうか？

そして井山とはどういう関係なのだろうか？

あれこれ考えだすときりがなくて、麗子はいつまでたっても目が冴えて寝つけなかった。

麗子は不安定な精神状態のまま、明け方にようやくまどろんできたが、すると決まって賜が火を付ける姿が夢に現れて、その度に冷や汗をかいて目を覚ました。

そして賜のその姿から、麗子が遠い過去に封印した記憶が徐々に呼び覚まされていった。

あんなに優しかった父が自分と母を裏切るわけがないと信じたいがために、無理やり消し去っていたその時の父の姿が、先日の賜の姿と重なって、心の奥深くの記憶の断片から立ち現れてきたのだ。

あれは麗子が十六の時の、十二月の寒い夜のことだった。

当時家族が寝泊まりしていた旅館の奥の部屋で、麗子は夜中に目を覚ました。そんなことは初めてだったので嫌な胸騒ぎを覚えた麗子は、暖かい布団から出たくなかったが、上着を羽織ると廊下を見て回ることにした。

夜中の旅館は重い眠りの底に沈んで気味が悪いほど静かだった。

その静かな旅館のどこからともなく、パチパチと物が弾ける音が聞こえてきて、同時に焦げ臭い匂いが敏感な麗子の鼻をついた。

そう、先日賜が火を付けた時と全く同じ状況だった。

パチパチという弾ける音と、焦げ臭い匂い。

まるでデジャブのように呼び覚まされた麗子の記憶。

胸の鼓動が速まるにつれて麗子の歩みも速くなり、その音の方向に、そしてその匂いの方向へと吸い寄せられていった。

バッと引き戸を開けた時の光景を、今はまざまざと思い出すことができる。

祭壇のようなものをしつらえて、その前にしゃがみ込んで必死に祈祷をしている男の姿。

その光景こそ、今回まさにデジャブのように目にした光景そのものだった。

そこにいるのは家を空けることが多かった父親だと、麗子にはひと目で分かったが、心の中ではそれを認めたくなかった。

何故なの？

何故、そんなことをしているの？

そしてその時に振り返り、恐怖とも驚きともつかぬ狂気の表情で目をむき出しにして麗子を見つめる父親の顔。

そうだ！

あんな鮮烈な顔は、忘れろと言われても一生忘れるものではない。

「お母さん、大変、誰か、誰か早く来て」

涙ながらに絶叫すると、勢い込んで部屋の中に飛び込んで行き、祭壇の火を必死に消した。

麗子の勢いに押された父親は申し訳なさそうな顔で部屋を飛び出すと、そのままどこかへ去っていった。

その時の強烈な体験。

その時の衝撃。

そしてその時目にした父親の驚いた顔。

それら全てが今回の出来事によって一気に麗子の記憶の底から呼び覚まされたのだ。

考えてみれば、その時に見たいびつに歪んだ醜い顔こそが、麗子が最後に見た父親の姿だった。

何かわけがあったに違いない、本当の父がそんなことをするはずがないと心の中では強く信じても、何の言い訳もできないほど明白に目の前で見てしまったのだから、麗子としてはそれを完全に封印して、自分の中でなかったことにするしかなかった。

今日もその悪夢で明け方に目を覚ましたがこれでまた興奮して朝まで眠れなくなるのかと思うと気が重かった。

あの時見た父親の顔はそれまで知っていた父親とは別人のようで、これまでは記憶から消し去ってきたが、今回の件をきっかけにこれからはまた何度も呼び覚まされることになるのだろうか？

するとその時突然、麗子はその顔はどこかで見た覚えがあることに気がついた。

今までは無意識のうちに封印してきたので全く気がつかなかったが、確かにどこかで見たことがある顔だった。

その不吉な考えに麗子の胸の鼓動がまた速くなった。

どこの誰かよく思い出せないがその男は案外麗子の近くにいる。

そう思うと麗子はますます不安になって眠れなくなってしまった。

※本作品は全てフィクションであり、実在の人物、組織、事件とは一切関係ありません。

著者プロフィール

松井 琢磨

1959年生まれ静岡県静岡市出身。1982年一橋大学経済学部卒業後、富士通入社、SEとして流通業界企業のシステム開発に従事。1990年米コーネル大学経営学修士課程修了しMBA取得後、日本興業銀行入行、主に融資営業、M&Aアドバイザリー業務に従事。2008年マネックスのM&Aブティックにパートナーとして参画。2009年独立し、M&Aアドバイザリー会社を立上げ、代表取締役社長に就任(現職)。M&Aの会社を運営する傍ら作家としても活動している。

爛柯《らんか》の宴《うたげ》 中巻《ちゅうかん》

2023年7月31日 初版第1刷発行

著 者 松井琢磨
発行者 角竹輝紀
発行所 株式会社マイナビ出版
〒101-0003 東京都千代田区一ツ橋2-6-3 一ツ橋ビル2F
電話 0480-38-6872(注文専用ダイヤル)
03-3556-2731(販売部)
03-3556-2738(編集部)
E-mail : amuse@mynavi.jp
URL : https://book.mynavi.jp

装 丁 石川健太郎(マイナビ出版)
印刷・製本 中央精版印刷株式会社

定価はカバーに表示してあります。
乱丁・落丁についての問い合わせは、
TEL : 0480-38-6872 電子メール : sas@mynavi.jpまでお願い致します。
 ISBN978-4-8399-8361-1